싸이코가 뜬다

제9회 한겨레문학상 수상작

싸이코가 뜬다

권리 장편소설

한겨레출판

차례

01

난센스를 느끼는가?

난센스란 무엇인가?

교복을 입은 여고생이 눈앞에 나타났어. 예쁘게 날을 세워 다림질한 꼴이 참 보기 좋더군. 그녀에게 시뻘겋게 달아오른 토마토를 던졌지. 토마토가 그녀의 심장 아래로 날아가 '픽(Fuck)!' 소리를 내며 터졌어. 토마토가 문드러지면서 그녀의 아리따운 교복 위에 피처럼 흘러내렸어. 나쁜 피는 흘러 흘러 그녀의 《Vocabulary 20000》 위를 붉게 적셨지. 그녀는 질척거리는 손가락으로 안경과 명찰의 위치를 고쳤어. 그리고 아무렇지 않은 듯 cheat, deception, imposture, fraud를 열심히 중얼거렸지. 시험이 있는 모양이야. 그녀가 토마토를 혀로 핥아 먹는 순간 나는 피가 거꾸로 솟는 기분이었어. 나는 제일 크고 붉은 토마토를 그년의 대가리를 향해 던지며 악을 썼지.

"그 명찰, 짜증 나! 그 칼날처럼 세운 와이셔츠도 맘에 안 들어. 꼭꼭 채운 단추도 마음에 안 들어. 그냥 나가 죽어! 넌 쓰레기야! 증명해볼까? 미시마 유키오 알아? 배 째고 뒈진 일본 소설가 말이야. 모르지? 그럴 줄 알았어. 너한텐 그 종이 나부랭이에 박힌 양키들의 빌어먹을 영단어 2만 개가 더 중요할 테니! 잘 들어, 내 말은 시험에 안 나와. 하지만 네가 죽기 전에 도움이 될 거야. 만일 네가 오늘 죽고 싶은 생각이 든다면 날 만난 것을 천만다행이라고 생각해둬. 미시마 유키오가 말했어. '연극을 하는 것은 남을 곤혹스럽게 하는 행위다. 가면을 일단 쓰면 벗으려고 하기는커녕 가면을 자신의 진짜 얼굴로 만들기 위해 노력한다.'* 알겠어? 미시마에게 자살은 미필적 고의였다고. 미필적 고의! 이런 단어 들어본 적도 없겠지? 좋아, 그럼 다자이 오사무는 알아? 《인간 실격》 따윈 읽어보지도 않았겠지? 오, 당연해. 10대에 그런 소설을 읽으면 당장 죽고 싶어질 테니. 그럴 줄 알았어. 너 같은 수험 벌레 년이 알 리 없지. 가면무도회를 하듯 살다 간 다자이를 넌 절대 모를 거야. 다자이가 그랬어. '연극을 하는 것은 관객에 대한 서비스며 도깨비 역을 맡게 된 주인공은 그의 삶 전체

---

* 미시마 유키오, 《가면의 고백》.

를 통해 이 가면을 쓰기 시작한 것이 된다. 이 가면은 자신을 위협하는 인간에 대한 방벽이 되어, 가면을 벗고 싶다는 욕구가 일어나도 벗을 수 없어진다.' 야, 이봐, 내가 무슨 말 하는지 알아들어? 다자이는 자살 기도를 무려 네 번이나 했어. 애인을 강물에 처넣고도 죽지 않았다고. 정말 비겁한 인간이지? 미시마는 전 국민이 보는 앞에서 배에 십자가를 긋고 죽어버렸는데 말이야. 왜 다자이가 자꾸 실패했는지 알아? 그래, 역시 모르는구나. 가면이 있었기 때문이야. 가면, 페르소나! 눈에는 눈, 기저귀에는 기저귀이듯, 죽음에는 죽음이야. 죽음의 순간은 쾌락이 최대고 욕망이 최소인 지점에 있지. 뭐, 죽고 싶다고? 어, 제법 맘에 들기 시작하는데? 좋았어, 자살 100퍼센트 성공법을 가르쳐주지. 이건 유명 학원 족집게 강사들도 감히 해주지 못하는 희소성 높은 강의라고. 기대된다고? 잘 들어. 사람들은 인간의 에스프리가 제로일 때 자살을 한다고 말하지만 그건 오해야. 병신들이 지껄이는 헛소리라고. 자살은 자기애 없인 할 수 없지. 최대의 적은 자기혐오거든. 자살을 위해서는 자신에 대해서 정확히 알고 있어야 해. 그러니까 피 말리는 고난도 선택 게임이 바로 자살이란 얘기야. 너털웃음, 소주 한 방울, 불경이나 성경으로 고통을 깨끗이 이겨낼 수 있는 사람은 자살할 수 없지. 일단 하고 싶은 게 많아야 해. 열정 끝에 불안이 오는 법이야. 불안이란 중독 뒤의 상실감에서 오는 법이거든. 열정과 기대로 꽉 찬 생의 어느 한구석에서도 희망을 발견할 수 없을 때만 진정한 자살을 할 수 있지. 그러니 절대 무기력해서는 안 돼. 방법은 여러 가지야. 정답 지상주의 사회에서 살아남기 위한 1단계. 어차피 예술가가 되지 못할 바에야 멋진 자살가가 되어라! 삶 자체를 예술로 만들어버리는 초특급 게임. 룰에 완전히 길들든가 죽거나. 이를테면, 자살 코스프레, 자살 준비 1개월이면 한다!, 자살 대비 벼락치기 공부법, 자살의 로맨스, 자살 리허설, 자살의 트라이얼 버전, 그리고 자살의 십계명……. 선택해, 자신의 삶을 선택해!* 선택은 인간이 받은 형벌 중 가장 세련되고 악질적인 고통이지! 물론 세상에는 꼭 시험 문제처럼 두 개 중 하나가 헷갈리는 문제가 너무 많아. 나도 알아, 이봐, 나도 고등수용소**를 벌써 3년 전에 졸업한 몸이라고. 요컨대 내 말은 우울할 때 우울하더라도 발랄하게 우울하자는 거야. 우울함에 독을 뿌리고 명랑해져라, 이게 바로 내가 꿈꾸는 '발랄한 자폐 정신'이란다, 이 공붓벌레 넌아! 어때? 분하지? 알겠으면 이제 그 싸랑하는 교실로 쳐들어가! 여관인 줄 알고 자는 살아 있는 시체들이 보이지? 걔네 앞에서 이렇게 외쳐. '차라리 자살해버려!'"

---

* 어빈 웰시, 《트레인스포팅》.
** 사회에서는 흔히 '고등학교'라는 고상한 용어를 쓴다. 표면적으로는 '고교'를 자칭하나, 실은 수용소인 곳.

02

언제부터 오류투성이였습니까?

2001년 4월, 일본 어느 신문의 사회면 하단에는 이런 광고가
실려 있었다.

'1970년 11월 미시마 유키오 할복자살, 1972년 4월 가와바타
야스나리 가스 자살, 1973년 4월 일본 가스안전협회(JGSC) 설립,
조국의 안전을 지켜온 30년 전통의 JGSC!'

한국 신문을 펼쳤다. 광고 위 귀퉁이에 고로케의 기사가 실렸다.

'군 당국은 고 이병(二兵)의 사인(死因)을 집단 폭력에 의한 타살
로 처리했다.'

기사에서는 고로케가 '고태양'이라는 이름을 버리고 개명할 정
도로 일본 만화광이었다는 사실을 나열하고 있었다. 특히 그가

11

여자 캐릭터가 그려진 속옷을 입고 다니다가 동료들에게 변태 취급을 받아온 사실도 빼놓지 않았다.

난 너덜너덜하고 넌덜머리가 나는 삼류 신문을 발밑에 구겨 넣었다. 태양이 폭발했다. 파편은 바다를 질식시켰다. 실신한 바다 위에 한 마리 새가 날고 있었다. 기린(麒麟). 사슴의 몸. 소의 꼬리. 이마에 난 뿔이 유니콘을 연상시키는 새. 기린은 바닷물로 목을 축였지만 어떤 생물도 죽이지 않았다. 참 갸륵한 동물이다. 뿔이 털로 덮여 있는 기린은 절대로 다른 동물을 죽일 수 없다. 날카롭지 않은 이빨과 뿔로 하마의 엉덩이를 받았다간 스스로 부러지기 딱 좋다. 남을 뛰어넘거나 학살하지 않고도 자연 상태로 지낼 수 있는 생물은 경이롭다. 기린은 자신의 눈빛을 배신하지 않는다.

"흑점 폭발입니다! 지구 환경이 본격적인 위기를 맞았다고 경고하는군요."

기내 전광판 뉴스에서 한 대머리 아나운서가 호들갑을 떨기 시작했다. 그 옆의 턱수염 해설위원은 우려 섞인 목소리로 말했다.

"소련의 우주비행사 레오노프와 레베데프 박사는 태양면 폭발 후 자동차 사고가 네 배로 늘어난다고 발표한 바 있습니다. 그뿐만 아니라 태양 폭발 기간에 자살률은 평균의 네다섯 배나 높다고 합니다."

태양은 산소호흡기로 숨 쉬고 있는 사람의 얼굴처럼 벌겠다. 낯설어져야지, 모든 것들로부터. 커튼은 필요 없었다. 영화에 비친 가식적인 표정의 뉴스 캐스터는 '도쿄에 일주일 내내 햇볕이 쨍쨍할 것'이라고 뺑을 치고 있었다. 창밖에는 비행기 왼쪽 날개 끝이 선명히 보였다. 날개는 구름 사이를 유유히 헤쳐 지나갔다. 날개 끝이 정확히 태양의 정곡을 찔렀다. 일장기 모양의 태양이 여러 개의 스펙트럼으로 갈라졌다. 갑자기 불안증이 들어 선글라스를 꼈다. 태양 빛이 소리를 지르며 사방으로 튕겨 나갔다. 1 대 0, 게임이 안 되는군. 라디오에서는 스팅의 〈Englishman in New York〉이 흘러나왔다. 부챗살 모양의 일장기 옆으로 눈물 한 방울이 떨어졌다. 눈물은 구름을 통과해서 밑으로 날아갔다. 장닭처럼 고개를 비틀자 초록빛으로 빛나는 산등성이가 보였다.

Zoom in. 상상해보라. 영토 위에 놓인 거대한 물음표 한 개. 나의 시선은 물음표 숲을 깊이깊이 뚫고 들어간다. 발광하는 태양, 숲이 우거진 철원의 부대, 넓은 운동장. 구석에는 육군 태양 부대의 야외 화장실.* 오줌을 싸기에도 수월찮을 만큼 좁은 화장실의, 끝에서 세 번째 칸에서 발가벗은 채 잠든 고로케. 피 흘리는 순대처럼 축 늘어진 페니스. 고로케는 닭의 피처럼 붉은 태양을 좋아했지. 왼쪽 가슴에 이름표. 찬란한 이마에 뻥 뚫린 지름 10센티미터 구멍. 내 영혼의 거대한 구멍 사이로 바람이 불어 들어온다.

* 화장실은 자기만의 공간. 자연과의 소통로. 인간이 고독을 즐길 수 있는 마지막 보루가 바로 화장실 아닌가? 사람들 머릿속이 궁금하면 그들의 화장실을 관찰하면 된다. 그곳은 인간에게 가장 절박한 곳이니까.

고로케는 검붉은 피로 다잉 메시지를 남겼다. **'결국, *삶과 죽음은 하나다.*'** 그의 머리 뒤로 피. 총구의 화약 연기. 페니스와 화장실 모서리 사이에 어렵사리 끼어 있는 K-2 소총의 믿음직스러운 모습. 그것이 나의 애인이 남기고 간 마지막 흔적이었다. 어떤 불순물도 섞이지 않은 화려한 원색의 피가 한탄강에 섞여 태백산맥까지 흘러간다. 그의 과거를 기억하기 위해 가장 여린 네 번째 손가락 끝을 셔터에 댄다. 로모 카메라는 원색을 표현하기엔 그만이다. 찰칵찰칵! 펑펑! 0.1초 후. 태양이 고로케를 파먹어버린 사건. 머리가 터져서 죽는 건 어떤 느낌일까? 재미있을까? 심각하기로 소문난 고독이나 죽음의 실체가 실은 몹시 가볍고 장난스러운 것이라면 다들 얼마나 배신감을 느낄까? Zoom out.

나는 기내의 사람들을 바라보며 가상의 누드 크로키를 그렸다. 앤디 워홀은 인간이 그려대는 초상화라는 것은 모델을 그리는 게 아니라, 자화상이라고 했다. 정말이지 누드 크로키를 그리면 자신에 대해 누구보다 잘 알게 된 느낌이 든다. 나는 심각한 표정의 남자에게는 발기부전으로 고생하고 있는 페니스를, 약골의 남자에게는 조선 시대 왕에게 적합한 페니스를, 선생일 것 같은 여자의 가슴에는 실리콘을, 트랜스섹슈얼일 것 같은 사람에게는 젖가슴과 페니스를 동시에 달아주었다. 역시 사람은 지도처럼 한눈에 파악되지 않는 존재다. 신(神)이 포르노그래피의 대가이기 때문이다. 신은 순수한 의미에서 인간 창조보다 에로틱 아트를 즐기고 있는지 모른다. 그래서 All art is erotic.

내 옆에는 역설적이게도 기내에서 가장 큰 페니스를 지닌 전도사가 꼿꼿한 자세로 앉아 있었다. 그는 《주님의 목소리》라는 책을 읽고 있었다. 그는 내게 "일본에 유학 가시는군요?"라며 친한 척하기 시작했다.

"하나님이 당신을 얼마나 사랑하는지 알고 계십니까?"

"꼭 알아야 돼요?"

게다가 나는 "60억 인구 중에 제 차례가 돌아오려면 꽤 시간이 걸리겠네요"라고 덧붙였다. 그런 교만함이 화근이었다. 그의 분노가 폭발한 것 같았다. 그는 마치 자신의 충실한 신앙생활이 모욕이라도 당한 사람처럼 전화번호부 두께의 신구약 성서를 교차 편집하듯 보여주었다. 그리고 내가 틀렸다는 사실을 기어코 입증해냈다. 전도사는 "왜 주 예수가 이 세상에 나신 줄 아십니까?"라며 묻더니, 정답은 하나, "모든 것은 하나님의 뜻입니다"라고 얘기했다. 사실 난 주예수 씨나 하나님 씨한테는 조금도 관심이 없었다. 사람들이 자살하지 않기 위해 신을 '고안'해낸다는 도스토옙스키의 말을 믿는다.

전도사는 대입 기원 합격 엿보다 더 끈덕지게 내게 설교를 해댈 모양이었다. 그보다 앞서 나는 나카타니 아키히로의 책을 아무 데나 펴서 읽기 시작했다. 저자는 창조성의 달인이었다.

'……재미있는 사람을 만나자. 이상한 사람을 만나자. 위험한

15

사람을 만나자. 20대에 만난 사람 중에 미래의 당신이 있다…….'

책에서 받은 인상이 싱싱한 영감을 낳기 시작했다.

창조성은 괴상함에서 꽃핀다. 재밌고 이상하고 위험한 사람을 '사이코'로 치환하시오. 사이코. 그 말의 음성과 능청스러움을 좋아한다. 〔보기〕 '어우, 이 사이코야!' → 〔해설〕 '너 괴상한 방법으로 웃기는구나.' 뉘앙스가 중요하다. 대체 사이코란 억눌린 자아를 표출하는 사람들이냐, 감추는 자들이냐? 사이코의 욕망이 기성 문화를 파괴한다고 생각하나? 오히려 그들이 독감 걸린 코처럼 꽉 막힌 이 사회의 '뚫어 펑!' 혹은 '상식 파괴의 프로듀서'라고는 생각하지 않냐? 네 상상력의 한계냐? 당신들*은 사이코를 '악신(惡神)'으로 신격화하는 위선을 보여주었다. 고흐가 평생 그림 한 점 못 팔아먹었다는 건 너무 유명한 얘기다. 생전에 고흐는 사이코였지만 죽어서는 불세출의 천재가 되었다. 그것이 당신들의 선 긋기 방식이야! 당신들은 예술은 광기에서, 자살은 삶에서 꽃핀다고 믿는 거지? 하지만 고흐의 귀를 잘라 정신병원에 보낸 건 시스템에 철저히 길든 당신들이야.** 사이코는 나쁘지 않다. 사이코 함부로 차지 마라. 넌 한 번이라도 미쳐본 사람이었느냐?***

* '당신들'이 누구인지는 '당신들'만이 알 것이다.
** 들뢰즈와 가타리는 자본주의 사회에서 자폐적 절망과 허무에 빠지게 되는 것을 정신병이라고 했다. 한편, 푸코는 근대적 이성에 의해 억압당해온 광기를 병리학적 개념으로부터 분리해야 한다고 주장했다.
*** 안도현 시인의 〈너에게 묻는다〉 중 '연탄재 함부로 발로 차지 마라' 변용.

막막한 이 세상에서 숨쉬기를 퍽 잘하는 당신들이야말로 사이코다. 점점 불안해진다고? 무슨 뜻인지 알 수 없다고? 개도 불안하고 닭도 불안하고 소도 불안한, 우리는 불확실성의 시대에 사는 동물들이다. 괜찮다, 괜찮다. 무사안일하게 살면 괜찮아진다. 게다가 우리에게는 초강력슈퍼울트라 파워가 있지 않은가? 미친 듯이 국·영·수, 지리, 화학, 지구과학, 물리, 생물, 사회문화…… 헉헉헉…… 정치경제, 불어, 가정, 가사, 국민윤리…… 헉헉…… 교련, 체육, 제2 외국어……를 공부한 우리가 아닌가? 12년 개근 모범생 후유증 환자에게 후천적 의지박약과 거짓말 중독과 정서불안은 일시적인 슬럼프일 뿐. 불안은 성장의 원동력!

나는 '사이코 측정표'를 만들기에 이르렀다. '기술성, 언어 표현성, 예술성, 사회 비판성'으로 나눠 각각 10점 만점을 취해서 평균을 낸다. 역시 점수란 건 모든 것을 숫자만으로도 완벽하게 재단할 수 있어 편리한 도구란 말씀이야. 멋지다, 다카기 마사오(高木正雄)* 상! 눈물 나게 고마워요! 새 나라의 청춘들아, 다 같이 거대한 파이를 먹으러 가자꾸나! 후식은 멋진 식용 개로 하자. 대신 포크로 나의 심장을 찔러다오. 몹시 피곤하거든.

JAL항공의 여승무원이 일용할 양식을 주려는 포즈로 다가왔다. 그녀는 전투적으로 치켜 올라간 눈썹이 매력적이다. 나는 시

---

* 박통(대한민주주의 공화국의 제5, 6, 7, 8, 9대 대통령)의 일본 이름.

원한 오렌지주스를 기대하며 그녀의 꿈틀대는 매력 포인트를 관찰하고 있었다. 그녀의 입에서는 지렁이처럼 이상한 말이 튀어나왔다.

"제4327회 승무원 퀴즈! 이 안의 음료는 뜨거운 것과 찬 것 중 어떤 것이 있을까요?"

그녀는 복권 추첨 도우미처럼 높은 도와 낮은 도의 음역을 심하게 오르내리며 말했다. 기내 서비스가 많이 좋아졌군.

"뜨거운 거로 주세요."

"정답! 커피, 홍차, 녹차 중에 무엇으로 하시겠어요?"

여러분, 수수께끼 놀이를 좋아하는 전투적 눈썹의 본질이 공개되는 순간입니다!

"……커피요."

"정답! 블랙, 일반, 밀크커피 중에 무엇으로 하시겠습니까?"

"밀크커피. 음…… 설탕하고 프림 있죠?"

"이런, 틀렸어요! 우리한테는 설탕도 프림도 없어요. 아쉽게도 예선 탈락입니다."

세상에, 12년 개근 모범생에게 그런 가혹한 벌을 내리다니!

"하지만 퀴즈의 묘미는 패자 부활전! 본선 진출에 도전할 절호의 찬스입니다!"

고등수용소에 올라가기도 전에 로그 공식을 학원에서 끝마쳤고 고깃집에서 돈 계산도 잘하고 줄반장, 학습부장, 화장실 당번까지 해본 날 감히 떨어뜨려? 패자 부활의 마지막 기회를 놓친다면 모범생의 자존심이 구겨지는 일이야!

"패자 부활 퀴즈! 미친 세상을 살아가는 가장 좋은 방법은 다음 중 무엇일까요?"

뜸 들이고,

"1번. 미친다. 2번. 자살한다. 3번. 미치거나 자살한다. 정답은?"

가장 긴 게 답이다. 10여 년간의 시험 경력으로 미뤄볼 때, 정답은 3번이다. 1, 2번까지 오답을 내고 나면 출제위원은 뭔가 미심쩍고 찜찜한 기분이 들어 심리적으로 3번에 안착하게 된다. 오답을 길게 설명할 만큼 출제위원들은 심심한 분들이 아니다. 특히 고매하신 대입시험 출제자들은 공정한 시험 문제를 내기 위해 12종 교과서를 다 뒤적이기도 벅찰 만큼 늘 바쁘다. 그래서 30박 31일 합숙을 거쳐 출제해도 꼭 미완성 문제들이 나오곤 하는 것이다.

"3번!"

잠깐, 힌트 없어요?

"불합격!"

제발 그 말만은 하지 말아요. 고3 시절 내내 '떨어졌어' '불합격' 이런 말은 쓰지 않았던 나예요. 차라리 '수용소 종이 땡땡땡'의 '땡!'이라고 해주세요! 정답을 12년 개근 모범생도 찾지 못할 어딘가에 숨겨놓았죠? 내가 정답이라고 여기는 것은 어쩌면 또 다른 문제로 가기 위한 힌트인 거죠? 아마도 정답은 이차함수 공식보다 더 지루한 내용이겠죠?

"지금 당장 비행기에서 내려요! 당장!"

승무원은 나를 다짜고짜 문밖으로 밀어냈다. 나는 비행기 문에 필사적으로 매달렸다. 돌풍이 가슴을 때렸다. 두 다리의 관절이 꼭두각시 인형 다리처럼 맥없이 꺾이고 있었지만, 나의 의지는 확고했다.

'이즈미 교카는 죽어도 타인의 장난감 노릇은 하지 말라고 말했다. 자신의 의지와 무관하게 죽는 것은 타살이나 매한가지다. 죽는 순간만큼이라도 타인의 장난감이 되는 일은 막으련다. 다시 태어나면 평화주의의 새, 기린으로 부활해서 나의 의지를 보여줄 테다. 명랑은 강하다!'

밑을 내려다보았다. 푸르디푸른 우리 강산은 아까처럼 낭만적으로만 보이지 않았다. 현실은 곱씹을 여유도 없을 만큼 바로 눈앞에 있었다. 나는 거센 기류에 잠시 휘청하다 겨우 비행기 문 앞에 버티고 섰다.

"헉! 죽을 뻔했잖아요!"

내가 소리 지르자 태양을 지키는 새는 날개를 퍼덕였다. 기린은 자기 머리의 뿔을 뽑아 저 멀리 바다로 내던져버렸다. 여기가 어디예요? 설마 내가 틀린 건 아니겠죠? 복잡한 질문들이 에스컬레이터를 탄 듯 끝없이 뇌 속으로 올라왔다. 시원하고 두려운 기분에 젖어 있을 때 '쾅!' 하는 소리가 났다. 내 전두엽이 창에 부딪쳐 괴성을 지르고 있었다. 멍청한 꿈이었다. 그 승무원, 사이코 점수는 5.5점이다. 커뮤니케이션 능력이 제로다. 언어 표현성 점수가 현저히 낮다.

"자매님, 우리는 3만 피트 위를 날고 있어요."

그 재수 없는 전도사는 놀란 표정을 감추지 않았다. 내가 떨떠름하게 웃자 그는 나를 위해 중얼중얼 주기도문을 외우기 시작했다. 승객들도 전부 나를 쳐다보고 있었다. 그들은 시선의 폭력을 좋아한다. 가식적 인간들은 언제 어디서 봐도 전혀 낯설지 않다. 그들은 인생을 속이고 있다. 그 모습이 어찌나 가식적으로 보이던지. 나는 가식적인 인간이 세상에서 제일 싫다. 다카기 마사오 신봉자인 아버지와 알코올중독자 어머니가 버티고 있는 집보다 7.5배는 싫다. 그런 인간들은 하나같이 재미없고 이상하지도 않고 위험하지도 않다. 불행히도 그 전도사는 사이코가 아니었다.* 그는 숨소리 또한 너무 정직하고 규칙적이었다. 수천 개로 세포 분열한 회충 전도사들이 '하나님은 당신을 사랑하십니다'라고 주절거리는 듯한 기분이 들었다. 아까 그 꿈보다 더 끔찍한 상상이었다. 기어가는 벌레에게도 교훈은 있는 법. 하지만 예외적으로

---

* 이것을 성급한 일반화의 오류라고 합니다. 우리를 둘러싼 '시스템'도 원래부터 오류투성이였습니까?

그 전도사는 벌레로도 태어나지 말았으면 한다.

비행기는 두 시간 만에 일본 나리타 공항에 도착했다. 한국인 '고태양'을 '고로케'*로 변신시킨 나라, 울트라 닛폰. 고로케의 사진을 갖고 오지 않은 것은 잘한 일이었다. 한국인도 만나지 않고 한국 상점도 가지 않고 1년간 원하는 대로 살아야지. 모든 에너지를 탕진하고 욕망이 최소화되었을 때 누군가 이렇게 말해주겠지.

"요우코소 니홍에. 마코토니 아리가토……."**

눈앞에 면세점이 늘어서 있었다. 어감이 낯설고 경쾌한 마쿠도나루도*** 간판이 나타났다. 그 뒤로 데지카메, 비루딩구****……. 드디어 에일리언이 되었다! Alien. 외계인. 누구든 외계인과 싸우는 자는 그 과정에서 자신이 외계인이 되지 않도록 주의해야 한다. 오래도록 나락을 들여다보면 나락 또한 내 속을 들여다보는 법이다. 내 몸 어딘가에서 시한폭탄의 초침 소리가 울렸다. 1년 뒤, 폭탄은 온몸을 심하게 간지럽혀 죽음에 이르게 하도록 설계되어 있었다. 내 몸에는 색다른 호르몬이 돌아다녔다. 밤에 몰래 내 팔뚝에 주사기로 변태 호르몬을 주입하던 외계인의 추억이 떠올랐다. 호르몬은 언제 과민 반응을 일으킬지 모른다. 죽음이 서프라이즈 파티처럼 예기치 못할 때 찾아오듯 말이다. 어차피 난

* 일본어로 '태양의 아이'라는 뜻.
** 일본에 많은 돈을 쓰시러 온 것을 환영합니다.
*** '맥×날드'의 일본어 표기.
**** 디지털카메라, 빌딩.

벼락치기 인생. 불멸의 벼락치기로 아직도 남아 있을 욕망을 소멸시킬 방법은 뭘까?

　이제부터 할 일은 단 하나, 울트라 닛폰 행성을 염탐하는 고독한 외계인으로 위장하는 것이다. 화끈하게 커밍아웃해보자. 나는 대한민국의 변태*다!

* 　변:태(變態)〔명사〕
1. 모습이 변하는 일, 또는 그 변한 모습.
2. 식물의 줄기·잎·뿌리 등이 보통과는 아주 다른 형태로 변하는 일.
3. 〔하다형 자동사〕동물이 알에서 부화하여 성체(成體)가 되기까지 여러 가지 형태로 변하는 일. 탈바꿈.
4. '변태 성욕'의 준말.
5. 이상한 사람.
……
(내가 몇 번에 해당하는지는 가르쳐줄 수 없다.)

03

외계인도 진화하는가?

일본의 지바현 하늘은 천상의 눈물이 다 흘러내리는 듯 연일 비를 뿌렸다. 기상청이 늘 뻥을 치고 마는 것도 시스템의 문제다. 이 세상 컴퓨터는 안타깝게도 시스템 오류를 너무 많이 일으킨다. 오전 11시 마쓰리는 취소됐다. 가끔 인간의 축제를 질투한 신은 분노의 눈물을 뿌려대기도 하니까. 그들은 고집불통에다 편파적이다.

일본에 온 지 3일째 되는 날이자 홈스테이 마지막 날이었다. 나를 공항에서 픽업해준 이즈미 가족은 지바의 집에 나를 초대해주었다. 이즈미는 소케대 정치학과 4학년으로, 대학에서 지정해준 나의 '버디'였다. 그녀는 서양인에게 열등감과 동경심을 갖고 있었다. 그녀의 꿈은 영어권에서 온 파란 눈, 노란 머리의 스마트한 남자와 결혼해 외국에서 사는 것이었다.*

"이번 주 토요일 12시에 도쿄대 학원제에 같이 안 갈래? 연극도 하고 전시도 많아. 아주 재밌을 거야."

그녀는 방금 충전한 배터리처럼 성능 좋은 목소리로 말했다. 애인 사냥하러 가자꾸나. 그렇게 들렸다. 나는 일부러 알아듣지 못한 척, 한국어로 되물었다. 뭐라고, 이 촌년아? 그녀는 더는 묻지 않았다. 눈치가 빠른 걸까?

이즈미의 어머니는 직장에 나갔고 아버지 미우라 씨는 마침 휴일이라 집에 있었다. 미우라 씨는 토스트와 녹차, 요구르트 푸딩을 만들어주었다. 그는 요리와 음악을 좋아했다. 나는 그를 보자, 이즈미가 왜 명랑성 100퍼센트의 아이가 될 수밖에 없는지 알게 됐다.

"오나니 상이라고요?"

미우라 씨는 '흠' 하고 몇 번 헛기침했다. 그때까지만 해도 '오나니'**가 얼마나 가혹한 뜻을 담고 있는지 알지 못했다. 나는 당당하게 '오난이(吳蘭二)'라고 종이에 써서 그에게 보여주며 말했다.

"태몽에 난초 꽃이 두 송이 피어 있더래요."

---

* 이런 것을 유식하게 '이그조티시즘(exoticism)'이라고 한다. 고교 교과 시험에는 안 나온다. 대학 시험에도 당연히 안 나온다. 다만 무식하다는 소리를 듣기 싫어하는 지적 쾌락주의자들은 외워도 좋다.
** 마스터베이션. 다들 해보셨죠?

한국에서 '못난이'라는 별명에 시달린 것도 모자란단 말인가? 엄마 꿈에 난초가 한 송이만 더 피었더라도……. (물론 '오난삼'이란 이름도 썩 마음에 들지는 않는다.) 내 주변은 다 그 모양이었다. 그 이름을 지어놓고 장수를 누리다 편안히 눈을 감으셨다는 외할아버지. 그분께서 일제강점기에 오사카로 징용 다녀왔다는 건 순 거짓말일 것이다. 대체 손녀 이름을 '마스터베이션'이라고 짓는 일제 징용 출신 할아버지가 어딨단 말이다!*

우리는 서로의 이름에 익숙해진 뒤에야 TV를 보면서 담소를 나눌 수 있었다. 마침 김정일의 아들 김정남이 뉴스에 나왔다. 도쿄 디즈니랜드에 가기 위해 위조 여권을 가지고 들어왔다가 걸렸다는 소식이었다. 3대째 바보 유전자를 대물림하고 있군. 세 사람은 실소하고 무시했다.

"우리 가족도 한국의 동대문에 가본 적 있습니다. 한국의 김치, 김, 불고기를 좋아해요."

미우라 씨가 그렇게 말하는 동안, 난 속으로 '김치, 김, 불고기'를 따라 하고 있었다. 한국에 음식이 세 가지밖에는 없다고 생각하듯 그런 식으로 접근하는 일본인들을 수없이 보았기 때문이다. 김치, 김, 불고기는 일본의 초밥, 사무라이, 기모노에 해당할 만큼 대화의 고정 메뉴였다. 생각난 김에 한국산 김 한 봉지와 마

* '자위'나 '딸딸이'가 아닌 건 천만다행이다.

26

시마로 인형을 그들에게 전했다. 미우라 부녀는 마치 금은보화를 받은 것처럼 호들갑을 떨며 "어, 이거 정말 죄송합니다"를 연거푸 말했다. 일본 사람들은 고마울 때 이렇게 얘기한다. '죄송합니다!' 몹시 특이한 인사법이 아닐 수 없다.

빗소리를 듣던 미우라 씨는 꽤 감상에 빠진 얼굴로 쳇 베이커의 〈My Funny Valentine〉을 틀었다. 그는 또 듀크 엘링턴과 마일스 데이비스의 중고 CD들을 내게 주었다.

"어차피 난 귀가 떨어지도록 들었으니 가져도 돼요."

"억수로 고맙습니데이."

내가 간사이 지방 사투리로 너스레를 떨었다. 한국이라는 개발 도상국에서는 고마울 때 '고맙다'라고 말한다. 이런 게 선진국과 개도국의 차이인가? 아무튼, 일본에서 적응하려면 좀 시간이 걸릴 듯했다.

점심 식사 메뉴는 초밥……은 아니었고, 미우라 씨가 손수 만든 오므라이스와 방울토마토 샐러드였다. 미우라 씨와 이즈미는 토마토를 소금에 찍어 먹었다. 괴이한 방법이군.

"왼손잡이구나?"

이즈미의 질문에 난 고개를 저으며 말했다.

"아니, 양손잡이야."

이제 밥상머리에서 '왼손을 쓰는 흉측한 짓은 하지 말라'는 얘기는 듣지 않아도 되는 거다.

"원래 토마토를 소금에 찍어 먹어?"

이즈미는 수돗물을 그냥 마시면서 "응. 한국에서는 안 그래?"라고 반문했다.

"우리는 설탕에 찍어 먹거든. 과일처럼."

내 말에 이즈미는 태어나서 그렇게 웃긴 일은 처음이라는 듯 배를 잡고 웃었다.

"또 죽으려고 작정한 사람이 아니면 수돗물은 안 마셔."

"아, 그래요? 식습관이 달라서 어려움이 많겠군요. 일본에서 어려운 일이 있으면 무엇이든 우리 이즈미에게 부탁해요."

미우라 씨는 웃느라 허리가 뒤로 마구 꺾어지는 이즈미를 겨우 진정시켰다.

식사 후, 나와 이즈미는 〈미술관 옆 동물원〉 비디오를 빌렸다. 아무도 빌리지 않았는지 먼지와 때가 켜켜이 껴 있었다. 이즈미는 한국 손님을 위해 한국어 비디오를 같이 보는 게 일종의 배려라고 생각하는 듯했다. 굳이 〈쉬리〉와 〈미술관 옆 동물원〉 중에서 고르라는 것이다. 나는 이미 본 영화들이라 일본 영화를 보자고 했다. 하지만 이즈미는 그것을 사양의 뜻으로 알고 계속 권했다. 일본까지 와서 굳이 한국 영화를 봐야 한단 말인가. 게다가 난 섹스와 액션과 코미디가 없는 영화는 별로다. 이를테면 〈뼈와 살이 타는 밤〉이나 〈시계태엽 오렌지〉〈이레이저 헤드〉〈다찌마와 리〉〈록키 호러 픽처 쇼〉〈ET〉 같은 영화가 내 취향이다.

예상과 달리 〈미술관 옆 동물원〉은 뜻밖의 재미가 있었다. 알 수 없는 감동. 두 남녀의 썰렁한 동거담 때문이 아니라 일본어 더빙 때문이었다. 처음에는 한국어에 덧입힌 일본어가 억양의 높낮이가 심한 사투리 같았다. 그런데 어느 순간 일본어에 익숙해지면서 제3 세계의 영화처럼 느껴졌다. 한국 사람들이 일본어로 연기하는 파푸아뉴기니 영화. 허풍으로 들리겠지만 〈미술관 옆 동물원〉은 파푸아뉴기니산(産)이다. 하~품.

돌이켜보니 개꿈 같은 3일이었다. 우리는 오다이바의 음식점에도 가봤고 요코하마에서 베이브리지의 야경을 구경하기도 했다. 이즈미는 강물을 바라보며 "이쁘다!"를 연발했다. 내가 속으로 '죽기에 적당한 깊이로군' 하고 중얼거릴 때 말이다. 우리는 미나토미라이 플라자에서 서커스와 불꽃놀이를 구경했고, 가마쿠라에 가서 에마*와 오미쿠지**를 사기도 했다. 오미쿠지에는 이렇게 적혀 있었다.

"국어 공부를 소홀히 하지 마라."

이즈미는 이방인 친구를 위해 무엇을 도와주어야 할까 고민하다가 불면증에 걸릴 정도였다. 분명 행복은 행복인데, 꽉 끼는 옷을 입어서 허벅지 살이 밖으로 비어져 나온 느낌이었다. 불안감에 화병이 날 것 같았다. 이즈미의 집을 떠나면서 우린 서로 백 번

---

* 합격, 연애 등 각종 소원을 비는 나뭇조각. 뒤에 십이지의 동물이 그려져 있다.
** 운세가 적힌 쪽지.

도 넘게 목례를 했다.

"이거 폐가 많았습니다."

"저희가 해드린 게 없어서 대단히 죄송합니다."

"제가 실례했습니다."

"다음에 제발 또 와주십시오."

언어에도 이처럼 SM 플레이어(Sado-Masochism player)가 있다. 자신을 할퀴고 상대방에게 압박을 주면서 그들은 쾌감을 느끼는 것이다. 서로에게 부담을 주면서 행복감을 느낀다고도 할 수 있겠다. 아무튼, 이즈미 가족의 사이코 점수는 제로다. 사이코는 자기가 속한 공동체와 다른 독특한 자기만의 언어 세계가 있어야 한다.

*

"교환학생 '오난이'인데요, 졸업논문과 졸업사진 촬영에 관해 문의드리려고……."

"졸업논문은 내년 5월에 과 사무실에 내세요. 졸업사진도 그때 찍습니다. 그럼…… 뚜뚜뚜뚜……."

한국의 과 사무실 조교는 경제에 강하다. 경제적으로 할 말만 내뱉고 냉정하게 전화를 끊는 식이다. 교환학생 사무실에서는 학적과로 문의하라고 하고, 학적과는 교환학생 사무실로 다시 연결해주고, 다시 과 사무실로 뺑뺑이를 돌리더니……. 이해해보도록 노력해보도록 노력해보올까, 말까? 바쁜 점심 약속이라도 있었던 모양이다. 어쩌면 유학생이 국제 전화비를 얼마나 부담스러워하는지 이해했던 유일한 직원이었겠지. 하지만 더 물어볼 게 있었는데. 사실 나는 소케대가 아닌 다른 대학에 가기로 돼 있었다. 그런데 필요한 서류를 뒤늦게 보냈단 이유로 대학 입학처에서 거부당했다. 사무란 게 원래 쓸데없는 중간 과정이 많은 일임을 이해한다. 그만큼 힘든 게 사무직이다. 하지만 권위적이고 불친절한 사람만 뽑기로 한 조항만은 제발 삭제했으면 좋겠다.

순진하게도 난 소케대가 아름다운 항구 한가운데에 있다고 상상했다. 그러나 내가 살 곳은 갈매기는 구경도 못 할 도시 한복판의 기숙사였다. 주변에는 가로등과 시끄러운 고양이, 게으른 경찰들밖에 없었다. 버스는 고급스럽지만, 편도 요금이 210엔(약 2000원)이나 됐다. 그 돈으로 우리나라에서는 택시를 탈 수 있겠지만 일본은 달랐다. 일본에서는 그 돈으로 택시 트렁크에 실려 갈 수 있으면 다행일 것이다.

수업 첫날, 100주년 기념관 1004호에서 일본 경제학 강의가 시작되었다. 어쩌고저쩌고 이러니까 저래서 그러므로 이러쿵저러쿵. 수업 내용은 미칠 만큼 어려웠다. 갑자기 시청각 장애인이 된 것처럼 보이지도 들리지도 않았다. 심심해 죽을 지경이던 차에 다행히 지진이 일어나주었다. 이런! 반공 대피 훈련하느라 바빠서 지진 대피법은 배우지 못했는데 어떡하지? 약진이긴 했지만 나는 무서웠다. 내가 비록 자살가 지망생이지만, 그렇다고 죽음이 두렵지 않은 것은 아니었다. 선글라스 속의 내 눈은 부지런히 다른 학생들의 반응을 살피고 있었다. 그들은 아무렇지도 않은 표정이었다.

"지진이에요, 선생님!"

"그런가 보네."

한 학생의 말에 교수는 덤덤한 반응이었다. 벌써 죽으면 계획에 차질이 생기는 게 아닌가? 나는 불안에 떨며 "왜 다들 조용하죠?"라고 옆 학생에게 물었다.

"이런 일이 워낙 많으니까요."

그 학생은 책상 밑에 숨은 나를 송충이처럼 바라보았다. 일본어 수업은 하나도 들리지 않고 문화도 이해할 수 없으니 완전히 사회 안전망을 잃은 느낌이었다. 미나토미라이항에 둥둥 시체로 떠 있을 나를 상상하자 두려움이 밀려왔다. 그건 명백히 자연에 의한 타살이니까. 교수님 얘기는 일본의 장송곡처럼 희미하고 음울하게 들렸다. 하지만 지진 괴물의 한국인 희생양으로 내가 NHK 뉴스에 보도될 일은 생기지 않았다. 책상이 조금 흔들려 내 펜이 바닥에 떨어졌을 뿐.

수업이 끝나고 교환학생 담당인 사토 씨를 만나러 교무과에 갔다. 그곳에서 다행히도 죽기 전 소원을 이룰 수 있었다. 사토 씨는 친절한 일본인상을 주기에 충분할 정도로 온몸에 '친절 전류'가 흐르는 여자였다. 그녀는 내게 채플 시간표를 주며 이렇게 말했다.

"채플은 평일 11시 53분부터 12시 13분까지 한답니다. 시간은 꼭 지켜주세요."

사인난이 그려져 있는 채플 기록표를 건네받으며 내가 물었다.

"꼭 53분이어야 하나요?"

"수업이 50분에 끝나잖아요? 호호호."

그녀의 시간 철학이 놀라웠다. 5분도 아니고 시간을 '3분' 단위로 사고한다는 것 자체가 혁명적이었다. 누군가는 그녀를 속칭 '쪼잔하다'라는 둥 말로 깎아내리려 하겠지만 나는 그녀가 존경스러웠다. 채플은 확실히 채워야 한다는 강박증이 들 정도였다. 채플을 듣지 않으면 졸업을 할 수가 없었다. 죽으려는 판에 무슨 졸업이냐고 하겠지만 난 나와의 약속에 철저한 편이다. 죽기 전에는 누구보다 의욕 넘치게 살기로 한 약속을 저버릴 수는 없었다. 하지만 솔직히 귀찮은 일이었다. 일주일에 세 번이나, 그것도 정확히 12시 13분에 교회의 목사로부터 채플 확인서를 받아야 한다니. 무교인 내가 기독교를 그토록 열심히 숭배한다는 것은 정말 난센스였다. 내가 천국에 가지 않으면 대체 누가 갈 것인가? 이 정도라면 210엔보다 훨씬 비싼 천국행 버스를 세 번쯤 타는 것으로도 모자랄 것이다.

수업은 대략 난감. 특히 인상적인 것은 시키마 선생의 일본어 수업이었다. 그의 이름은 한자로 '色麻'라고 썼는데 마치 '色魔(색마)'

처럼 보였다. 난 AV*를 보면서 일본어를 독학하는 게 편했기 때문에 극구 사양했는데도 대학 측은 맨투맨 강의를 필수 과목으로 끼워 넣었다. 콩나물시루 교실에 익숙한 내게 맨투맨 교습은 고액 과외나 다름없었다. 마치 조퇴한 날의 기분처럼 어색했다.

시키마의 연구실 문을 처음 열었을 때의 기억이 생생하다. 문 왼쪽 벽에는 아이가 그린 것 같은 선생의 캐리커처가 있었다. 그리고 큰 창문과 출입문을 제외하고 온통 일본 근대 문학사, 비교 문학론 등의 학술 서적, 문고판 추리 소설과 〈에반게리온〉 같은 만화책들이 벽을 빽빽이 채우고 있었다. 뚱뚱한 체구에, 뽀글뽀글한 파마머리를 한 남자가 눈을 동그랗게 뜨고 날 쳐다보며 말했다.

"안뇽하시무니까? '시키마'이무니다. 허허허."

시키마 선생은 자신의 재치에 스스로 감탄하듯 웃어댔다. 화장실에서 소변 보면서 대충 외웠을 것 같은 어설픈 한국어였다. 그는 60대 초반의 문학박사이자 일본추리협회 회원이었으며 꽤 유명한 문학평론가였다. 무엇보다 그는 예일대에서 1년간 수학한 것을 가문의 영광으로 여기고 있었다. 하지만 너무 공부를 시키면 잭을 바보로 만든다는 서양 속담**은 그를 위한 것이었다. 그는 친일문학가 이광수를 독립운동가로 착각했고 일본어 강사 자

* Adult Video.
** All work and no play makes Jack a dull boy.

34

격증도 없었다.

그는 "한국인은 일본어 마스터하는 데 2년밖에 안 걸린다면서요?" 하고 물었다. 마치 외국인이 일본어를 제법 말한다는 게 불쾌하다는 듯한 태도였다.

"한글과 한자를 모두 쓰기 때문이죠. 하지만 일본인들이 한국어 배우는 것은 몹시 어렵다던데요? 특히 발음이……."

"외국에서 일본어가 통용되니까 굳이 외국어 배울 필요가 없었죠. 일본인들은 섬나라 민족성이 강해서 '구로바루' 시대에 좀 맞지 않는다고나 할까? 하지만 내년은 '사카 와루도카푸'의 해이고 하니 나도 한국어 좀 배워봐야겠습니다."

"와루도카푸…… 으하하! 발음이 좀 웃기네요."

웃음이 터져 나오는 것을 참을 수 없었다. 그는 민족적 자부심이 상처받은 양 "한국에서는 뭐라고 하죠?"라고 따졌다. 나는 세종대왕에게 감사하는 마음으로 "월드컵이요"라고 대답했다. 그는 "올드컵? 우올더컵" 하고 따라 하더니 "그 발음도 썩 시원치 않군요. 하하하!" 하고 응수했다. 사실 '월드컵'이 맞는지, '와루도카푸'가 맞는지로 싸우는 건 정말 웃기는 짓이다. 둘 다 어차피 'World Cup'이 될 수 없는 운명을 타고난 게 아닌가.

우리 관계는 뭔가 석연치 않은 방향으로 흐르고 있었다. 요컨대 '천적 관계'랄까. 그는 나의 캐릭터를 파악한 뒤로 언젠가부터 잔소리를 늘어놓기 시작했다. 특히 그는 내가 수업 시간에 선글라스 끼는 것을 죽도록 싫어했다.

"안경이 너무 까맣군요. 좀 닦아야 하지 않겠습니까?"

"죄송해요. 전 자외선에 약해요."

"여기는 실내입니다."

"전 밝은 곳에 있으면 초록색으로 변하는 병이 있어요. 프랑 켄슈타인 얼굴색처럼 칙칙한 녹색 말이에요. 일명 '녹색증'이라고 하거든요. 정말 죄송해요."

"내 말은 선글라스를 벗으란 말입니다."

"선생님도 그 파마머리 가발을 벗으시는 게 어때요?"

그는 "흠…… 흠…… 정 그렇다면 검토해보도록 하죠"라며 언짢은 표정을 지었다. '검토한다'라는 뜻은 '다시 생각해볼 일은 절대 없다'라는 말로 일본어 특유의 반어법이 잘 살아 있는 문장이었다. 늘 그런 식이었다. 난 매번 여러 가지 뻥을 치며 그를 약 올렸고 그는 소심해서 늘 삐치곤 했다. 그는 복수라도 하듯이 내 수업 시간을 쓸데없는 얘기로 말아먹곤 했다.

"유선 노트를 준비하세요. 노트를 쓰는 '고추(こつ)'는 맨 밑에 몇 줄을 남겨두고 그때그때 떠오르는 질문을 적어두는 겁니다."

'고추'가 무슨 뜻인지 몰라 전자사전을 두드리던 나는 "왜요?"라고 되물었다. 시키마는 이름만큼이나 '시키기'를 몹시 좋아했다.

"'고추'는 '요령'이라는 뜻입니다. 그런데 수업 시간에 모르는 단어가 나와도 일단 넘어가는 게 어떻습니까? 체크해두고 나중에 사전을 찾는 게 수업에 방해가 되지 않을 텐데요."

"저는 필기와 사전 찾기를 동시에 할 수 있는데요?"

나는 형사 가제트 같은 표정으로 얘기했다.

"으흠. 그럼, 그 문제도 검토해보죠."

그는 잔뜩 열받은 듯했지만 억지로 참고 있었다.

이번엔 그가 100권이 넘는 참고 서적 리스트를 내밀었다.《어린 왕자》《이방인》《자유로부터의 도피》등 주로 고전이 많았지만, 제목도 들어본 적 없는 시키마 선생의 저서들도 있었다. 그가 지금까지 저술한 책이 50권도 넘었다. 그것들은《윤리학 시문집》《아무도 안 읽어온 고전문학사》등 제목만 봐도 필시 안 팔릴 게 뻔한 책들이었다. 그는 자신의 필통에서 펜을 꺼내 색깔별로 늘어놓으며 책 읽는 '고추'를 설명하기 시작했다.

"책을 읽을 때는 반드시 '노란색 형광펜'을 사용하십시오."

"예?"

"그래야 다음에 책을 복사하더라도 흔적이 남지 않거든요."

그는 내 반론 제기를 곧이곧대로 해석하고 있었다.

"마음에 드는 구절 옆에 포스트잇을 붙이십시오. 기억하고 싶은 구절에는 노란색, 의문이 생기는 부분은 핑크, 이런 식으로 색깔을 구분해서 붙이세요."

"마음에 들지 않는 부분은 무슨 색이죠?"

"파란색입니다."

나는 시퍼런 포스트잇이 잔뜩 붙은 그의 얼굴을 상상하며 낄낄 댔다. '시키마 스머프'는 자신이 유치원에서 강의한다고 착각하는 듯했다. 그는 리포트 제출 요령 지침을 내리는 것도 잊지 않았다.

　"독후감은 B4 용지에, 에세이는 A4 용지에 쓰세요. 밑에는 내가 코멘트를 달 수 있도록 반드시 여백을 남기도록."

　난 아무래도 그에게 찍힌 기분이 들어 그의 책을 읽고 독후감을 쓰기로 했다. 내가 고른 책은 《윤리학 시문집》이었는데, 이유는 그 책이 가장 얇았기 때문이다. 책장을 펴자 서두에는 거창하게도 'Boys, be ambitious!'라는 말이 적혀 있었다. 그 말은 너무 시대착오적이라는 느낌이 들었다. 책의 내용과 상관이 별로 없다는 건 나중 문제였다. 책은 대충 이런 뻔한 내용을 반복했다.

　'우리는 보이지 않는 것들과 싸워야 하며, 만남을 소중히 해야 하며, 만남은 우연한 것이며, 선택은 자신이 하는 것이며…… 중간 생략…… 물질주의보다 소중한 것이 있을 것이며…… 구시렁구시렁, 미래가 진보한다는 발전주의자의 사상은 잘못이며, 퇴화가 있어야 진보도 있으며…… 어쩌고저쩌고.'

　나는 읽을수록 지루하고 끝이 보이지 않는 그 책과 싸워냈다. 그 집념만큼은 히말라야 K2봉을 등정하고도 남았다. 어느새 책은 온통 파란 포스트잇으로 도배되어버렸다. 다 읽고 나니, 문득 그가 얼마 전 신문에 등장한 제록시안*이 아닐까 하는 생각이 들었다. 제록시안은 위험하며 부당하다. 그들이 변태들을 색출해 죽이기 때문이다. 그들의 핵심 이데올로기는 획일, 즉 한쪽을 강요하는 것이다. 뉘른베르크 재판 이후 악착같이 살아남은 나치 잔당 같으니라고. 그들은 바로 우리들의 다양한 오답을 허용하려 하지 않는 자들이다. 그들은 CMD를 소지하고 있는 사람들에게 무차별 사격을 가할 거라고 엄포를 놓기도 했다. 항간에는 히틀러 복제를 시도한다는 말이 공공연히 떠돌고 있었다. 극단적인 인간은 늘 위기감을 느낀다. 어쩌면 그들은 위기감에서 벗어나기 위해 극단적인 행동을 자행하는 딜레마에 빠졌는지도 모른다. 어쨌거나 제록시안들의 목적은 세상을 복제하는 것이다. 클론, 초국가 기업 등을 생산하는 것은 물론이고 문화 복제도 하고 있다. 60억 인구 중 어딘가에 복제주의자의 망령이 떠돌고 있다. 그들이 우리 사회를 복제하고 있는데도 순진한 기능주의자들은 그 사실을 모른 척한다. 사람들은 혁명을 자살만큼이나 두려워하기 때문이다.

숙제 검사가 있는 날, 시키마는 빨간 잉크의 스탬프를 들고 활짝 웃었다. 드디어 그가 가장 좋아하는 도장 찍기 시간이 된 것이다. 그는 리포트 한구석에 초등수용소에서도 유치해서 쓰지 않는다는 '참 잘했어요' 도장을 찍어주었다. 도장에는 그가 활짝 웃

* 제록시안은 아랍 출신의 미국인 부시시(Bushsh)가 세운 종교 집단이다. 신은 외계인이고 지구인은 외계인의 유전공학 기술로 만들어진 복제 인간이라고 주장하고 있다. 핼로이드(Haloid)사를 세워서 인간 복제 기술을 개발해왔다. 지금까지 전 세계 90여 개국에 6만여 명의 회원이 활동하고 있다. 그들은 자신의 세력을 확장하기 위해 비밀리에 CMD(Copiers of Mass Destruction, 대량 살상 복사기)를 제조 중이며 다른 단체나 개인의 사용을 금지하고 있다. CMD 소지 혐의를 받을 땐 이렇게 변명하자. "난 공화당이 싫어요!"

고 있는 캐리커처가 새겨져 있었다. 처음에는 몇 번 그러다 말겠지 했는데, 그는 내 예상보다 훨씬 성실하고 끈기 있는 사람이었다. 내가 숙제를 안 해 가면 그는 불같이 화를 내곤 했는데 아마도 (손자 돌보기를 제외하고) 유일한 취미인 도장 찍기를 할 수 없기 때문이었을 것이다.

나는 그의 머릿속이 온통 강박증 치료약으로 꽉 차 있다는 사실을 알고 있었다. 그는 일본의 출산율이 날로 내려가고 있으니 대학 졸업 후 빨리 시집가서 애를 낳으라는 둥, 얼마 전 파티에서 만난 무라카미 하루키 부부는 딩크족이라서 그런지 대인기피증이 심했다는 둥의 말을 지껄이는 게 취미였다. 한 번은 《일본인 백인설(白人說)》이라는 이상한 책을 가져와서는 자신의 조상은 백인이었는데 어떤 유전자 조작 때문에 황인종이 된 것이라고 했다. 왠지 서글퍼졌다. 그는 노망이 난 것일까?

'시키마 선생님, 이건 일본어 수업이에요. 제발, 히라가나를 가르쳐주세요. 전 아직 피동 수동과 존경형 표현도 제대로 배우지 못했다고요.'

그는 내가 모르는 단어를 물어볼 때마다 원시용 안경을 코에 걸치고 사전 펼치는 데만 5분이 걸렸다. 물론 그는 30년 경력의 교수답게 다양한 정치적 지식을 갖고 있기도 했다. 대동아권 건설 및 탈아론의 미학, 다케시마(竹島)에 대한 일본 측 소유의 정당성, 신사참배의 중요성 등. 내가 12년간 배워온 선(先)지식에 따르면 그는 파시스트였다. 그게 내 의견인지, 교과서의 의견인지는 알 수 없었다. 태극기만 봐도 눈물이 흐르고, 일장기만 봐도 찢어 버리고 싶은 욕구가 생기는 건 애국심 때문이 아니라 12년간 철 저히 학습된 결과인지 모른다. 실제로 극우보수파를 만나 어떻게 반박할지 논리적으로 고민하게 될 줄은 몰랐다. 천적은 쉽게 소 탕될 것 같지 않았다.

좀 건설적인 방법은 어떨까? 나는 상생(相生)의 아이디어를 짜 내기 시작했다. 이를테면, EU처럼 '아시안 정신질환자 연합'을 만 들어 무역과 교통의 장벽을 허무는 것이다. 발족까지 대략 20년, 본부 소재지는 대충 싱가포르, 화폐 단위는 '웬밧'*으로 하는 게 좋을 듯하다.

*

기숙사는 온통 금지와 강제투성이였다. 소형 냉장고, 욕실이 갖춰진 1인실은 한 달에 7만 엔이나 받아먹었다. 남자는 절대 출 입 금지였고 통금 시간이 11시였다. 오전 6시 이전에는 정문을 열 지 않았다. 아침밥은 7시와 9시 사이에 먹지 않으면 안 되었고 인 터넷 시설도 없고 공동 거실에 있는 TV는 BS 채널만 나왔다. 기

* 원+위안+엔+링깃+밧.

41

숙사 창마다 문이 거꾸로 달려 있지 않고 식당에 숟가락이 넉넉히 있고 수돗물이 투명하게 나오는 것이 그나마 다행스러웠다. 나는 재일 단체로부터 받는 장학금이 있어서 5만 엔만 내기로 했지만, 일본의 물가는 지나가다 만나면 망치로 패고 싶을 정도로 비쌌다. 내가 살기 위해 쓸 수 있는 돈은 고작 하루 500엔이란 결론이 나왔다. 결국 식빵과 우유, 가장 싼 말레이시아산 바나나, 주먹밥 위주로 먹을 수밖에 없었다. 주먹밥은 질리지 않도록 참치 마요네즈, 옥수수 마요네즈, 장어, 매실, 돼지고기, 닭고기가 든 것을 번갈아가며 먹었다. 때깔 고운 귀신이 되려면 엥겔계수도 높아야 하는 세상이긴 하지만, 대단한 음식을 먹지 못하는 건 어쩌면 유학생의 특권 아닐까?

기숙사에서 아침, 저녁 식사가 나왔지만, 입에 맞지 않았다. 식당 아주머니들은 소금이 안 쳐진 김과 우메보시, 낫토* 따위를 내주었는데 늘 거북했다. 특히 그 끈적끈적한 외계 요리 같은 낫토를 먹으라는 건 일종의 고문이었다. 요컨대 일식은 내게 지상 최악의 요리였다. 아마 영국의 피시앤드칩스를 제외하고 이렇게 저주받은 음식 문화는 없을 것이다. 한마디로 표현하면 '참을 수 없는 존재의 미적지근함'이었다. 고추장이 그리웠다. 가끔 스피츠(Spitz)의 〈우메보시〉를 들으면서 억지로 우메보시를 먹어보려고

* 삶은 콩을 발효시켜 만든 일본 전통 음식.

시도했지만, 번번이 실패로 끝났다. 내 일생일대 소원은 '맛있는 일식 맛보기'로 바뀌었다.

그나마 이 정도는 괜찮았다. 가장 참을 수 없었던 것은 기숙사 생들이었다. 그곳에는 자기 세계에 갇힌 히키코모리(ひきこもり, 은둔형 외톨이)들이 아마존 부족을 이루며 살고 있었다. 그들은 서로에게 전혀 관심이 없었다. 아무도 다가오지 않았고 나도 다가가지 않았다. 그냥 나 혼자인 채로 있는 것이 내 나름의 적응 방식이었다. 타국 생활을 위해서 적응은 필수 과목이다. 쉽게 말해 인간과 적응의 관계는 고교생과 스테디셀러 《수학의 정석》의 관계와 같다. 일본인의 지나친 친절, 싸고 간편한 주먹밥, 물보다 더 많이 마셔대는 녹차, '쓰레기 대충 버리기 금지'와 '남에게 폐를 끼치지 맙시다' 표어 등등. 그 모든 일본적인 것들에 내 것을 반쯤 포기하기로 했다. 자존심상 내 고유의 것을 다 버리지는 못하니까, 반쯤 버리는 건 남한테 폐 끼칠 정도는 아니겠지.

새벽에 잠을 깼다. 고양이가 담장 너머에서 울고 있었다. 고양이 울음은 밤의 여신이 기침하는 소리처럼 들렸다. 그 소리는 어두운 새벽과 이상하게 어울렸다. 한국의 집은 도로변에 있었다. 오밤중에 들려오는 것이라곤 술 취한 아저씨들이 가래침을 '캭' 하고 모았다가 '퉤' 뱉거나 술주정하는 소리가 대부분이었다. 밤이 싫어지는 것은 당연했다.

'사각의 링'* 한가운데에 앉아 오디오의 전원을 켰다. 재즈가 흘러나왔다. 미우라 씨에게 미리 말하지 못했다. 나는 완벽한 자살 계획을 세우고 있다고. 그래서 재즈처럼 자살 충동을 일으키는 음악은 좋아하지 않는다는 것을.

고독과 허기는 자주 혼동된다. 출출한 기분을 느꼈다. 라면 봉지 속에 뜨거운 물을 부었다. 냄비, 수저 따위를 씻는 작업이 귀찮으면 어느 여행 가이드북에 나온 그 방법이 꽤 유용했다. 냉장고에 처박아둔 포장 김치를 꺼냈다. 오랜만에 열어본 냉장고에는 소외된 음식들이 많았다. 고추장, 미숫가루, 김 등을 바라보면서 스스로 물었다.

'난 과연 살기 위해 먹는가? 배부른 소크라테스 혹은 배고픈 돼지를 꿈꾸는 것은 아닌가?'

사각의 링은 혼자만의 언어로 채우기에는 괴물처럼 커 보였다. 왁자지껄한 팝 음악을 기대하며 라디오를 켰다. 그러자 이상한 유럽의 언어가 귓속을 비집고 들어왔다. NHK 이탈리아어 방송이었다. 방에 수맥이 흐르는 탓인지 NHK 외에는 주파수가 맞는 게 없었다. 이즈미가 공짜로 내게 처분할 때부터 오디오의 정체를 눈치챘어야 했다. 나는 '칙쇼!'**를 연발하면서 김치 팩을 뜯었다.

"역시 한국 사람은 한국 음식을……" 하고 중얼거리면서 김치를 꺼냈는데 통김치가 나왔다. 열 줄기 정도 되는 김치가 저들끼

---

* 내 방 222호를 나는 그렇게 불렀다.
** 빌어먹을!=Fuck=Merde.

44

리 붙어서 도대체 떨어지지 않는 거다. 사각의 링에서 이탈리아어 강좌를 들으며, 덜 익은 봉지라면을, 그것도 통김치와 함께 먹는 기분이란.

가위가 없어서 손으로 김치를 일일이 뜯고 있는데 문득 구질구질한 기분이 들었다. 한낱 김치 때문에 자기 존재가 구질구질하게 느껴졌다. 겨우 이 정도라니. 나의 자중심(自重心)은 대체 어디로 도망갔을까? 나는 담배 한 개비를 다 태웠지만, 성이 차지 않았다. 나머지 열아홉 개비를 한주먹에 쥐고 불을 붙이기 시작했다. 열아홉 개비를 다 태우려고 하니 힘들었다. 몇 모금 빨기가 무섭게 현기증이 날 것 같았다. 하지만 뭔가 부족했다. 이유는 정확히 알 수 없었지만, 여전히 성이 차지 않았다.

나는 불붙은 담배를 왼쪽 젖꼭지에 댔다. 지글지글하면서 단백질이 타는 소리가 났다. 나는 미친개처럼 침을 질질 흘렸다. 이제 슬슬 한국의 것들을 태워버릴 시간이었다. 이럴 때, 혼잣말은 나의 존재를 증명할 수 있는 유일한 방법이었다. 혼잣말이란 건 마치 '그레고리 잠자'*라는 이름의 벌레가 몸속의 온갖 구멍을 들여다보는 느낌이다. 그 벌레는 번식력과 전염성이 강해서 완전 박멸하기 어렵다. 그제야 내 부모님들이 왜 그렇게 혼잣말을 해댔는지 알 것 같았다. 그들도 내가 단백질 태우며 보낸 시간만큼 고독한

* 카프카의 소설 〈변신〉의 주인공.

45

한철을 보냈으리라. 섬뜩한 기분이 들었다. 친숙한 음악을 틀었다. 라디오헤드의 〈Creep〉. 청춘의 고백.

'……네 모습만 봐도 난 울게 돼. 넌 그렇게 아름다운 세상 속에서 깃털처럼 떠다니는데 말이야. 나도 특별한 놈이었으면 좋겠어. 넌 정말이지 끝내주게 특별해. 하지만 난 변태 같은 놈이야. 미친놈이라고. 빌어먹을, 도대체 내가 여기서 뭘 하는 거지? 난 이런 덴 어울리지도 않는 놈인데 말이야……. 멋진 놈이 되고 싶어. 속 알맹이까지 완벽한 놈이 되고 싶다고…….'

이걸 듣고 있으면 언제나 카프카의 〈변신〉이 떠올랐다. 나는 장구벌레가 되고 싶은 걸까, 무당벌레가 되고 싶은 걸까?…… 세상에 내 뜻대로 되는 일이 하나도 없어! 이제 어디로 가야 할까? 나는 사거리 한복판에서 선택을 강요받는 사람처럼 머뭇거렸다. 도살장에 끌려가는 돼지처럼 속으로 고함을 질렀다. 청춘이 자살을 강요당하는 듯한 느낌은 싫었다. 아무 동아리에라도 들어가야겠다고 생각했다. 불면의 밤은 이렇듯 엑스터시를 복용한 미친 고양이처럼 날마다 찾아왔다.

04

왜 '멜랑콜리'에 열광하는가?

고등수용소. 평생 써먹지도 못할 피타고라스 정리와 함수를 외
우면서 머리 용량이 얼마나 커질 수 있는지 체크해보는 곳. 지구
를 청소한다면 어떤 것을 쓰레기통에 넣고 싶냐는 질문에 나는
주저 없이 고등수용소와 대입 준비 스파르타식 기숙학원을 꼽을
거다. 지옥 같은 한철을 보냈던 고등수용소의 멋진 6차 교육과정
교과서는 '정답'을 이렇게 정의했다. 제너럴리스트(generalist), 팔
방미인, 다재다능, 평화주의자, 성실, 근면, 화목한 가정, 사회정
의가 실현된 복지사회,* 자유, 평등, 민주, 정답은 정상. 반면 오토

---

* 그런 이데아가 있다면 지하에서 플라톤이 손뼉을 치고 있을 거다.

바이족, 왼손잡이, 방황, 고통, 욕, 일탈, 차별, 커닝, 지각, 결석, 대리 출석, 오답은 비정상이란다. 쉽게 말해 후자는 '정신병자, 변태, 사이코'의 소유물이란다…… 기— 기— 소리…… 삐걱삐걱 소리를 내며 돌아가는 세상*…… 처음부터 알량한 자존심과 빈약한 정신으로 시작한다면…… 또 똑같은 세상이 태어나고 마는 거다. 붕어빵…… 복사기 세상…… 찍고 또 찍고…… 대량 도덕 기만 사회…… 고기가 없으면 빵이나 처먹지그래, 라고 말하는 편리한 세상.

소케대학 제2 학생회관 709호 문에는 '퀴즈연구회'라는 팻말이 붙어 있었다. 문을 열자 학생들이 우글우글 모여 수다를 떨거나 마작을 하는 모습이 보였다. 그곳은 마치 남녀 혼합 욕탕처럼 신선했다.

"어이, 마초! 새 애인이냐?"

누군가의 외침에 '마초'라는 남학생이 나를 돌아보았다. 그는 꽤 잘생긴 편이었지만 검은 수염이 잔뜩 나 있어서 마치 40대 아저씨처럼 보였다.

"아냐. 새꺄! 바로 요 앞에서 만났어."

소리를 지른 사람은 '콰지모도'가 울고 갈 정도로 독특한 외모

* 〈삐걱삐걱〉, DJ. DOC 4집 앨범의 노래 변용.

48

의 사나이였다. 고수머리는 멋대로 팔랑이고 얼굴은 네모반듯했으며 턱은 숱이 많은 수염으로 뒤덮여 있었다. 결정적으로 그의 목소리는 32화음으로 갈라졌다. 하지만 껍데기 속에 어떤 물건이 감춰져 있을지 벗겨보기 전에는 아무도 모르는 법.

"아, 신입 부원이로군."

그는 시마다 겐타로였다. 별명은 '쓰레기 인간'이었지만 나는 휴머니스트이므로 그런 가혹한 이름을 부르진 않겠다. 나는 단번에 그 녀석이 퀴즈연구회의 애물단지라는 사실을 눈치챘다.

"한국에서 온 '오난이'라고 합니다."

푸하하하하하……. 웃음은 도미노처럼 아이들을 쓰러뜨렸다. 예상한 반응이었지만 난 외할아버지의 얼굴을 떠올리며 습관처럼 미간을 찡그릴 수밖에 없었다. 다들 평정을 되찾았을 때 시마다가 호기심 가득한 표정으로 물었다.

"나도 한국의 명동에 가본 적 있어. 일본에서도 최근 한국의 때밀이와 성형수술, 변태 안마 시술소 등이 인기야."

한국의 김치, 김, 불고기 대신 특별한 것을 기억해주는 사람이 있다니 놀라웠다. 이번엔 마초가 끼어들어 물었다.

"한국이 어디 있는 거야? 북한인가? 낙양하고는 가까워?"

속에서 '헉!' 하고 신음이 나왔다. 일본인들이 적어도 한국어로 '안녕!' 정도는 알 거라고 믿었던 것은 나만의 착각이었나? '서울'이라는 단어도 처음 들었다는 마초가 외계인처럼 보였다. 그는 한국인을 마치 아프리카의 소수민족 정도로 생각하는 듯했다. 그는 낙양, 장안 등의 클래식한 이름을 대며 서울의 위치를 파악해 내기 위해 애쓰기 시작했다. 타임머신이 있다면 위촉오 시대로 보내주마!

그때 무림을 평정할 서클 회장, 히라노 카즈가 나타났다. 자유 분방하게 사방으로 뻗어 있는 이, 안짱다리 등 그의 몸은 전형적 으로 안이했다. 하지만 얼굴이 만화 캐릭터 마시마로랑 닮았고 앞니 두 개가 튀어나온 것만 빼면 제법 인기 있을 법한 얼굴이었 다. 그는 컴퓨터학과 3학년으로 만화 캐릭터 도라에몽에 열광하 는 아이였다. 나는 그에게 가방에 달려 있던 마시마로 열쇠고리를 선물로 주며 말했다.

"마시마로랑 정말 똑같다."

내가 그의 이름을 불러준 순간 그는 마시마로가 되었다. 그는 서클에 외국인이 들어온 경우가 여태까지 한 번도 없었다며 몹시 흥분했다.

"너 일본어 되게 잘한다! 대체 얼마나 배운 거야?"

시마다가 내게 이것저것 묻느라 정신없었다. 마초도 질세라 "혹시 《삼국지》 좋아해?"라며 한마디 했다.

"또 그놈의 《삼국지》냐?"

마시마로의 말이었다. 나는 굳이 싫을 게 있냐 싶어 고개를 끄 덕였다.

"어떤 인물을 좋아해? 난 조자룡을 가장 좋아하는데."

"근데 왜 별명이 마초야?"

내가 물었다.

"그 사람 수염이 좀 멋있거든."

마초는 수염을 쓱 어루만지며 대답했다. 그러더니 가방에서 주섬주섬 책 한 권을 꺼냈다. 《삼국지 영웅 데이터 파일》이라는 책이었다. 3센티미터 정도 두께의 그 책에는 《삼국지》와 《삼국지연의》에 등장하는 호걸들의 신상이 죽 적혀 있었다. 그뿐만 아니라 그들을 통찰력, 결단력, 전투력, 통솔력, 의리, 전략 전술, 실행력, 인망 등으로 나누어 점수까지 매겨놓았다. 정말 일본인들은 별걸 다 연구하고 있었다. 마초는 346페이지를 펼치며 사자후를 토하기 시작했다.

"총 169명 중에 여덟 분야에 걸쳐 가장 높은 점수를 얻은 사람은 조자룡이야. 그 혼란기에 유비와 제갈량이라는 인물을 알아봤으니 정말 대단하지 않아? 아두를 끝까지 구출한 그 의리 하며……."

나는 의례적으로 "스고이!"*라고 맞장구쳐주었다. 마초는 신이 나서 더 크게 떠들기 시작했다.

"문제! '닭의 갈비뼈'라는 뜻으로 조조가 유비와 한중(漢中)을

* 굉장해!

51

놓고 싸울 때 한 말은 무엇입니까?"

"계륵(鷄肋) 아냐? 일본어로는 모르겠는데."

내가 기억을 더듬는 사이 마초가 잽싸게 대답했다.

"게로쿠라고 해."

"아, 그 계륵? 얘가 계륵을 안대! 와, 한국인들도 그런 것 아는 구나, 굉장하다!"

마시마로는 100년 만에 인간을 본 로빈슨 크루소처럼 호들갑을 떨었다.

"백미(白眉)도 퀴즈 문제에 꽤 나오지. 제갈량과 친했던 마량(馬良)이 형제 중 가장 뛰어났는데 개가 어려서부터 눈썹에 흰 털이 섞여 있었다는 얘기 말이야."

마초는 그야말로 《삼국지》 마니아였다. 그는 제갈량, 위촉오, 유비, 조조, 손권 등이 어쩌고저쩌고하면서 '삼국지 퍼즐'을 끼워 맞춰갔다. 그는 눈앞에 중국 지도를 그려가며 처음 유비가 공손 찬의 도움을 받아 활동을 개시하기까지를 죽 설명했다. 마초는 그래도 모자란다 싶었던지 자신이 직접 쓴 동인지를 내밀었다. 거기에는 《삼국지》와 관련된 퀴즈를 분석한 마초의 글이 실려 있었다.

퀴즈 연구 리포트

2000. 7. 6.

퀴즈 책 중에 가장 유명한 것이 제13회 〈울트라 퀴즈〉 우승자인 나가토 하야토 님이 쓴 《퀴즈는 상상력(문제집 편)》이다. 그 책의 울트라 대책 편 17장을 보면 이런 문제가 나온다.

문제: 중국 고대의 유명한 병법가, 손자의 병법 중 하나로 '도망가는 게 상책'은 몇 번째 계략인가?
정답: 삼십육계

이번 리포트는 이 문제와 정답이 사실에 반하고 있음을 증명하는 것이다.

우선 결정적으로 틀린 것은 손자병법이 적힌 《손자(孫子)》에 '도망가는 게 상책'이라는 기록은 없다. 또 손자의 병법이 나오는 유일한 책인 《손자》의 구성은 한 가지 주제(전쟁, 행군)에 한 편씩, 총 13편으로 돼 있으나 그중 하나의 계략에 여러 가지 번호가 붙어 있다는 사실은 알 수 없다. 무엇보다 《손자》는 전략 이론서이지, 하나하나의 계략을 들어 설명하고 있는 책이 아니다. 즉, '손자의 몇 번째 계략'이라는 질문 자체가 성립할 수 없는 것이다.

*《손자》란?

《손자》 13편은 중국 춘추시대(기원전 770~기원전 403년)에 활약한 제자백가의 한 명인 병가, 오나라 장군이었던 손무(孫武)에 의해 쓰인 것이라고 알려졌다. 일설에는 그 자손의 자손이 저자라고 하는 얘기도 있다. 그 손무(혹은 자손?)가 '손자'라는 인물이다. 그의 저서 《손자》는 중국 최고(最古)의 병서로 '풍림화산(風林火山)' 등이 유명하다……

이런 식이었다.

"사실 내 별명은 책략가야. 친구들이랑 경마장 가면 내가 이것저것 가르쳐주거든. 또 가끔 바람을 피우다가 애인한테 걸렸는데 어떻게 하면 좋냐고 묻는 자식들도 있어. 그럼 내가 여러 가지 작전을 함께 짜주곤 해."

마초는 자랑하듯 말했다. 그에게는 영웅호걸 못지않은 원대한 꿈이 있었다. 서른다섯에 도쿄 디즈니랜드를 능가하는 '삼국지 월드'라는 거대한 테마파크를 건설하는 것. 이미 108개의 설계도를 그려놨다는 그는 자신만만한 표정이었다.

7시가 되자 709호 강의실은 50여 명의 남녀 학생들로 꽉 찼다. 책상 열 개가 강의실 앞에 나란히 놓여 있고 그 위에 버저 열 개가 놓였다. 퀴즈 방식은 그날의 문제 출제자인 가쓰 이치로 마음대로였다. 일본, 한국은 물론이고 세계적으로 유행하는 〈퀴즈 백

만장자(Who Wants to be a Millionaire?)〉라는 프로그램 형식을 그대로 패러디한 게임이었다.

마시마로가 가쓰를 가리키며 말했다.

"저 사람, 우리보다 한 살 많지만, 칠레에서 2년간 살다 와서 아직 2학년이야. 영어, 스페인어에 능한 멀티링구얼에다가, 우리 서클에서 퀴즈에 가장 강해."

마시마로는 한자로 '가쓰 이치로(勝一郎)'라고 써서 보여주었다. '勝(이길 승)'자에, '첫째'를 뜻하는 이름. 퀴즈연구회 동인지에 소개된 그의 이력은 화려했다. '제17회 고교생 오픈 우승' '제2회 울트라 퀴즈 우승' '2000년 맨 오브 퀴즈 우승' '제9회 호세 오픈 우승' '제8회 메이지 오픈 2위' '모리 배 우승' 등등. 그야말로 그는 퀴즈왕이었다. TV 퀴즈 프로그램에 나가서 우승하는 게 꿈인 퀴즈 마니아들에게 그는 살아 있는 전설이었던 셈이다.

그는 부모님의 성화 때문에 소케대 법학부에 진학하긴 했지만, 타의 추종을 불허할 트럼펫 연주가이기도 했다. 그는 소위 '에스컬레이터 학교'인 소케대 부속 초중고를 졸업한 초엘리트였다. 트럼펫을 10년간 불었고 외교관 부모 슬하에서 해외를 내 집처럼 다니는 코즈모폴리턴이었다.

나는 문득 백화점에 설치된 에스컬레이터의 비밀에 관해 처음 알게 됐을 때를 떠올렸다. 에스컬레이터가 층마다 연결돼 있지 않은 것은 쇼핑객들을 더 걷게 함으로써 소비 심리를 자극하기 위해서라는 것. 아주 단순한 설계 원리였지만, 그 상술을 알아버린 뒤 나는 문득 공포감을 느꼈다. 어쩌면 평범한 사람들은 알 수 없는 어떤 거대한 세계가 우리를 감싸고 있는 것은 아닐까? 정말로 외계 세력들은 공장의 소시지 라인에 우리를 태울 준비를 하고 있을지 모른다. 자신과 가족을 위해 열심히 일한다고 생각하는 소시민들은 결국 에스컬레이터 설계자의 꼭두각시에 지나지 않는 거다. 가쓰는 혹시 그 에스컬레이터의 선두에 선 탑승객이 아닐까? 세계가 있다는 게 아니라 세계가 어떤 의미를 갖고 있다는 게 중요하다.

가쓰는 단상에 앉아 노트북에 적힌 퀴즈 문제를 내기 시작했다.

"첫 번째 문제, 나쓰메 소세키(夏目漱石)의 4대 작품은?"

"《도련님》《문》《마음》《그 후》!"

"정답입니다!"

첫 번째 문제를 맞힌 마시마로가 자리에 돌아왔다. 그는 내게 "퀴즈는 버튼을 얼마나 빨리 누르느냐에 달렸지"라며 자랑스럽게 말했다. 그리고 1000엔짜리 지폐를 꺼내 보이더니 나쓰메 소세키의 초상화를 가리켰다.

"후기 3부작을 맞히는 문제도 많이 나와. 《산시로》《그 후》《문》이 답이야. 아직 안 읽었다면 《산시로》를 읽어봐. 꽤 재밌어."

"그 책은 이미 1학년 때 읽었어. 세상 물정 모르는 고집불통 도련님의 좌충우돌 성장기 소설이잖아. 단순하지만 정의로운 도련

님과 너구리 교장, 빨간 셔츠 교감, 알랑쇠 미술 선생, 끝물 호박 영어 선생…… 그리고 또 누가 있더라?"

"그건 《도련님》이지."

개망신.

마시마로는 다시 퀴즈 문제에 집중했다. 나는 몸을 돌려 집중하고 있는 아이들의 모습을 지켜보았다. 퀴즈는 계속됐다. '영화 〈지옥의 묵시록〉 감독이 누구냐?'는 문제에서 시마다는 자신 있게 '쿠엔틴 타란티노'라고 대답했다가 틀렸다. '聖林'을 영어로 하면 'Hollywood'라는 것, 월요일 밤에는 〈Hey Hey Hey〉라는 TV 쇼를 한다는 것, 야스시와 기요시는 금요일 밤에 하는 〈Music station〉의 유명한 만담가라는 것 등은 새로 알게 된 사실이었다. 하지만 그런 것을 몰라도 사는 데는 아무 지장이 없었다.

알고 보니 '퀴즈연구회'란, 매주 자작 퀴즈대회를 열고 연말 전국 대학 퀴즈 대항전에 나가는 것을 목적으로 하는 서클이었다. 인터넷이 등장하면서 별의별 동호회*들을 보았지만, 퀴즈 동호회는 처음이었다.

최초에 외로운 퀴즈 마니아들이 모여서 거대한 세계를 만들었다. 그 중독의 세계는 퀴즈 세계에 살고 있지 않은 나머지 사람들은 절대 이해할 수 없을 만큼 폐쇄적이었다. 그들은 알 수 없는

---

* 심지어 '전국 김철수의 모임'이라는 것도 있다. 그들은 다 함께 모여 대체 무슨 작당을 하는 걸까?

'합의된 공기' 속에서 숨 쉬고 있었다. 숨은 메두사의 머리처럼 여러 갈래로 갈라져 있었다. 마시마로는 만화, 시마다는 퀴즈대회, 마초는 《삼국지》 등등. 그 뿌리가 너무 달라서 어떻게 접점을 찾은 건지 궁금할 정도였지만 그들은 '퀴즈'라는 포괄적인 항목 아래 한 뭉치가 되었다. 일본풍의 헤어스타일, 머플러 매는 법, 수염 기르는 법 등은 전부 달랐지만, 그들 모두 퀴즈에 미친 '퀴즈족'이라는 것만은 부정할 수 없는 공통점이었다.

"문제! '태양에 가까울 때 지구는 빨리 돌고 태양에서 멀 때 지구는 느리게 돈다'라는 것으로……."

가쓰가 문제를 다 읽기도 전에 시마다가 버저를 눌렀다.

"케플러 법칙!"

"틀렸어! 케플러는 음악가야."

내가 자리에 앉아 중얼거렸다.

"무슨 소리? 케플러는 유명한 천문학자야."

놀란 마시마로가 종이에 써가며 내게 설명하기 시작했다. 타원 궤도의 법칙, 면적 속도 일정의 법칙, 그리고 조화의 법칙…… 어쩌고저쩌고. 뭔가 아주 우스웠다. 마시마로의 모습은 마치 '한국에서는 이런 걸 안 배우는 모양이구나' 하는 식이었다. 과잉 친절은 범죄 행위라고 말해주고 싶었다.

"케플러는 뮤지션 맞아. 그것도 아주 특별한 뮤지션이었어. 우주가 원형의 현을 갖춘 거대한 현악기라고 말했거든. 천체가 움직이면 공기가 진동해서 소리를 낸다고 했어. 지휘는 누가 하는지 알아? 바로 태양이야. 즉, 천체가 오케스트라처럼 연주해서 하늘이 조화를 이룬다는 이론이었어. 가령 '미'는 괴로움, '파'는 배고픔이라는 거야. 그래서 지구에는 늘 괴로움과 굶주림이 끊이지 않는다나? 하하핫, 정말 대단하지 않아?"

"그래. 하지만 그런 건 퀴즈 문제에 안 나와."

빙고!

그의 말이 맞았다. 적어도 높은 재수율을 자랑하는 소케대에 들어오기 위해서는 케플러 법칙만 달달 외우는 게 지름길이지. 퀴즈족들은 얕은 지식을 자랑하려 드는 스노비즘(snobbism)*에 경도되어 있었다. 그들은 정답 증후군 환자였다. 퀴즈연구회에 온 것도 어쩌면 고등수용소 시절에 길러진 콤플렉스 때문일지도 모른다. 관성은 밀려 쓴 답안지보다 두려운 법이다. 일본의 근현대사나 근대문학에 대해서 모르는 난 입 닥치고 앉아 있는 편이 나았다. 나는 완벽한 퀴즈대회 예선 탈락감 아닌가?

어떻게 보면 인생은 멜랑콜리의 역사다.

"너 제정신이니?"

유명 대학을 나와 시골 엘리트가 된 우리 동네 미대 입시학원장은 늘 내게 이렇게 따지듯 물었다.

* 고상한 체하는 속물근성, 또는 출신이나 학식을 공개적으로 자랑하는 일.

"대학에 갈 생각이나 있는 거니? 이런 건 미대 입시에서 안 통해!"

모범 답안과는 거리가 먼 누드 크로키 따위를 그리고 있었으니 내가 대입에서 떨어질 것은 당연해 보였다. 다음 날 나는 머리를 재미없는 모양으로 깎고 개근 모범생의 길로 우회전했다. 그 선택은 내 인생의 최악의 실수였다.

그게 밝혀진 건 고3 시절이었다. 당시 우리 반 급훈은 '재수(再修) 없다'였다. 이혼남인 담임 '이대팔'이 마치 자신의 유머를 주체할 수 없다는 듯 의기양양한 얼굴을 하면서 그 쓰레기 문구를 제안했다. 그 덕분인지, 3년간 수용소에 볼모로 잡혀 있던 반 아이들의 3분의 1은 재수(財數) 없게도 대학에 못 갔다. 어떤 애들은 소심하게도 화장실 낙서판에 '개같은 담탱이'라고 갈겨놓는 것에 만족했다. 그게 하릴없이 벽을 긁듯 추상적이고 뻔한 짓인 줄 알면서도 말이다. 홀든*의 절친한 친구, 앤톨리니 선생이 또 뻥을 쳤던 거다. '학교 교육은 무엇이 자기 머리에 맞고 안 맞는지를 알게 도와준다'더니. 난 어떤 분야가 머리에 맞고 안 맞는가를 깨닫기는커녕 머리에 맞는 야구 모자 하나 발견하지 못했다.

해방구라 믿었던 대학은 어땠나? 한마디로 더 지독했다. 도서관에는 토익 공부와 애인 만들기에 매달리는 바보들만 넘쳐났다.

* 《호밀밭의 파수꾼》 주인공.

몇 마리 토끼를 잡으러 쫓아다니느라 바쁜 '정상인'들의 모습을 떠올리면서 밤마다 술을 토해냈다. 딜레마를 깨기 위해서 난 멀티태스킹 독서법을 택했다. 〈드래곤볼〉과 〈TIME〉, 《천국이 내려오다》와 《구토》 따위를 섞어서 읽어보기도 했지만, 구토만 더 나올 뿐이었다. 가끔 화장실에서 변기에 대가리를 처박고 알코올의 배설물을 관찰할 기회가 있었다. 저 더럽게 떠다니는 똥처럼 세상 모든 것이 역겹구나. 이게 과연 내가 꿈꾸던 대학 생활일까? 난 지금 행복한가? 자, 봐라. 인생의 절정기와 불확실한 꿈들이 술집과 화장실 쓰레기통에 내 구토와 함께 처박힌 꼴을. 무려 15년간 변비를 호소하며 변기 위에서 끙끙대고 있어. 세상의 똥구멍이나 다름없었던 고3 시절에 비하면, 스무 살을 넘긴 이후로는 (백 보 양보해서) 천국의 화장실에 사는 기분이었다. 정답 지상주의 사회는 삐걱삐걱 제멋대로 돌아갔다. 12년간 정답을 적어내며 시스템 유지의 일꾼으로 활동했던 나의 과거가 싫었다. 굴욕적이고 부지런한 삶 따위 다 날려 보내리라. 쾌락만이 나쁜 기억을 없애 주리라.

온갖 공상을 하는 통에 두 시간에 걸친 퀴즈대회가 어느새 끝나버렸다. 우리는 중국집에 뒤풀이하러 갔다. 그날은 나의 환영회이기도 했다. 그들은 '건배!'를 외치며 아사히 맥주를 한 잔씩 들이켰다. 일배(一杯)가 끝나고 붙임성 좋은 아이들이 내 곁으로 몰려왔다. 내 앞에 가쓰가 앉았다. 나를 외계인처럼 쳐다보던 가쓰가 말을 걸었다. 가까이에서 보니 그는 메트로섹슈얼이었다. 여성, 남성적 매력과 이국적 매력이 마구 뒤섞인 얼굴이었다.

가쓰는 농담처럼 물었다.

"선글라스 쓰는 게 취미야?"

"관찰을 좋아하거든."

나는 선글라스 너머로 눈알을 굴리며 대답했다.

"왜 퀴즈연구회에 왔어?"

"일본을 빠삭하게 알고 싶어서. 넌?"

"퀴즈 프로그램 좋아하거든. 퀴즈는 즐기는 거잖아. 카르페 디엠!* 즐기면서 지식을 넓힐 수 있고 많은 친구도 사귀고, 무엇보다 퀴즈는 평등해. 야구나 농구처럼 힘이 필요하지 않지. 아는 만큼 풀 수 있으니까."

그는 이렇듯 재수 없게 대답하며 세련된 동작으로 젓가락질을 했다. 어떤 게 세련된 젓가락질이냐고 묻는다면 할 말이 없다. 그모습은 마치 '매력을 풍기는 건 이렇게 하는 거야'라고 얘기하는 것처럼 보였다. 그의 모습은 줄곧 1등만 하는 유복하고 핸섬한 킹카 그 자체였다.

그는 내 발을 슬쩍 보면서 엉뚱한 질문을 했다.

"넌 무슨 '주의자'야?"

---

* '삶을 즐겨라'로 번역되는 라틴어. 〈죽은 시인의 사회〉에서 키튼 선생이 학생들에게 이렇게 외쳤다.

"……."

"너의 철학이 궁금해서."

"'매일 아침 토스트 두 조각주의자'라고나 할까? 역시 세 조각은 너무 많아."

가쓰가 파하하, 하고 웃음을 터뜨렸다.

실은 거짓말이었다. 최근 켈로그 콘푸로스트주의로 바꾸었기 때문이다.

"네 신발 끈이 풀어져 있어서 물어본 거야. 외국인들은 보통 신발 끈을 꽉 묶어놓게 마련이거든. 외국 생활도 크게 보면 여행의 하나니까."

그렇다. 난 신발 끈 묶는 게 귀찮은 '신발 끈 해체주의자'다.

매일 운동회 나가는 사람처럼 매여 살기 싫었다. 어차피 죽을 거 피 터지게 살기는 더더욱 싫었다. 신발 끈이 풀어질 때마다 맬 만큼 난 의욕적이지 않았다. 내가 신발 끈을 미친 듯이 꽉 묶고 다닌 때는 고3 시절이었다. 나는 그 시절에 대한 반항이라도 하듯, 타락한 해방도시, 대학에 들어가자마자 신발 끈을 풀고 다녔다.

"여행 좋아해?"

"응. 예전에 사진작가를 따라서 13개국을 여행한 적이 있어. 지금은 중국인에게 일본어를 가르치는 중이고, 앞으로 독일어를 배울 생각이야. 미국에서 카레이싱 면허는 땄고 언젠가 트럼펫 연주회를 하고 싶어. 장소는 남아프리카에서라면 어떨까 생각하고 있어."

가쓰의 계획은 말만으로도 환상적이었다.

"졸업하면 뭘 할 거야?"

가쓰는 피아노만 쳤을 것 같은 가느다란 손가락으로 앞머리를 쓸어 넘겼다. 그리고 그는 다리를 꼰 뒤, 한쪽 발로 아주 아슬아슬하게 내 종아리를 툭툭 건드리고 있었다. 나는 그 스킨십이 마음에 무척 들어서 일부러 다리를 치우지 않았다. 왠지 그에게서 멋진 대답이 나올 것 같아 잔뜩 기대됐다.

"결국은…… 어쩔 수 없이 취직해야겠지. 그게 일본 사회의 법칙이니까."

피이힉―. 기대는 폐타이어처럼 푹 꺼져버렸다.

"넌? 한국도 요새 불경기라던데."

"어떻게 되겠지."

취직 따위 아무럼 어떠냐? 이러나저러나 청춘의 '썩는 점'은 똑같은데.

가쓰는 얼마 후, 다른 테이블로 옮기려는 듯 일어섰다. 난 그에게 손을 내밀며 말했다.

"난 악수주의자야."

가쓰는 기분 좋은 듯 웃더니, 흙을 주무르듯 내 손을 부드럽게 감싸며 말했다.

"서클에 온 걸 환영해."

그러곤 자리를 떴다. 가쓰가 가버린 자리를 얼굴이 온통 붉게 타오른 시마다가 금세 차지했다. 그가 느끼하게 웃으며 말했다.

"난 포옹주의자인데."

나는 어이가 없어서 실실 웃고 말았다. 그의 얼굴에 대해 편견을 갖지 않으려고 최대한 애를 썼다. 이래 봬도 나는 공평과 정의를 가까이하는 사람이다. 12년 개근 모범생들의 특징은 대개 그렇다. 하지만 그의 얼굴에 시커먼 구공탄, 아니 성냥갑, 혹은 식빵이 오버랩되는 것을 막을 도리는 없었다. 뒤에서 맥주잔을 들고 따라오던 마시마로가 시마다의 얼굴을 가리키며 말했다.

"시마다 얼굴이 왜 사각형인지 알아?"

나는 고개를 저었다.

"상자에 넣기 쉬우라고."

나는 너무 웃어서 내장이 다 터질 지경이 되었다.

"거봐, 국적 불문하고 네 얘기만 하면 다들 저렇게 웃게 된다니까. 하하!"

내가 겨우 웃음을 참고 말문을 터뜨렸다.

"'시마다'가 한국어로 무슨 뜻인지 알아?"

"뭔데?"

"'심하다'라는 뜻이야!"

내 농담이 입소문으로 퍼지면서 어느덧 중국집 전체에 웃음이 전염병처럼 번졌다. 앞으로 시마다는 아이들의 집단 따돌림을 더

받을 것이다. 애정을 가장한 진정한 비웃음. 성격 좋은 시마다는 멍청하게 웃으면서 맥주를 홀짝홀짝 들이켰다. 홋카이도 출신인 그는 도쿄가 후텁지근해서 빨리 집에 가고 싶다고 난리였다. 한편 마시마로는 고교 때 야구 경기를 하느라 공부를 못해서 재수했다는 등 허풍을 떨어댔다.

잘 어울리는 퀴즈 벌레 커플인 시마다와 마시마로는 6년 전 고교 퀴즈대회에서 만났다고 한다. 마시마로는 가방에서 자신들의 프로필이 적힌 최초의 동인지를 꺼내 보여주었다. 표지에는 〈쥬라기 공원〉 포스터를 패러디한 그림이 조잡하게 그려져 있었다. 'Drunken Park'라는 제목 밑에는 빨간 바탕에 공룡 그림이 그려져 있었다. 젊은 세대 특유의 유머와 열정이 덕지덕지 묻어났다. '관계자 이외 출입 환영'이라는 엉뚱한 문구가 적힌 마시마로의 프로필에는 '고교생 퀴즈 3위' '특기는 오사카 토크'라고 적혀 있었다. 한편 '실패에 굴하지 않는 호색가'로 소개된 시마다는 고교생 퀴즈 예선 탈락이었다. 그의 특기는 '메일로 여자 꾀기'라고 되어 있었다.

시마다와 마시마로는 퀴즈 족보 수집에 둘째가라면 서러워하는 아이들이었다. 특히 시마다는 중학생 때부터 스스로 오답 노트를 만들었다. 항목별로 나누어 일일이 손으로 문제를 베껴 쓰기 시작한 노트가 이미 200권이 넘었다. 그가 샘플로 보여준 퀴즈 노트에는 문제와 정답뿐만 아니라 유사 문제가 나왔던 퀴즈 프로그램도 유형별로 정리돼 있었다. 그렇게 열심인 시마다가 고등학생 퀴즈에서 예선 탈락했다는 것은 내가 생각해도 억울했다. 시마다의 지론은 '퀴즈는 인내'라는 것이다. 반면 마시마로는 '퀴즈는 운'이라고 믿었다. 그는 온갖 범위에 걸쳐 그물처럼 짜인 지식의 지도에 어떤 문제가 공격해 들어오느냐 자체가 운이라고 말했다. 속도와 운, 요컨대 이 양대 산맥이 퀴즈왕이 되느냐 마느냐를 결정짓는다는 것이었다.

한창 퀴즈학개론을 펼치던 마시마로가 말을 멈추고 춘권(스프링 롤)을 하나 집어 들었다. 그는 갑자기 실실 웃으며 말했다.

"한국에서도 한자 쓰냐?"

"그럼."

사실 내 입으로 말하기 부끄럽지만 나는 한자에 강했다. 적어도 내가 아는 사람들을 사자성어로 다 표현할 수 있었으니까. 이를테면 마시마로는 명랑활발(明朗活潑), 가쓰는 금상첨화(錦上添花), 시마다는 설상가상(雪上加霜)이었다. 한편 시마다와 마시마로의 관계는 덤앤더머(한자 불명) 정도로 응용할 수 있겠다.

마시마로가 한자 문제를 냈다.

"'춘권'의 '춘' 자가 무슨 자(字)인지 알아?"

내가 '봄'이라고 대답하려는 순간, 마시마로는 깔깔 웃으면서 말했다.

"매춘(賣春)의 '춘' 자야."

마시마로는 화장실 개그의 황제였다. 나는 어이없음 반, 외로움 반을 섞어 크게 웃었다. 가장 외로운 사람이 가장 크게 웃는 법이란 사실을 증명이나 하듯이.

그때 눈망울이 또렷한 여학생이 마시마로의 말에 '푸하하하' 하고 웃더니 그 옆으로 와 앉았다. 그녀는 법학과 1학년 '노무라 마이'였다. 헬멧을 뒤집어쓴 것 같은 이상한 헤어스타일에, 치아 교정기를 하고 있었다. 가슴은 절벽처럼 밋밋했고 엉덩이 선도 그다지 매력적이지 않았다. 하지만 성격은 유머러스하고 지나칠 정도로 씩씩했다. 노무라는 남자애들과 어울리고 선머슴처럼 굴었지만 실은 애교와 사랑스러움이 넘쳤다. 그녀는 춘권을 우적우적 씹으면서 말했다.

"고등학교 때 내 별명이 뭐였는지 알아? 노브라야, 노브라. 외우기 쉽지?"

노무라, 아니 노브라는 자기의 납작한 가슴을 연신 쓸어내리며 한숨을 쉬고 있었다. 아직 고등학생티를 채 못 벗은 소녀의 모습에 나도 모를 애틋한 감정이 들었다. 마시마로를 뺀 남학생들이 좀 쑥스러워하기 시작했다. 노브라는 연신 내게 뭔가를 묻는 듯하면서 슬쩍슬쩍 마시마로의 눈치를 보았다. 둘이 내 앞에서 그렇게 놀고 있는 게 아주 우스웠다. 노브라가 마시마로를 좋아한다는 느낌이 들었다. 아니면 말고.

우리는 내일이 오지 않을 것처럼 진탕 마시고 취했다.

"기숙사에 통금 있다며? 지금 가도 세이프야."

마시마로가 시계를 보며 걱정스러운 눈길로 물었다. 그는 나를 다카다노바바역까지 바래다주겠다고 했다. 우리는 자전거를 사이에 두고 나란히 걸었다. 조금 전까지와는 달리 마시마로는 상당히 조용했다. 차라리 까불거리는 마시마로가 보고 싶었다. 역으로 가는 10분이 굉장히 길게 느껴졌다. 내가 정적을 깨고 그에게 물었다.

"퀴즈란 싸구려 지식이라고 생각하지 않아? 어떤 사람들이 평생에 걸쳐 획득한 지식을 단 몇 초 퀴즈로 다 풀어내다니. 그것도 한 줄짜리로 말이야."

"글쎄. 퀴즈를 풀다 보면 자기 지식의 지도가 확장되지 않나? 일단 다양한 관심 분야가 생기지. 퀴즈는 거대한 지식으로 가는 실마리가 되거나 메인 메뉴 전에 나오는 애피타이저 같은 거야. 몰랐던 영화가 있으면 빌려 볼 때도 있어. 넌 사회학과랬지? 공학 계열인 내가 쿨리, 막스 베버, 콩트 등 사회학자들 이름을 언제 들어보겠니?"

"그 사람들 이론에 대해선 다 아냐?"

그는 고개를 저었다. 그가 사회학에 대해 아는 것이라곤 퀴즈에 자주 나오는 것들뿐이었다. 퀴즈에는 교양은 없고 취업용 상식만 판친다. 퀴즈족들 대부분이 그것에 열광했다. 그들은 미국 대통령의 이름을 줄줄 꿰고 있었지만 가까운 한국의 사정은 거의 몰랐다. 우리나라에 대해서 아는 것은 오직 '김치와 김이 맛있다는 것' 정도였다. 더 심각한 아이들, 특히 마초는 아직도 '삼국지 시대'에 살고 있었다. 당연히 한국이라는 조그만 나라가 그들의 뇌에 들어갈 구멍이 없었다. 왜냐하면, 퀴즈에 나오지 않으니까. 그들은 정답만 줄곧 말해왔기 때문에 명문 소케대에 들어올 수 있었다. 정말이지 사회는 오답에 거의 관심이 없다.

나는 분석적인 어투로 말했다.

"퀴즈는 4W1H 방식이야. 누가(Who), 무엇(What)을, 언제(When), 어디서(Where), 어떻게(How) 했는지만 중요하지. 왜(Why)가 빠졌어. 가령 '그 사람이 그 짓을 왜 했을까?'란 퀴즈 문제가 있다고 쳐. 결국 그 질문은 그 사람이 그런 짓을 왜 했는지에 관한 '사실', 즉 '무엇'을 확인하려는 문제에 불과해. 어떤 이즘(ism)이나 과학적 발명의 진보도 '왜'가 없었다면 불가능했을 거야. 퀴즈는 '왜'라는 호기심을 채워주는 척하지만 실제로는 박제된 지식을 강요하는 놀이라고."

마시마로는 어처구니가 없다는 듯 내게 물었다.

"그렇다면 넌 '왜' 퀴즈연구회에 온 거야?"

왜? 그게 '12년 개근 모범생 증후군 후유증'을 가진 자에게 가장 잘 어울리는 서클이거든, 이라고 난 대답할 수 없었다. 의뭉 떨면 만사 오케이. 내가 반격했다.

"넌 왜 대학에 왔는데?"

"도라에몽을 만들려고."

의외였다. 그는 정말로 인간과 대화할 수 있는 로봇을 만드는 것이 일생일대의 목표였다. 나는 한참을 웃었다. 마시마로도 따라 웃었다. 마시마로는 생각보다 재미있는 아이다. 2000년대의 일본에는 마시마로처럼 아웃사이더들이 넘쳐난다. 말하자면 도라에몽, 소니의 '플레이스테이션2'와 퀴즈가 곧 자신의 존재 이유인 사람이 너무 많다. 뭔가 심심하다. 옳거니, 마시마로의 세대는 전공투* 세대와 비교해서 죽음과의 거리가 너무 멀었던 거다. 우리가 386세대와 교미할 수 없는 것처럼. 강력한 블랙홀에 영문도 모른 채 빨려 들어가는 우주 미아처럼 그들은 퀴즈에 열중해 있었다.

*

통금 시간을 10분 넘긴 뒤에야 가까스로 기숙사에 도착했다. 창틀이 내려진 문 옆에 서서 조심스레 벨을 눌렀다. 마쓰모토 씨가 나와서 예상대로 버럭 화를 내기 시작했다. 그는 변덕스럽고 성질 급한 60대 중반의 기숙사 관리인이었다.

"오 상! 11시가 넘었잖아요. 통금은 11시까지란 것 몰라요? 지금 벨을 누르면 세콤에서 자동으로 달려온다고요. 그건 경비 회

* 전국학생공동투쟁회의의 약칭. 1960~1970년대의 일본 학생운동을 말하며, 이 세대는 우리의 386세대에 비견된다.

사에 폐를 끼치는 일이에요!"

"죄송합니다."

"밤마다 문을 열어놓죠? 건너편 아파트에서 항의 신고가 들어왔어요. 남한테 폐를 끼치니까 문은 꼭 잠그도록 하세요. 민폐를 끼치는 건 부끄러운 일입니다."

"······."

"일본에서 가장 무서운 욕이 뭔지 알아요? 바로 '수치를 모르는 자'예요!"

이것저것 가르치려 드는 과잉교정인간. 불쌍한 우리의 시스템 오류 인간들. 어쩌면 그의 말이 맞는지도 모른다. 일본의 법을 따르려면 일본어를 더 잘해야 하고 일본인보다 더 비굴해질 필요가 있었다. 특히 후자를 위해서 나는 마쓰모토에게 억지웃음을 지어 보이며 "어이쿠, 이런! 대단히 실례했습니다"라고 말했다. 다행인 건 내가 '재수 없어'라고 한 것을 마쓰모토가 알아듣지 못한다는 점이었다. 조금 떨떠름한 표정이 가신 마쓰모토의 얼굴을 보며, 내가 점차 일본인화되는 것이 퇴화인가, 진화인가 헷갈리기 시작했다. 시몬 드 보부아르가 일본에 왔다면 두 주먹을 불끈 쥐고 이렇게 말했을 것이다.

'일본인은 태어나는 게 아니라 만들어지는 것이다.'

기숙사에 들어간 지 한 달이 넘었지만, 통금에 늦기는커녕 말썽 한번 피워보지 못했다. 난 늘 정신적, 육체적으로 변비에 걸려 있었다. 젠장. 난 멋쩍은 마음을 심장 속에 구겨 넣으며 222호로 올라갔다. 도시락 세트처럼 꽉 짜인 일본 사회는 한국보다 더하면 더했지 덜하지 않았다. 그들 틈에서 '고양이 버스'나 '돌격대'*를 찾기는 어려워 보였다. 미야자키 하야오도 이들 틈에서 얼마나 외로웠을까? 인간은 어떤 환경이든 적응하게 돼 있을까? 퀴즈왕 가쓰도 이런 퀴즈는 3.5초 만에 답하기 힘들 것이다. 퀴즈 책에 나오지 않는 문제니까 알 필요도 없겠지. 샤워하는 동안, 무라카미 하루키와 기타노 다케시와 미야자키 하야오, 그리고 멋진 마사루**의 나라를 이미지화했다.

역시 대학 기숙사에서 '돌격대'를 만나는 것은 무리였을까? 사실 돌격대 조크는 소설에 나온 가상의 이야기일 뿐 아닌가. 어쩌면 도라에몽을 만들겠다고 허풍을 떠는 마시마로 조크가 더 실현 가능성이 있는 얘기인지도 모르겠다.

* 하루키 소설 《노르웨이의 숲》에 등장하는 기숙사생. 샌프란시스코 골든 브리지의 포스터를 보며 마스터베이션을 한다는 소문으로 유명하다.
** 만화 〈멋지다, 마사루!〉의 주인공.

05

야광 도시는 무엇을 위해 존재하는가?

나는 기숙사 식당에서 즉석 우동을 먹으며 모리 메멘토의 《퀴
즈학개론》을 읽고 있었다. 그것은 '퀴즈의 교과서'라고 불리는
책이었다. 얼마 전, 시마다의 말대로 도쿄에서 가장 크다는 마치
다(町田)의 대형 헌책방에 갔었다. 그곳에는 100엔짜리 만화책, 소
설, 전문 서적을 비롯해 중고 CD까지 없는 게 없었다. 추리, 드라
마, 어학, 잡지 등이 책장이 무너질 정도로 많았고 분류 또한 결
벽증 환자가 한 것처럼 잘되어 있었다. 한번은 《재수생의 애완견
을 위한 패션 제안》이라는 책을 발견한 적도 있었다. 일본의 저
깊고 깊은 간다(神田)* 골짜기 어딘가에 《동반 자살하는 법》이나
《유서 작성의 ABC》 따위의 책이 숨어 있을지 모른다. 일본인들의

뇌세포는 남들은 대수롭지 않게 생각하는 분야를 극단적으로 좁고 깊게 생각하도록 특별 제작된 게 아닐까?

부러운 건 손안에 쏙 들어오는 문고판 책들을 불과 1000원이면 살 수 있다는 점이다. 하드커버로 된 한국의 책은 무게만큼이나 가격도 살인적인데 말이다. 고학생인 내게는 그곳이 화장실 다음가는 천국이었다. 게다가 '폐를 끼치지 말라'는 도덕률이 독서 습관에도 통했다. 헌책이지만 라면이나 침 흘린 자국 같은 건 찾아볼 수 없었다. 밑줄도 그어지고 사진도 찢기고 심지어 빗물에 퉁퉁 붇기도 하는 한국의 헌책들이 노숙자라면, 일본의 그것은 일류 호텔의 VIP 손님 같았다.

《퀴즈학개론》은 두 바퀴 구르고 팔 벌려, 할 정도로 어려웠다. 《알쏭달쏭! 퀴즈 책》처럼 듣기에도 가벼운 책이 아닐 거라고 예상은 했지만. 그 책은 인류의 퀴즈 역사를 스핑크스의 수수께끼에서부터 추적해간 방대한 저술서였다. 퀴즈의 종류, 형태, 역사 따위에 대체 누가 관심을 두겠는가? 역시 시마다의 말을 들은 게 잘못이었다.

나는 책 읽기를 집어치우고 우디 앨런의 영화 〈젤리그(Zelig)〉를 보기 시작했다. 우디 앨런이 점점 주변 사람들을 닮아가게 되면서 벌어지는 해프닝을 그린 가짜 다큐멘터리다. 우디 앨런은 뚱

---

* 고서점이 즐비한 유명한 도쿄의 거리.

보 옆에선 뚱보가 되고 유대인 랍비 옆에선 랍비로 변했다. 지난번에 빌려 본 〈한여름 밤의 섹스 코미디〉는 셰익스피어와 잉그마르 베르히만에 대한 패러디였는데 내용은 불만스러웠다. 특히 셰익스피어와 우디 앨런은 '프로이트 철학과 심리 테스트' 혹은 '미야자키 하야오와 지브리 아래도급 직원' 정도의 관계랄까? 하지만 그런 졸작들을 제외하면 우디 앨런의 영화는 원츄다. 아이원 츄!* 그가 뚱보 변장을 하고 고군분투하고 있을 때 난 웃음의 라틴어 어원이 '눈물'이라는 말이 생각났다. 미친 세상에 익숙해지기 위해서는 유머러스해지는 것도 한 방법이 아닐까? 어쩌면 인생의 비극을 웃음으로 외면하려는 것일 수도 있다. 아무튼, 난 유머를 사랑한다. 유머는 권위와 엄숙주의를 깨는 데 효과적이기 때문이다.

영화가 끝날 무렵, 한 여자애가 식당으로 걸어 들어왔다. 그녀는 안경잡이에다가 키가 작고 몹시 말랐다. 그녀가 하품하는 순간 세상의 모든 피곤이 그녀에게 달라붙는 듯했다. 그녀는 식빵과 플라스틱 통, 나이프 등을 들고 있었다. 그녀는 내 옆에 쌓인 비디오테이프들에 관심을 보였다.

"〈2001 스페이스 오디세이〉구나. 〈시계태엽 오렌지〉도 있네. 스탠리 큐브릭이라. 혹시 영화에 나오는 컴퓨터 HAL이 무엇을 의미

* 〈멋지다, 마사루!〉의 주인공이 흡족할 때 내뱉는 말.

하는지 알아?"

또 다른 퀴즈족이 여기 있었군.

"IBM의 철자를 하나씩 앞당겨서 만든 명칭이야."

"그래서?"

그녀는 나를 유심히 관찰하더니 말문을 뗐다.

"일본 사람 아닌가 봐?"

"응. 한국 유학생이야."

"오호호호. 여기 유학생이 거의 없는데 언제 왔어?"

"한 달 전쯤. 여긴 어째 분위기가 고양이 냉동창고 같아."

그녀는 몸을 움츠리며 맞장구를 쳤다.

"보는 눈 있네. 사실 나도 여기 1년간 살았지만, 이곳은 정말 썰렁하다고 느꼈어. 초 사무이!*"

그녀의 이름은 스즈키 사이코였다.

"사이코? 크크크……. 너도 이름 때문에 고생 좀 했겠는데?"

"다들 그렇게 얘기해. 실은 재(才)와 자(子)를 써서 '재능 있는 아이'가 되라는 뜻으로 할아버지가 지어주신 이름이야. 네 이름은?"

"오난이야."

사이코도 내 이름을 비웃었다. 그녀는 삼수 끝에 대학에 들어

---

* 의역하면 '졸라 썰렁해!'에 해당한다.

와 4학년인데 지금 스물여섯 살이라고 했다. 그녀는 나쁜 혈색에 비해 성격은 좋아 보였다. 게다가 그 기숙사에서 이방인에게 호기심을 가진 유일한 사람이었다.

"미안한데 지금은 좀 얘기하기 곤란해. 이따 저녁때 내 방에서 잠깐 얘기할까? 난 외국 문화에 관심이 많거든. 내 방은 333호야."

"난 222호야. 아무튼, 나중에 봐."

"저녁은 먹지 말고 내 방에서 먹자. 살림살이가 많거든."

한 달 만에 드디어 친구가 생기다니 쾌재를 불러야 할지, 슬퍼해야 할지 판단이 서지 않았다.

방으로 돌아와 사기사와 메구무의 《그대는 이 나라를 사랑하는가》라는 책을 읽기 시작했다. 표지에 '난 한국어에 감전됐다'라고 적혀 있었다. 한국 유학 경험이 있는 재일 교포 작가의 소설이었다. 그 책은 시키마 선생의 맨투맨 강의 교재였기 때문에 꼼꼼히 읽어야 했다. 그는 이미 그런 숙제를 내줬다는 사실을 잊었을지도 모르지만.

투덜대면서 작가의 말부터 읽기 시작했다. 아는 단어가 별로 없었기 때문에 내 실력으로 소설적 뉘앙스를 이해한다는 것은 거의 불가능했다. 화자는 한국인들이 국이나 찌개 요리를 먹을 때 숟가락으로 함께 먹는 것, 한밤중에 싸우는 것 등을 이해할 수 없다고 썼다. 나는 고양이 소리밖에 들리지 않는 일본의 밤을 더 이해할 수 없다고 따지고 싶었다. 주정꾼이 없는 거리는 지나치게 적적하지 않은가? 시끌벅적하고 시장 골목 같은 한국과 달리, 일본의 거리는 도로정비 기계로 쓱싹쓱싹 밀어놓은 것처럼 지나치게 단아했다. 모두 강아지 로봇 '아이보'처럼 시키는 짓만 골라 했다. 당신이 시키는 짓을 잘하는 타입이라면 반드시 일본에 가라. 유토피아가 거기 있다!

시간이 남아서 기숙사 근처를 산책했다. 기숙사에서 자전거를 무료로 빌려주기 때문에 언덕을 따라 자전거로 내달렸다. 신주쿠역의 '도큐 한즈' 매장 옆 계단에 앉아 사람들을 바라봤다. 러닝화에 핫팬츠 차림의 서양 여자가 요시노야* 앞을 달리고 있었다. 나는 그녀에게 다가가 "하이, 제인!" 하고 인사를 걸었다. "당신도 나처럼 뭔가 결핍감을 느껴서 달리고 있는 게 아니냐"고 물었다. 그녀는 내게 무안함만 남기고 떠나갔다. 나는 그저 박제된 여우처럼 걸어가는 제인의 뒷모습을 신기하게 쳐다보았다.

한인이 운영하는 작은 피시방에 들어갔다. 한국의 신문 사이트를 돌아다녔다. 그간 한국 사회에는 변한 것과 변하지 않은 것이 있었다. 문제는 절망적인 것은 변하지 않았다는 것이다. 개판 정치는 여전하지만, 실업률은 하루가 다르게 늘어간다는 뉴스가 많았다. 청년 실업이 10퍼센트대, 청년층 무직자가 100만 명을 넘었다는 소식에, 마치 남의 방에 몰래 들어간 사람처럼 숨소리마저

* 돈부리(쇠고기덮밥) 전문집. 싸고 배불리 먹을 수 있기로 유명한 가맹점이다.

조용해졌다. '나이는 숫자에 불과하다'라는 배너광고를 따라 한 기업의 사이트에 들어갔다. 나이는 숫자에 불과하던 그 회사의 사원 모집 광고를 보니 뻔뻔하게도 나이 제한을 두고 있었다.

뉴스 사이트로 되돌아갔다. 세상이 미쳤다는 것을 증명해주는 소식들이 마구 올라와 있었다. 주식투자 실패, 사업 실패, 신변 비관, 부모 이혼, 비정규직 근로자 부당 대우, 쌍꺼풀 수술 실패, 부부 싸움, 카드 빚 고민, 취업 고민…… 자살. 지하철에 몸을 던져…… 옥상에 투신해…… 목을 매…… 자살했습니다. 역시. 역시나. 절망한 자들은 대담해지는 법이라고 했던 니체의 말이 생각났다. 머릿속이 부풀어 오르는 듯한 끔찍한 느낌이 들었다. 더 인터넷을 부유하고 싶지 않았다.

주머니에 손을 넣은 채 거리로 나왔다. 스쳐 지나가는 사람 중에 '자살할 거니까 제발 말려줘'라고 애원하는 눈빛이 언뜻언뜻 보였다. 하지만, 모른 체하고 계속 걸었다. 진풍경이 나타났다. 노란 모자를 쓰고 남색, 빨간색 가방을 각기 메고 걸어가는 유치원생 한 상자, 루즈삭스를 신고 똑같은 가방을 멘 여고생 한 접시, 눈썹을 가지런히 자르고 바람머리를 한 남고생 한 사발, 007처럼 똑같은 검은 양복 차림의 넥타이 한 세트. 그들 모두 같은 방향으로 빠르게 걸어가고 있었다. 나는 유치원생, 여고생, 남고생, 회사원 등으로 구성된 도시락 4종 세트를 바라보며 중얼거렸다.

"가슴이 고프다."

배가 고팠고 한쪽 가슴이 허전했다. 그걸 표현할 방법이 없을 때 난 고독한 사전*을 찾곤 했다. 일본에 오기 전에는 계속 '홀로 달리기'라는 단어를 뇌까리곤 했었다. 서 있기만 하면 금방 넘어질 것 같았다. 계속 달릴 에너지 없이는 고독이 주어져도 견뎌내기 힘들 거로 생각했다. 한국에서 정신병원을 찾아간 적이 있었는데 나는 의사 앞에서 울먹이며 '가슴이 고프다'라고 했다. 그 돌팔이는 이것저것 묻더니, 내게 '경계성 성격장애'**가 있다고 했다. 난 정신적인 문제가 아니라 커뮤니케이션에 문제가 있다고 했다. 하지만 그는 내게 다른 '분열성 성격장애'***도 있는 것 같다고 덧붙였다. 그는 아무리 생각해도 얼치기였다. 그놈은 눈물 흘리며 호소하는 환자를 위로하는 척하면서 속으로는 이상한 쾌감을 느끼고 있었을 게 분명하다.

하수구를 발견했다. 주머니에서 손톱깎이를 꺼냈다. '딱딱' 경쾌한 소리를 내며 초승달 같은 손톱이 하수구 구멍으로 떨어졌다. 그렇게 또 한 주가 '통' 하고 내 몸에서 튕겨 나가고 있었다. 손톱들을 이렇듯 잘라버리다가 문득 눈을 뜨면 쓰레기통 속에서 깨어나는 게 아닐까? 째각째각, 통통통, 딱딱딱……. 도대체 어떤

---

* 아포리즘을 담은 일종의 개인 용어 사전.
** 불안정한 인간관계, 극단적이고 충동적인 파괴 성향, 정체성 혼란 등을 특징으로 하는 이상 성격 장애.
*** 인간관계에 무관심하고 사회적으로 고립되어 있으며 독특하고 기이한 행동을 하여 사회 적응에 어려움을 겪는다.

것이 진짜로 손톱 깎는 소리인지 알 수 없었다. 가식적인 인간들을 이렇게 정리할 수만 있다면 세상은 좀 더 살 만할 텐데. 노련한 세상을 건전한 역사의식으로 패주어야 하는데. 더러움을 내보내는 일은 상황에 따라 오히려 찜찜한 기분이 들 때가 있다. 나는 손톱과의 대화에 곧 흥미를 잃고 자리에서 일어섰다. '고양이 냉동 창고'를 향해 자전거 페달을 힘차게 밟았다. 찬 바람이 귓속을 후벼 파듯이 들어왔다. 그렇게 달리고 있을 때 누군가가 나를 와락 끌어안아줬으면 좋겠다고 생각했다. 타인의 숨을 느끼고 싶었다. 돌부리에 걸려 넘어진 김에 쉬어 가고 싶었다. 숨 쉬고 싶었다.

기숙사에 다시 돌아왔을 때는 오후 7시가 넘어 있었다. 333호로 올라가 문을 두드렸다. 방 안에서 음악 소리가 크게 밖으로 새어 나오고 있었다. 그러나 대답이 없었다.

"똑똑! 탕탕! 탕탕탕탕, 사이코!"

그제야 사이코가 문을 열고 밖으로 나왔다. 그녀의 턱에는 면도 크림이 잔뜩 발라져 있었다. 그녀는 칼로 턱의 반쪽에 붙은 면도 크림을 밀어내며 대답했다.

"들어와."

그녀는 지켜 섰던 몸을 문에서 비켜주었다. 나는 사이코의 방을 보고 깜짝 놀라고 말았다. 그곳에서는 쓰레기 더미가 아비규환을 하고 있었다. 22년간 살면서 이렇게 지저분한 방은 처음이었다. 그 방의 콘셉트는 '열정과 불안'이었다. 좁은 방에 온갖 가

재도구—전자레인지, 토스터, 냉장고, 믹서 등—는 물론이고 2단 책장에 책, CD, MD, 디스켓과 비디오테이프들이 빽빽이 꽂혀 있었다. 책들 가운데에 그 구하기 어렵다는 오시마 나기사의 《감각의 제국》 무삭제판도 끼어 있었다. 바닥에는 책장에 미처 다 들어가지 못한 책들이 어지럽게 널려 있고 마른빨래가 널린 건조대는 침대 한가운데를 차지했다. 게다가 팬티와 브래지어는 의자에 아무렇게나 겹쳐져 있고 쓰레기통 옆에는 꽉 찬 비닐봉지가 여럿 널려 있었다. 나는 입이 점점 헤 벌어졌다.

"이걸 보면 더 놀랄걸?"

그녀는 씩씩하게 얘기하더니 옷장을 열었다. 그러자 문짝 앞에 달라붙어 있던 옷들이 거친 먼지를 뿜어내며 밖으로 튀어나와 신발들과 엉겨 붙었다. 사이코의 방은 거대한 쓰레기장이었다. 나는 발 디딜 틈이 없는 방바닥을 바라보며 어색하게 물었다.

"대체 어딜 밟고 들어가야 하는 거냐?"

그러자 사이코는 잡지 두어 권을 발밑에 던져주었다. 이로써 책 징검다리가 완성되었다. 나는 엉거주춤 책들을 밟고 조심스레 침대 모서리에 앉았다. 내가 조금만 움직여도 침대 밑에서 '끽' 하는 소리가 나서 불안하기 짝이 없었다. 사이코는 어느새 면도를 다 끝내고 말끔한 얼굴로 나타났다.

"병이라니까. 보통 사람들은 더러워지면 치워야 한다고 생각하잖아. 그런데 난 그런 게 없어. 여기 온 지 1년이 되도록 한 번도 청소한 적이 없어. 그래서 이 방에 한번 들어온 사람은 다시는 들어오려고 안 하지. 와하하!"

그녀는 호탕하게 웃으며 얘기했다.

"기분도 울적한데 사이키델릭 음악이나 들을까?"

그녀는 그랜대디(Grandaddy)의 음악을 틀었다. 몽환적인 사운드 때문에 방 안이 달리의 그림처럼 축 늘어져 보였다. 나는 자우림의 음악 테이프를 가져왔다는 사실을 기억해냈다.

"한국에서 꽤 유명한 록그룹이야. 여자 보컬의 목소리가 정말 매력적이지."

그녀가 자기는 음악광이라면서 당장 테이프를 틀었다. 행복한 표정으로 음악을 듣던 그녀가 갑자기 헤드폰을 내려놓았다. 그리고 그 쓰레기장에서 또 무언가를 막 찾기 시작했다. 5분여 만에 그녀는 CD 하나를 찾아냈다. 그녀는 들어봐, 하며 음반의 어느 부분부터 막연하게 들려주기 시작했다.

"시네이드 오코너야. 아일랜드 가수."

그녀는 오코너와 자우림의 음악을 번갈아 들려주었다. 두 곡은 록발라드에 가까웠다. 두 곡은 제각기 놀다가 어느 순간 비슷하게 만나고 말았다. 곡조가 거의 일치해서 놀랄 수밖에 없었다. 영화 용어를 빌리자면, 그것은 자우림이 시네이드 오코너에 대해 '오마주'를 표한 것이었다. 아무튼, 음악에 문외한인 나는 사이코의 음악 지식에 감탄하고 말았다. 그녀는 직접 작곡한 곡의 악보를 보여주기도 했다. 까만 것은 점이요, 하얀 것은 종이라.

다방면에 천부적 재능을 가진 그녀는 음악뿐 아니라 미술에도 관심이 많았다. 사실 그녀는 고등수용소 졸업 후 영국에 미술 유학을 떠날 예정이었다. 그러나 어머니가 갑자기 위독해지시는 바람에 자신의 꿈을 포기할 수밖에 없었다고 했다. 그녀는 고등수용소 때부터 그린 회화 수십 점을 좌판처럼 벌여놓았다.

"네 진짜 정체가 뭐야?"

"난 여자야. 수염이 난 건 고등학교 때부터지. 어떤 호르몬도 사용한 적 없어. 그냥 수염이 나기 시작했어. 그 때문에 애인과 다툰 적은 없어. 오히려 모리는 내 수염을 좋아했지."

사이코는 태연하게 턱을 문지르며 대답했다. 그러자 내 손에 까칠까칠한 느낌이 전해져 왔다.

"내 말은…… 네 꿈이 뭐냐고."

나는 관심 대상이 나타나면 꼭 이런 질문을 한다. 아직 꿈이 있다는 건 나와 친구가 될 가능성이 있다는 증거였다. 현실은 그만큼 내게서 한참 멀리 있었다. 그녀는 잠시 생각하더니 이렇게 답했다.

"영화감독도 하고 싶고, 무대 연출도 하고 싶어."

그 대답은 '잡지 괴물'처럼 살아가고 싶다는 의미로 들렸다. 그녀가 물었다.

"넌 뭔데?"

"세계 평화."

"하하하하."

"남북통일도 나쁘진 않아."

그녀가 그렇게 크게 웃는 건 처음 보았다.

세상에는 두 종류의 사람이 있다. 제너럴리스트(generalist)와 스페셜리스트(specialist). 나는 전자에 해당한다. 국·영·수는 물론 국사, 국민윤리, 불어, 사회문화, 문학, 물리, 화학, 지리, 생물 등을 단 3년 만에 패스하라는 슈퍼맨 공화국의 지령을 받은 사람답게 잡스럽게 공부했으니까. 결과적으로 어느 것 하나 잘하는 것도, 못하는 것도 없었다. 세상에서 가장 평범한 사람을 비율로 따지면 구 조선의 슈퍼맨 공화국이 최고 순위에 자리매김할 것이다. 어떤 하나에도 집중할 수 없다는 점에서 사이코 역시 나와 비슷했다. 하지만 이분법으로 구분하기에는 사이코의 위치가 좀 어정쩡했다. '슈퍼 제너럴리스트'라고 표현해야 할까? 아무튼, 그녀는 많은 것에 깊은 호기심이 있었다. 그녀는 갓 태어난 아기처럼 눈에 잡히는 모든 것에 관심을 보였고 망설이지 않고 달려들었다. 그러기 위해서 그녀는 거의 잠을 자지 않았다. 그 때문에 그녀의 피부는 겨울의 옻나무처럼 거칠었고, 눈 밑이 거뭇거뭇하게 보였다.

책장 한구석에는 이탈리아어, 러시아어, 중국어, 영어, 네덜란드어, 독어 교재가 나란히 꽂혀 있었다. 그 많은 외국어를 다 배우면 리모컨이 필요할 것 같았다. 1번 누르면 오나카 스이타,* 2번 스파시바,** 3번 안녕, 이런 식으로 말이다. 내가 그것을 보면서 심각하게 물었다.

"저 외국어를 다 배웠어?"

"그냥 취미 삼아 하는 거야. 사실 저 외국어들은 내가 한 번씩 사귄 남자들이 쓰던 언어거든. 그 말을 배우면 그들을 조금은 더 기억할 수 있을 것 같아서."

네덜란드어는 얼마 전 채팅에서 만난 네덜란드인 때문에 막 배우기 시작했다고 했다. 알고 보니 그녀의 진짜 꿈은 아르바이트하면서 세계 여행을 하는 것이었다. 나는 침을 삼키며 "한국 남자도 꽤 괜찮은데" 하며 발을 건들건들 움직였다. 그러다 문득 무언가 발밑에 툭 차였다. 《퀴즈학개론》이었다.

"누군가 저지른 오답, 실수, 잘못된 선택, 실패, 우리 손에서 버려진 기억과 존재 등은 어디로 갈까?"

난 《퀴즈학개론》을 주르륵 넘기면서 푸념하듯 말했다. 염통에, 담에, 지라에, 콩팥에 한 점의 아픔도 없이 어찌 인생을 논하리오? 내가 말을 이었다.

"우리는 불온한 시기를 살고 있어. 끝없이 방황하지만 결국은 정답이 없음을 확인할 뿐이야. 너도 퀴즈에 관심 있어?"

---

* 일본어로 '배고프다'라는 뜻.
** 러시아어로 '고마워요'.

"존재하는 모든 것은 다 내 관심의 대상이야. 너도 그 책을 아니?"

"응."

"재밌네. 사실 그 책, 옛날에 사귀던 남자 친구가 쓴 거야."

귀가 솔깃해지기 시작했다. 어쩌면 그를 통해서 그 비디오를 구할 수 있을지 모르니까. 나는 저자의 프로필을 다시 뒤적였다. '모리 메멘토. 퀴즈학의 창시자이자 발명가'라는 문구가 볼드체로 인쇄돼 있었다. 그는 1948년생으로 교토 출신이었다. 사이코와 거의 30년 차이다. 롤리타 콤플렉스로군.

사이코는 컴퓨터 화면을 가리키며 말했다. 마우스 볼을 클리토리스를 터치하는 것처럼 교묘하게 움직였다. 화면에 사이코와 모리의 대화 기록이 떴다.

"이게 무슨 뜻인 것 같아? '네가 죽는다는 사실을 기억하라. 그날을 위해 자신을 위로하라.'"

나는 고개를 갸우뚱했다.

"난 늘 시간 약속을 어겼어. 내 방을 봤으니 알겠지만, 난 워낙 정리가 안 되는 사람이라서 뭔가에 빠지면 꼼짝없이 매달려야 하거든. 약속했건 말건 내 세계에 빠져버리면 헤어 나올 수가 없어. 그것 때문에 늘 인간관계가 꼬여 있지. 하지만 그 때문에 모리와 헤어진 건 아냐."

"그럼 뭔데?"

사이코의 눈에 눈물이 맺히기 시작했다.

"그는 죽었어. 벌써 1년이나 지났네."

"뭐라고?"

"'남자 친구 사망 1주기'라고"

사이코는 한숨을 쉬더니, 이내 내 얼굴을 보며 진짜 '사이코'처럼 웃어댔다. 모리는 53번째 생일을 기념하기 위해 광란의 사랑을 나누던 중 사이코의 배 밑에서 쇼크사했다고 한다.

"그 이후로 휴학했고 밖에는 한 번도 나가지 않았어. 왜 그랬을 것 같아?"

"글쎄……. 힌트를 줘."

"조르주 바타유는 '에로티시즘은 죽음까지 파고드는 삶'이라고 말했어. 죽음 속에서도 삶을 긍정하는 것이 바로 에로티시즘이라는 얘기야. 소설 《눈 이야기》 읽었어? 주인공 여자가 사제를 죽인 뒤 그의 눈알을 자기 음부에 넣고 즐기잖아. 터부를 인정하지 않고서는 삶을 제대로 살았다고 할 수 없어."

"그래서?"

"좋아. 결정적 힌트를 주지. 쾌락은 나쁜 기억을 지워준다."

나는 여전히 몽롱했다.

"자기 위로!"

"자위? 나, 자위 끊었어."

"농담하지 말고, 선글라스 좀 벗어봐."

내가 선글라스를 벗자 문틈으로 들어온 빛이 강하게 눈을 찔렀다. 난 어둠이 무서웠다. 사이코는 내게 껌을 주었다.

"싱가포르산 껌이야. 그 나라는 껌 씹는 게 법으로 금지돼 있어. 그런데 왠지 금지된 것은 더 중독되기가 쉽단 말이야. 왠지 매력적이지 않니?"

그녀는 화약처럼 굳은 껌을 입에 넣고 씹기 시작했다. 그녀가 내게 건넸을 때 난 좀 당황했다. 이런 상황에는 어떻게 대처하라고 교과서가 말해놓지 않았기 때문이다. 그것은 담배보다 몸을 더 부드럽게 해주었다. 두 개 정도 씹자 머리가 지우개처럼 말랑말랑해진 나는 자연스레 몸이 뒤로 넘어갔다. 만사를 포용하게 된 건지, 귀찮아진 건지 모를 이상야릇한 기분이 들었다. 사이코도 내 옆에 누워 조금 전보다 더 낮고 투명한 목소리로 말했다.

"천장에서 나는 소리를 들어봐. 내겐 물이 흐르는 소리가 들려. 그럼, 우리 각자의 상상에 몸을 맡겨보자. 천천히 빌딩 사이에서 물이 흐르는 소리를 상상하고 넌 로크* 새를 떠올리며 어디론가 빨려 들어간다고 상상해봐. 동시에 클리토리스를 은근히 자극해봐."

나는 껌을 씹으면서 그녀의 말대로 가장 연약한 부위를 건드렸지만 어떤 오르가슴도 느낄 수 없었다.

* 《신드바드의 모험》에 등장하는 거대한 새.

"이상해. 나 어떤 것에도 쉽게 동화되지 않거든. 꼭 먼지 같다고. 아무래도 의지박약인가 봐."

"아니, 넌 병에 걸리지 않았어. 아직 '거기'가 깨어나지 않았을 뿐."

난 사이코의 누드 크로키를 상상하고 있었다. 알몸이 된 우리 둘은 서로를 터치하지 않으려고 애쓰고 있었다. 연필의 터치가 유연해짐에 따라 우리의 체위는 자연스러워졌다. 난 만화경 같은 새로운 차원에 있는 기분이었다.

"그래. 새가 날개를 퍼덕거리는 소리가 들려. 로크처럼 큰 새. 풍선 속에 갇혀 있어."

"잘하고 있어. 이제 우리는 천장이라는 공간과 혼연일체가 될 거야."

"천장?"

"응. 천장 속의 야광 도시……. 죽음이라는 것 말이야. 단순한 '증발'일지도 모른다는 생각이 들어. 필요 없어지면 증발하고 마는 거지. 기억 속에서 사라져, 휙! 어쩌면 기억에서 잊힌 사람들끼리 모여 사는 곳이 있을지도 몰라. 마치 야광 도시처럼. 깜깜한 우주 속에서 유일하게 야광 도료가 빛나고 있고, 빌딩 사이로 강이 흐르는, 그런 도시를 생각해본 적 있어?"

사이코는 죽음을 그렇게 설명하고 있었다. 그녀의 눈에 눈물이 그렁그렁했다.

"기분이 썩 괜찮네. 혹시 맥주 있어?"

난 목이 무척 말랐다. 사이코는 기쁜 듯이 씩 웃더니 딴소리를 했다.

"프로이트는 '섹스는 죽는 것이다'라고 말했어. 오르가슴을 프랑스어로는 '작은 죽음'이라고들 하지. 혹시 데이비드 크로넨버그의 〈크래쉬〉라는 영화 본 적 있어? 거기서는 인간 복제가 상용화돼서 인간과 기계가 섹스를 나눠. 주인공이 자동차에 올라타 고속도로 위에서 섹스를 나누는 거야. 출산의 의미는 온데간데없고 섹스 없는 섹스, 섹스하는 기계로서의 인간만 난무해. 대가가 뭔지 알아? 인간의 죽음이야."

사이코는 마치 꿈꾸는 듯 눈을 감으며 행복한 표정을 지었다. 환각제다, 환각제. 이건 껌이 아니라 환각제인 거야. 모리가 정말 복상사(腹上死)한 것일까? 정말 부활이라도 했다는 거야?

그녀는 갑자기 눈을 번쩍 뜨더니 무엇인가를 마구 찾기 시작했다. 그렇지 않아도 더러운 방구석은 완전히 생지옥으로 변해갔다. 먼지가 날려 숨도 못 쉴 지경이 된 내가 자리에서 일어섰을 무렵 그녀가 손에 뭔가 들고 외쳤다.

"찾았다!"

그녀의 밝은 목소리에 난 행복해졌다. 시원한 맥주일 거야. 맥주, 맥주……. 하지만 그녀의 손에 들린 것은 남근 모양의 바이브레이터였다. 기대는 실망을 낳는 법이니까. 20여 년간 살면서 실망한 횟수를 전부 긁어모으면 도쿄 인구수 정도 될 것이다. 그녀는 바이브레이터의 배터리를 갈아 끼우면서 물었다.

"마지막으로 섹스한 게 언제야?"

내가 꾸물거리자 사이코는 가자미눈을 뜨면서 웃어댔다.

"너, 너, 너! 아직도 못 해봤구나? 관상학적으로 보면 상당히 밝히게 생긴 얼굴인데. 입술도 두툼하고 눈가에 작은 주름도 있잖아. 한국인들은 섹스에 민감하다고 하던데 넌 아닌가 봐."

"아니, 일반적인 건 아니고. 빠른 사람도 많아."

나는 입술을 손으로 더듬거렸다. 그녀의 말에는 점점 관능이 묻어나고 있었다. 그녀가 바이브레이터의 스위치를 켜자 그 묘하게 생긴 물건이 발광하기 시작했다. 그녀는 그것을 입으로 빨기 시작했다. 블랙홀의 존재를 규명하려 애썼던 오펜하이머 못지않게 진지하고 민감한 태도였다. 그녀는 나의 놀란 표정을 오히려 즐기는 눈치였다. 그녀가 한참 만에 '모의 오럴' 행위를 끝낸 뒤, 은근한 어조로 말했다.

"난 1년이나 됐어. 모리가 사라진 뒤 깨달았지."

그녀는 바이브레이터를 천천히 사타구니 근처로 가져가기 시작했다.

"자살보다 섹스,* 섹스보단 자위!"

침을 목구멍으로 넘기기 어려웠다.

---

* 무라카미 류(村上龍)의 기본 사상.

"난 항상 자극과 떨림에 굶주려 있어. 만일 딜도마저 없으면 삶에서 아무런 가치도 찾지 못할 거야. 난 네가 좋아. 미치도록. 넌 모르겠지. 너의 숨소리도, 날카롭게 떨어지는 옆선도, 너의 매끄러운 피부도, 감춰진 보송보송한 털도, 촉촉한 물기도, 만지면 터질 것 같은 보드라운 살결도, 네 하얀 속살이 보고 싶어. 넌 너무 신비로움을 풍겨. 넌 몰캉몰캉해. 넌 야해. 그래서 네가 좋아. ……난이! 이상한 상상 하고 있군. 난 그저 바나나가 좋다는 말을 하고 있을 뿐인데."

사이코는 벌떡 일어나더니 냉장고에서 바나나를 꺼냈다. 그녀는 그것을 목구멍 깊숙이 집어넣었다 빼기를 반복했다. 침이 가득 묻은 바나나를 내밀며 그녀가 말했다.

"이 장면은 많이 봤을 거야. '오나니'용 당근이나 오이, 아이스크림 등을 에로티카 푸드라고 해. 하지만 '오나니' 하면 역시 바나나지."

"그냥 '마스터베이션'이라고 해줄래?"

내가 애원하듯 말했다. 그녀의 사랑은 충분히 광란적이었다. 그녀는 바나나를 눈썹 위치에 갖다 놓고 혀로 날름날름 빨기 시작했다. 나는 그 모습이 너무 웃겼지만 웃음을 터뜨리진 않았다. 그러면 내가 왕초보라는 게 들통날 테니까.

"한번 자극에 익숙해지면 아무렇지 않게 돼. 그러면 더 큰 자극으로 자꾸 손을 뻗게 되는 거야."

그녀는 말하랴, 작업하랴 분주한 혀를 쉼 없이 놀리고 있었다. 그녀는 열세 살 때 처음 성관계를 했다고 했다. 그게 일본인 표준보다 좀 빠른 것은 확실해 보였다. 그녀는 전화 수화기를 한쪽 귀에 대는 시늉을 하며 말했다.

"폰섹스도 괜찮아. 위험 부담도 없는 데다 효과도 죽이거든."

나는 그녀의 성교육이 하나도 지루하지 않았다. 이렇게 가깝게 실습 장면을 본 적이 없었던 것 같다. 성교육이라고 해봤자 매일 멍청하게 생긴 자궁에 올챙이가 들락날락하는 교육부 추천 성교육 비디오를 본 게 다였으니까. 그 이상은 폴 토머스 앤더슨처럼 에로 비디오로 터득했다.

"나도 외국에 나가봐서 알지만, 이방인은 외로운 법이야. 말도 안 통하고 문화 충격도 너무 크지. 외로움을 달래줄 사람들은 저만치 떨어져 있고 적응에는 시간이 필요해. 외로울 때면 나는 늘 자위(自慰)를 했어. 말 그대로 자기를 위로하는 거지. 외로움을 쫓는 데 그만한 특효약은 없어. 물론 가장 좋은 방법은 주변 상황에 맞춰 자신이 익숙해지는 거지만."

나는 그녀의 세련되고 익숙한 동작을 보면서 내 방 냉장고에 가득 든 바나나를 떠올렸다. 바나나들이 내 입을 막 쑤시고 들어오는 느낌이 들었다. 나의 에로티카 푸드야, 이리 오너라. 그것을 천천히 빨아 당기며 온갖 상상을 하기 시작했다. 그러나 막상 혀에 달콤한 바나나가 닿자 나는 펠라티오를 포기하고 말았다. 성욕보다 식욕이 더 컸기 때문이다. 나는 성욕과 식욕 중 어느 것이 더 동물적인 것일지 곰곰이 생각하다가, 결국 바나나를 우적우적 씹어 먹고 말았다. 쓸데없이 생각이 많아지면 먹는 게 최고다.

나는 그런 생각을 하며 사이코와 더러운 침대 위에 나란히 누워 있었다. 그런데 이상한 일이 벌어졌다. 갑자기 마치 매직아이처럼 거대한 모래시계가 보였다. 처음 보는 시계였다. 모래는 바닥으로 다 떨어진 상태였다. 시계는 대체 어디서 온 것일까? 바닥으로 모래가 '스스슥' 소리를 내며 한없이 떨어지기 시작했다. 사이코는 그것을 뒤집어서 그 위에 올라탔다. 나도 껌을 씹으며 그녀 뒤를 따랐다. 모래시계는 다시 한번 뒤집혔다. 세계를 감싸고 있던 거대한 껍데기가 깨지는 소리가 들렸다. 우리는 마치 사랑에 빠진 사람처럼 타인 속으로 들어가고 있었다. 머리가 약간 어지러웠다.

"대체 여기가 어디지?"

"우리들의 오답 사회."

사이코는 기묘한 소리를 내며 껌을 씹고 있었다.

06

무엇이 젊음을 망치는가?

나는 소케대 근처의 창고 앞에 서 있었다. 노브라를 비롯한 세 명이 창고에서 나왔다. 마시마로는 퀴즈용 버저와 컴퓨터 오디오 시스템 등을 들고 있었다. 그는 내게 "어, 난 짱! 보고 싶었엉~!" 하며 애교스럽게 인사했다. 그리고 옆에 있던 낯선 남학생을 소개해주었다.

"애는 철학과 3학년 다카쿠라 겐*이야. 보통 헨타이**라고 하지. 인사해. 얜 한국에서 온 난 짱이야."

헨타이는 코가 조각처럼 오뚝한 지적인 스타일이었다. 얼굴 또

---

* 영화 〈철도원〉의 주연 배우.
** 일본어로 '변태'라는 뜻.

한 너무 하얘서 혼혈아 같은 분위기가 났다.

"겐? 쿨한 이름이네. 한자로 어떻게 써?"

그는 내 손바닥에 '겸(謙)'이라고 그려주었다.

"그냥 헨타이라고 불러. 다들 그게 낫대."

그러더니 내 손에 들려 있는 《정치는 어디로 가는가?》라는 책을 갑자기 빼앗았다. 그는 책장을 대충 넘기더니 저자를 모욕하기 시작했다.

"정치는 수단일 뿐인데 무슨 방향을 찾아? 제목부터 틀렸네. 이딴 책은 그냥 집어치워."

그것은 시키마 선생이 추천한 책이었다. 절판된 그 책을 헌책방에서 겨우 찾아내 200엔에 산 터라 아주 흡족했었는데, 작가와 함께 완전히 바보가 된 느낌이었다.

"기대되는 헨타이 배(杯) 퀴즈대회로군! 크크크."

마시마로가 이렇게 말하며 앞장섰다. 나와 노브라, 헨타이도 뒤따라 서클 룸 쪽으로 걸어갔다. 나는 가끔 헨타이를 쳐다보았다. 그때마다 헨타이는 일부러 딴 데를 쳐다보곤 했다. 그 녀석의 걸음걸이는 새 차의 앞바퀴처럼 몹시 어설펐다. 나는 헨타이의 옆에서 발걸음을 맞춰 걷기 시작했다.

경찰서를 지나는데 '사망자 1명, 부상자 51명'이라는 표지판이 눈에 띄었다. 설마 떠돌이 고양이들이 도쿄의 주택가에 몰래 잠입해 강간과 살인을 해대는 것은 아니겠지? 일본인 중에도 밤일을 꽤 즐기는 위인들이 있는 듯하다. 남몰래 살인을 저지르고 다니면서 말짱한 척하지 않는가. 예의 바른 얼굴을 하고서 말이다.

얼마 전 소케대 '강간 서클' 사건만 해도 그렇다. '강간을 위한 대학생 모임'이라니, 상상이나 해보았는가? 세상에는 왜 이리 약기운 떨어진 인간들이 많은 것일까? 아침 와이드쇼에서는 소케대학의 여학생들을 강간한 서클 회원의 용의자에 대해 집중 조명하기도 했다. 가쓰가 사건의 목격자로 나온다기에 와이드쇼를 지켜봤었다. 가쓰는 '강간당한 여학생을 평소 잘 아는 사이로, 우연히 학교 강당에서 사건 현장을 목격했다'라고 말했다. 강간 서클 내부에서는 소위 '여학생 따먹기'가 붐처럼 경쟁적으로 이뤄진다고 아나운서가 덧붙였다. 나는 그날 아침 먹은 것을 다 토해버렸다. 해산물이나 잡으러 다니는 한국의 아침 방송에 익숙한 탓일까? 마치 추리 소설처럼 '여대생 살인 사건' 어쩌고 하면서 시작되는 일본의 아침 방송은 도무지 적성에 맞지 않았다. 일본만큼 파괴에 대해 호기심이 많은 나라도 없을 것이다. 실험 정신과 수수께끼 탐구 정신이 철저하지 않으면 도저히 할 수 없었던 실험들, 예컨대 하루에 위안부가 몇 명을 상대할 수 있는지, 몇 명을 마루타로 만들 수 있는지 미친 듯이 실험해댔으니까. 난 그런 일본인들을 동정한다. 그들은 범죄자가 아니라 환자다. 우리보다 조금 더 상태가 안 좋은 정신질환자. 그들의 후예들은 현재 일본 각지에서 일어나는 각종 살인 사건을 TV용 '미스터리 극장'으로 만들어 밤낮으로 방송해대고 있다. 일본인들은 후천적으로 할복과 자살, 살인에 정통할 수밖에 없다.

"대체 사람이 죽었다는 걸 저렇게 광고하는 이유가 뭐야?"

"올해로 펠라티오 탄생 100주년인 것 알아?"

"오늘 당신도 죽을지 모르니 조심하라는 건가?"

"펠라티오란 건 사람을 편하게 한다고 생각하지 않아?"

우리의 대화는 전혀 대화라고 볼 수 없었다. 마시마로가 "그 녀석 참 시끄럽네!"라고 핀잔을 주었지만 헨타이는 아랑곳하지 않았다.

"도마뱀의 꼬리는 잘려도 재생하지. 꼬리, 팔, 다리, 눈도 그래. 히드라나 플라나리아의 몸이 잘려도 완전히 재생되는 건 잘 알고 있지? 하지만 인간은 그렇게 될 수 없어. 피부나 뼈, 간, 적혈구 같은 건 치료될 수도 있지. 하지만 팔다리나 내장은 달라. 부활할 수 없어. 재생 의학에는 한계가 있으니까."

헨타이는 우회적으로 커뮤니케이션의 세계에 들어왔다. 하지만 충분한 대답은 되지 못했다. 그는 창백한 얼굴로 나를 쳐다보며 말했다.

"내일이면 또 사망자가 두셋 더 늘어나겠지. 부활할 수 없다는 건 왠지 슬프다고 생각되지 않냐?"

그의 안면 근육은 〈나는 네가 지난여름에 한 일을 알고 있다〉의 살인범 가면처럼 묘하게 일그러졌다. 헨타이는 밤중에 뱀이라도 불러내려는지 휘파람을 불기 시작했다. 그는 분명 사람들 사이에서 과소평가되고 있을 친구였다. 그래서 나는 그에게 사이코 점수를 9.5점 주었다. 세련된 기술은 별로 없지만 낯선 언어 감각이나 에로틱 예술성에서 탁월한 점수를 얻었기 때문이다. 마시마로나 시마다가 7점대인 것에 비하면 상당히 후하게 준 편이다.

200석 규모의 큰 강의실에는 100여 명의 서클 회원들이 모여 있었다. 낯익은 얼굴들이 여기저기서 눈에 띄었다. 나는 시마다를 보고 반가운 마음에 손을 흔들어 보였다. 그러나 그는 전혀 눈치채지 못했다. 마시마로에 따르면 시마다의 머리는 온통 퀴즈로 채워져 있었다. 그런데 무엇 때문인지는 몰라도 그는 비밀번호나 사람 얼굴 따위는 잘 기억하지 못하는 약점이 있었다. 이메일 비밀번호조차 잘 잊어버려 수신함이 스팸메일로 폭발했다는 게 마시마로의 설명이었다. 아무튼, 퀴즈 2인자라는 그가 남몰래 그런 머저리 짓을 한다는 것은 미스터리였다.

헨타이는 무대 세팅을 한 뒤에 예선 문제집을 돌렸다. 문제집의 제목은 '인도인도 놀라겠네'였다. 제목 밑에는 '주의 사항'이 적혀 있었다.

〈주의 사항〉

— 퀴즈대회 개시 전에는 문제집을 열지 마십시오.

— 도중에 발광(發狂)할 것 같은 기분이 들면 미리 알려주십시오.

— 기분 나쁜 문제가 나와도 문제집에 침을 뱉는 행위를 삼가십시오.

— 빈칸을 남기지 말고 자신의 영감에 맡겨 답해주십시오.

— 18세 미만은 문제 풀이를 삼가십시오.

정신적으로 치명적인 손상이 올 수 있습니다.

— 대회 후 살인, 폭행이 벌어지거나 정신이상자, 변태 스토커가 나타나도 기획자 측에 책임은 없습니다.

— 본 기획은 대학 당국, 각 자치단체, 종교단체 등과 일절 관계가 없습니다. 그래도 안심하지 마십시오.

나는 일본어 작문에 별로 자신이 없었기 때문에 마시마로와 한 팀을 이뤘다. 팀 이름은 '한일공조(韓日共助)'였다. 마시마로는 문제집을 받자마자 빠르게 답을 적어나갔다. 우리가 쓴 답은 이랬다.

〈'인도인도 놀라겠네' 예선 퀴즈〉

1. 헨타이가 현재 소유하고 있는 파미콘*의 숫자를 쓰시오.

* Family computer. 닌텐도사 등이 만드는 가정용 게임기.

→ 100개 이상(정확히 모름)

2. 다음 작품이나 명언의 작자를 각각 쓰시오.

1) 카드캡터 체리

→ 아사카 모리오

2) *Global Communication*

→ 글레이*

3) 지금까지 살아오면서 가장 행복합니다.

→ 나도 가끔 이런 말을 한다.

3. 당신이 '이것만은 자신 있다'라고 생각하는 특기나 지식 분야를 쓰시오.

---

* GLAY, 일본의 록그룹.

→ 만화 퀴즈

4. 당신의 대학을 좋아합니까?

좋아한다 / 싫어한다

→ 공개할 수 없음.

5. 〔국어〕 다음 문장을 읽고 답하시오.

그날은 아침부터 비가 왔다. 헨타이는 (A)했다. 그는 전날 애인
의 하마와 데이트했지만, 함께 간 그곳(B)은 좋지 않았다. 조직
이 몽땅 해체된 외무성. 그녀는 거세게 저항했다. 그는 그녀를
설득해야 했다. 여기라면 내 능력을 전부 발휘할 수 있어. 그것
은 비통한 마음의 외침이었다. 엄마는 무덤에 걸터앉아 산고를
겪었을 거야, 하고 생각해본다. 5분 정도 지났을까 말까 한 시
간이었지만, 그에게는 아주 긴 시간처럼 여겨졌다. (C)도 놀라
겠네.

---

1) (A)에 들어갈 단어를 쓰시오.

→ 목욕

2) 그들이 간 곳 (B)는 어디일까?

→ 목욕탕

3) (C)에 들어갈 말은?

→ 인도인

4) 필자가 헨타이에 대해 가진 뜨거운 감정을 서술하시오.

→ 문제가 이해되지 않는다.

……그럼에도 불구하고 나와 마시마로는 당당히 본선에 진출했다. 본선은 1라운드 '스피드 퀴즈', 2라운드 '변태 버전 퀴즈', 결승 'OX 퀴즈'로 구성돼 있었다. 헨타이가 퀴즈 방식을 설명하기 시작했다.

"아, 아. 전부 네 팀으로 나눠 앉으세요. 그리고 2인 1조로 문제를 푸는 겁니다. 문제를 맞히면 자리에 들어가고 못 맞히면 '무시무시한' 벌칙이 있어요. 크크."

헨타이는 그렇게 말하고 혼자 뭐가 좋은지 멍청하게 웃었다. 다들 이유도 모른 채 따라 웃기 시작했다.

1라운드는 간단한 음악 퀴즈였다. 컴퓨터에 저장된 노래의 맨 앞 소절을 듣고 아는 사람이 버저를 눌러 맞히면 되는 것이었다. 이 퀴즈 형식은 일본 학생들에게는 익숙해 보였지만 내게는 모두 생소했다. 이렇게 노래 앞부분만 다양하게 들어보기는 처음이었다. 1라운드의 벌칙은 충격적이었다. 일명 '시마다에게 키스를!' 모두 헨타이에게 장난스레 구겨진 종이를 날리며 항의했다. 시마다는 흡족한 듯 웃고 있었다. 몇 명의 신입 부원들이 비참한 첫 키스를 시마다에게 바쳤다.

악덕 사회자는 2라운드를 속개했다. 헨타이가 능글맞은 목소리로 문제를 냈다. 첫 문제부터 야했다.

"늘 젖어 있고 주변에 털이 많고 조개 모양으로 생긴 이것은?"

여기저기서 '야하다' '에로틱하다' 등 장난기 섞인 원망이 튀어나왔다. 여자애들은 브래지어가 돌아가게 웃어댔고 남자애들은 그런 여자들을 보면서 폭소를 터뜨렸다. 자기 감정을 잘 표현하지 않는 일본인들 사이에서 폭소가 터지기란 쉽지 않다. 웃으면 남에게 폐를 끼치기 때문일까? 대신 능글맞은 일본인들은 각종 SM 작품과 심야 TV 프로그램을 보면서 억눌린 욕망을 해소했다. 마치 호스트바에 와 있는 것처럼 미묘한 전류가 느껴졌다. 마시마로가 제일 먼저 앞에 나가서 당당히 외쳤다.

"빗자루!"

'땡!' 소리가 웃음에 섞여 잘 들리지 않았다. 그 뒤에도 발가락, 해삼, 고양이 항문 등 기상천외한 대답이 쏟아져 나왔다. 그때마다 웃음 폭탄이 떨어진 것처럼 강의실이 들썩들썩했다. 답은 '눈(目)' 이었다.

다음 문제는 "시마다는 목요일에 무슨 일을 하는가?"였다. 버저 누르는 속도가 빠르기로 소문난 마시마로가 재빨리 대답했다.

"하겐다즈 아이스크림!"

딩동댕 벨이 울리기가 무섭게 아이들이 책상을 쳐대며 깔깔거렸다. 그건 일종의 암호였다. 지난달 목요일에 술에 취한 시마다가 하겐다즈 가게 앞에서 1학년인 사토 미카에게 아이스크림을 건네며 데이트 신청을 했다가 영락없이 퇴짜를 맞았다는 것이다. 알고 보니 시마다의 여러 행동을 우습게 패러디한 〈시마다의 일주일〉이라는 일명 '시마다 송(song)'이 퀴즈연구회에서 한창 유행하고 있었다. 누가 작곡했는지는 몰라도 멜로디 자체는 뽕짝 스타일의 촌스러운 곡이었다. 그 구전 가요의 가사는 대충 이렇다.

월요일은 시마다 음주회 / 화요일은 나카세 제미* / 수요일은 밀린 돈 갚기 / 목요일은 하겐다즈 아이스크림 / 금요일은 퀴즈

* 일본 대학 특유의 '세미나 수업'의 줄임말. 나카세는 교수의 성(姓)이다.

헨타이 배 문제들은 다 그런 식이었다.

"남자도 여자도 하는 것은?"

나는 문제를 듣자마자 누구보다 먼저 앞으로 달려나갔다. 헨타이는 잔뜩 기대한 얼굴로 내게 물었다.

"오! 난 짱, 인도인도 놀라겠네. 정답은?"

"동거."

아이들이 "대체 저런 단어는 누가 가르쳐준 거야?"라며 낄낄댔다. 헨타이는 그것을 정답으로 인정해주는 아량을 베풀었다.

"세상에서 가장 특이한 사람은?"

이 마지막 문제에 제대로 된 답을 하는 사람은 좀처럼 나타나지 않았다. 외계인, 기인, 라면만 먹고 사는 사람, 늑대 인간 등 여러 답변이 나왔지만 정답은 아니었다. 결국 헨타이가 밝힌 대답은 '세상에서 가장 평범한 사람'이었다. 아무도 그 말을 이해하는 사람은 없었다. 하지만 나는 그 답이 왠지 마음에 들었다.

3라운드 OX퀴즈 첫 문제에서 나는 탈락하고 말았다. 마시마로도 마지막 문제까지 올라갔으나 아깝게 떨어졌다. 결국 우승은 마초가 차지했다. 그는 부상으로 빨래판과 샤워기를 받았다. 그 광경을 지켜보던 사람들이 폭소를 터뜨렸다. 시마다는 2등 상금으로 받은 1엔(10원) 동전을 들고 자랑스럽게 웃고 있었다. 마시마로는 '시마다는 영원한 퀴즈 2인자'라며 은근히 시마다를 약 올렸다. 시마다는 움직이는 사각 폭탄처럼 이상한 표정을 지었다.

우리는 세 시간 내내 웃음 사우나를 즐겼다. 퀴즈 문제가 그런 식이라면 해볼 만하지 않은가? 우리 호모 루덴스*들의 임무는 흥청망청 즐기면서 청춘을 낭비하는 것이다. 넥타이, 서류 가방 따위는 파친코 가게 한구석에 버려두고 나오면 된다. 어차피 과격파들이 기말시험을 저지해줄 거니까, 우리는 짜깁기한 졸업 리포트를 제때에만 내고 조용히 졸업하자! 적응이란 원래 비열하고 소극적인 방법이니까.

뒤풀이 장소인 중국집은 학생들이 꽤 많아서 약간 비좁았지만 열기는 매우 뜨거웠다. 마시마로가 대표로 "건배!"를 외치자 모두 아사히 맥주의 첫 잔을 한 번에 넘겼다. 안주는 일본식 중국요리였는데 내게는 대부분 생소했다. 그 모든 것이 낯설었다. 나는 마시마로가 건네준 〈가쓰 특별호〉 동인지를 대충 넘겨보기 시작했다. 그것은 회원들이 가쓰에 대해 여러 가지 얘기를 써놓은 것이었다. 그때 헨타이가 내 테이블로 왔다. 그는 〈가쓰 특별호〉를 빼앗으며 비아냥댔다.

"우와, 이따위 바보에 대해서 뭐 이렇게 낙서해놓은 게 많지?"

나는 질투심 가득한 헨타이의 눈을 바라보며 물었다.

---

* 유희하는 인간. 엔터테인먼트를 최대한 즐기는 반(反)워커홀릭의 오락 인간.

"이름이 겐이랬지?"

그는 엷게 미소를 지으며 대답했다.

"나한테 겐이라고만 부르는 사람은 없어."

생각해보니 그 서클에서 '마시마로'라고 회장 이름을 맘대로 부르는 자는 내가 유일했다. 나는 거리감이 느껴져서 웬만하면 '상'이나 '씨' 따위는 붙이지 않았다. 그러나 일본인들은 친구 사이에서도 히라노, 시마다처럼 성을 부르거나 쿠라켄처럼 별명을 부르곤 했다.

"알았어, 근데 겐이란 이름은 멋있어. 겐, 겐……. 넌 잘 모르겠지만 한국인으로서는 꽤 멋있는 이름들이라고."

"알고 있어."

새로운 안주가 나왔다. 브로콜리, 대나무, 새우, 버섯 등에 하얀 소스를 묻힌 음식이었다. 내가 안주 이름이 뭐냐고 꼬치꼬치 묻자 헨타이는 귀찮은 얼굴을 하며 말했다.

"상당히 이름에 집착하네."

"퀴즈도 결국 이름 맞히기 놀이 아니야? 이름 없이 어떻게 퀴즈를 풀 수가 있어? 언어가 없으면 의식을 담을 그릇이 없잖아."

"꽤 머리가 좋은데? 그거 소쉬르가 한 말이지?"

헨타이는 퀴즈 문제를 풀듯 대꾸했다. 그의 인생 사이클은 퀴즈대회에 맞춰져 있었다. 퀴즈 프로그램과 함께 눈을 떠서 퀴즈대회로 끝내기. 그의 가방에는 전공인 철학책보다 제본한 퀴즈 족보가 더 많았다. 퀴즈 족보가 아닌 것은 《나폴레옹 어록》이 유일했다. 그는 자기가 니콜라 쇼뱅 못지않은 나폴레옹 신봉자라는 사실에 자부심을 느꼈다. 한편 세계 최초의 우주 비행사는 암스트롱이 아니라 '유리 가가린'이라는 것, 우주 왕복선 발사의 역사나 나폴레옹의 원정 기록을 다 외운다는 데서 지적 쾌락을 느끼고 있었다. 그가 모르는 유일한 지식은 이 세계가 온갖 미스터리로 가득 차 있다는 사실이었다.

"세상 만물에 정답이 있다고 생각하냐? 퀴즈처럼?"

내가 대뜸 물었다.

"난 퀴즈를 정말 좋아하는 놈이야. 퀴즈는 잡스러움을 추구하는 현대인들의 신종 놀이라고 봐야지. 정답을 찾는다기보다 사람들과 만남을 즐기는 것뿐이야. 물론 내가 생각하는 정답은 하나 정도 있어. '어떤 대상과든 적당한 관계와 거리를 유지하라.' 그렇지 않으면 다 쟤들처럼 돼."

헨타이는 그렇게 말하며 시마다와 마시마로를 비롯한 아이들을 손가락으로 죽 가리켰다.

"미친 건 의식이 없는 거야. 자가리코*를 먹을 때처럼 나도 모르게 손이 가지. 잘 봐. 저기 순진하게 떠들어대는 녀석들을. 자기들이 아주 특별하다고 착각하고 있지. 저 새끼들은 자기들이 무

---

* 먹어도 먹어도 질리지 않는 맛있는 감자 스낵.

의식 상태로 지낸다는 것도 모른다고. 하여튼 우리 서클에서 나만큼 영리한 인간도 없다니까."

그는 자기 머리를 기특한 듯 쓰다듬으며 바보처럼 웃었다. 헨타이의 이름은 겸(謙)이다. 겸손. 어떤 사람이든 악마 한 마리쯤은 기르고 산다. 헨타이는 악마를 대량 사육하고 있었다. 나는 겉치레를 벗어버린 그의 본심을 통해 인간의 이중성을 보았다. 그것은 매우 불완전해 보인다는 점에서 인간적으로 느껴졌다. 적어도 그는 가식적이지 않았다.

분위기가 고조되는 와중에 갑자기 마시마로가 일어나서 "가쿠추"*를 외쳤다. 그가 먼저 "가쿠추!"를 외치자 학생들이 나치 신봉자들처럼 따라 했다. 왼팔을 위로 곧추세우고 그 밑에 오른팔을 직각으로 갖다 대는 동작도 모두 똑같았다. 나도 그들의 규칙에 조금씩 동화돼가고 있었다.

"학생 주목!"

"여기 못생긴 얼굴에 집단 따돌림, 만성 변비, 두통, 불면증에 시달리는 사람이 있소!"

"누구요?!"

"정열의 야생아, 시마다!"

모두 깔깔거리며 시마다 쪽으로 일제히 고개를 돌렸다. 그는

---

* '가쿠추'란 '학주(學注)', 즉 '학생주목(學生注目)'을 줄인 일종의 구호다.

쑥스러운 듯 술잔을 받아 일어섰다. 그는 공손히 경례했다. 잠시 적막이 흐르는 동안 그의 태도가 돌변했다. 그는 래고래고래고 소리를 질러댔다.

"학생 주목! 이번에 여러분의 성원으로 한잔 받게 된 이 사람은 현재 소케대 경영학과 3학년에 재학 중인 시마다 겐타로입니다. 잘 부탁드립니다."

그의 말이 끝나자마자 모두 "이케, 이케!"라고 외쳤다. 그것은 영어의 'Go, Go!'에 해당하는 말로, 누군가 술을 마시는 동안 외쳐대는 일종의 구호였다. 시마다가 연거푸 500밀리리터 맥주 석잔을 비우는 동안 아이들은 열심히 "이케, 이케!"를 합창했다. 시마다는 술잔을 '탁!' 내려놓자마자 다시 미친 듯이 외쳤다. 릴레이 전통은 계속됐다.

"학생 주목! 이곳에 한국에서 온 이상한 여자애가 있소! 그녀한테 술 한잔 먹이고 싶소!"

모두 나를 쳐다보았다. '난 쨩!'을 연호하는 소리가 여기저기 들렸다. 그들이 나를 부른다. 살면서 내 이름이 그렇게 많은 사람한테 불리기는 처음이었다. 중2 때 내 답안지를 커닝하려고 했던 ㄴ양을 빼고 나의 이름을 그토록 애타게 부르는 사람은 없었다.

아, 이제 《15소년 표류기》의 주인공들이 진짜 나를 깨운다. 모험, 나는 모험을 좋아한다. 내가 애타게 바랐던 것은 이런 새로운 모험이었어. 모험. 고3의 만우절, 상복을 입고 등교했다. '학교 교육은 죽었다'는 의미라고 하자, 선생들보다 나를 더 싫어한 건 반 아이들이었다. 그들은 나의 깜짝 코스프레 퍼포먼스를 지독히 싫어했다. 잘난 척하는 입으로 저마다 씨부렁거렸다. 튀려고 한다, 재수 없다, 변태다, 사이코다……. 하지만 나는 자신을 그저 무늬만 주류인 아웃사이더라고 생각했다. 반 아이들은 전혀 그렇게 생각하지 않았다. 그들은 나를 순응주의자라고 여겼다. 그들에게 세상은 모범 학생과 불량 학생으로 나뉘어 있었으니까. 사실 우리는 서로 진지한 대화 한번 해본 적 없는데. 내가 책에 코를 박고 있을 때 적들은 내 공부 스타일을 분석했다. 내가 토론을 하고 싶어 끼어들면 바로 연예인 이야기로 화제를 옮겼다. 적들이 영어 단어 외우느라 정신없을 때, 내가 영어 교육의 한계성에 대한 불만을 털어놓으면 '모범생이 왜 저래? 넌 그런 사회에서 잘 먹고 잘 살잖아?' 하는 식이었다. 그들은 세상이 이율배반의 논리에 의해 억지로 굴러간다는 사실을 무시했다. 그들은 자신들 내부에 잠자고 있는 예외성과 독창성을 꾹꾹 눌렀다. 나는 그들과 늘 핀트가 어긋났다. 우리가 서로를 괴상하다고 느꼈을 무렵 수용소는 나를 더 심화한 세뇌 교육기관으로 퇴출했다.

"일단 마시고……."

마시마로가 걱정 반, 흥미 반의 목소리로 나를 깨웠다.

"자, 어서 외쳐야지."

나는 사람들을 쳐다보다가 술잔을 테이블에 내려치며 말했다.

114

"마시고 죽자!"

한 박자 쉬고 환호성이 터졌다. 하지만 '죽자'라는 말의 진의를 파악한 사람은 아무도 없었을 것이다. 한쪽 구석에서 마시마로가 춤을 요란하게 추면서 떠들어댔다.

"나 난 짱이랑 국제결혼 할 거야. 안뇽하시무니까?"

과연 그는 재야 코미디언이었다.

고등수용소에 있을 때도 코미디언을 만났었다. 2학년 때 우리 반에서 가장 공부를 잘하는 아이였다. 그 애의 별명은 '가위'. 가위는 내가 파와 마늘만 씹어 먹으며 동굴에서 100일간 공부해도 도저히 따라갈 수 없을 만큼 천재였다. 어느 날 반에서 단체로 지능 테스트를 했는데 결과가 나오자 담임 선생이 그 애를 불러 말했다.

"네가 우리 반에서 가장 머리가 좋다. 특히 언어 능력은 최고야."

그 애는 선생 집단을 별로 좋아하지 않았다. 그는 점수표를 받고 자리에 앉자마자 내 옆에 앉아 중얼거렸다.

"저 돼지 새끼."

하하하하. 옆에 있는 아이들이 킥킥댔는데 선생은 무슨 뜻인지도 모르고 빙그레 따라 웃었었다.

야간 자율학습(이하 '야자') 시간엔 이런 일도 있었다. 가위가 갑자기 게거품을 물기 시작하더니, 급기야 책상 앞으로 푹 고꾸라졌다. 간질, 발작, 과로, 입시 전쟁, 과다 경쟁, 4당5락…… 온갖 이미지들이 내 머리를 때렸다. 뭔가 부적절하다. 가위는 그날 야자를 하지 않고 집에 돌아갔다. 알고 보니 그것은 가위의 한판 생쇼였다. 그녀는 그저 집에 빨리 가고 싶어서 잠시 우유 거품을 빌렸던 것뿐이다. 나중에 가위는 "갑자기 서태지와 아이들의 뮤직비디오가 보고 싶었어"라고 고백했다. 비밀을 아는 사람은 나밖에 없었다. 나와 그녀의 거리는 고3 교실의 복도만큼이나 좁았다. 고등수용소에서 내가 의지할 사람이라곤 가위뿐이었다. 가위는 내가 인정한 완벽한 인간이었다. 그녀는 사이코 점수를 측정한 이래 유일한 만점자였다.

고등수용소 졸업식 날, 우리는 기념비적인 사이코 놀이를 하기로 했다. 애절한 애국가와 졸업생 송가가 울려 퍼질 무렵, 우리는 옥상에서 스파이더맨처럼 뛰어내렸다. 아무 일도 없었다. 나뭇가지와 자동차에 몸뚱이가 걸려버렸기 때문이다. 사람들은 우리가 수능 점수가 안 나와 동반 자살을 기도한 것이라고 오판했다. 우리는 그저 장난한 것뿐인데. 그녀는 나의 손을 꽉 잡은 채 말이 없었다. 깨어났을 때 나는 그녀의 따스한 등 위에서 가쁜 숨을 내쉬고 있었다. 우리는 태양을 향해 웃었다. 우리는 악착같이 그 무덤을 뚫고 사회로 나왔다. 우린 승자였다. 그때까진.

하지만 가위는 불과 일주일 만에 진짜 무덤에 들어갔다. 그놈의 소주 두 병이 웬수였다. 그놈의 환상적인 신입생 환영회가 웬수였다. 그놈의 망할 대학이 웬수였다. 0교시 수업, 도시락 두 개,

야자 시간, 억압과 폭력, 암기 노이로제를 벗어나 간신히 수용소 탈출! 그다음은 사형! 무슨 이런 말도 안 되는 순서도가 있어? 사회를 움직이는 프로그램은 슈퍼 지랄 컴퓨터가 조종한단 말인가? 가위를 죽인 건 바로 너다. 바로, 바로 망할 너란 말이다. 그렇지? 가위야, 말해봐. 지금 또 장난치는 거라고! 가위야.

죽음은 음모에 가까웠다. 이상하게도 나는 전혀 눈물이 나지 않았다. 슬픔이란 거리가 멀어지면 희석되는 것일까? 웬일인지 전혀 슬프지 않았다. 죽음 앞의 초짜는 가짜 눈물을 쥐어짜지 않기로 했다. 다만 그 이후로 사람과 접촉해야 한다는 사실이 더욱 두려워졌다. 누군가와 가까워지면 그만큼 멀어질 줄도 알아야 한다는 사실을 인정하기 싫었다. 거리 두기를 잘할 수 있는 사람이 인간관계의 법칙을 제대로 아는 사람인데 말이다.

파티를 즐길 때마다 슬픈 일이 생각나는 건 비극이다. 결국 미친 척, 즐거운 척하는 수밖에 없었다. 가식은 싫지만, 위장은 해야 했다. 그것마저 못 하면 인간으로 살아내기 어려웠다. 나는 마치 얼키설키 엮어놓은 그물처럼 어설프기 짝이 없는 인간이었다.

나는 의자 위로 터프하게 올라가 시마다의 '가쿠추'를 따라 했다. 말은 여기저기 엉키고 발음과 억양도 엉망이었지만 아무도 개의치 않았다. 외침은 메아리처럼 퍼져나가 나중에는 괴성으로 변했다. 마시마로와 헨타이는 동시에 '저런 면이 있었어?'라는 표정으로 나를 바라봤다. 쾌감 200퍼센트! 나는 어떤 바이브레이터로도 도달할 수 없는 쾌감을 느꼈다. 내가 가진 열정과 욕망을 다 끄집어낸 듯 속이 시원했다. 노브라는 미친 듯이 "난 짱, 사이코*다, 사이코!" 하고 외쳤다. 왠지 그 말이 최고가 아닌 '정신병자'로 들렸다. 하긴 현대 사회의 어떤 인간도 정신질환을 피해 갈 수 없는 법이긴 하다. 이른바 우리는 사이코 사회에 살고 있다. 서로를 사이코라고 욕하는 그들에겐 '사이코 종합치료제'가 필요하다. '그들'은 모른다. 우리 모두 사이코다! 너흰 퀴즈 마니아도, 《삼국지》마니아도, 패배 마니아도 아니다. 우리는 그저 놀이에 중독된 호모 루덴스일 뿐. 마작과 오셀로, 야구와 퀴즈 게임. 그런 오락이 우리의 존재 이유가 되어버렸다.

네 잔을 거푸 마셨다. "이케, 이케!"를 외치던 아이들도 놀란 표정으로 "그만 먹여!"라고 말리기까지 했다. 그러나 이미 객기에 취해버린 나를 누구도 말릴 수 없었다. 내가 마지막 잔을 내려놓자 모두 손뼉을 쳐댔다. 술 마시고 박수를 받는다는 게 어리둥절할 뿐이었다. 하지만 박수받고 내려오는 심정은 말할 수 없이 감격스러웠다. 나와 퀴즈족 사이에 공통점이 있다는 것을 깨달은 순간이기에.

우리는 유효기간 지난 우유 같은 청춘기를 보내고 있었다. 썩어 문드러져서 먹으면 토할 것 같은 우유. 객기와 치기 때문에 가

***

* 일본어로 '최고(最高)'라는 뜻.

118

숨이 터질 것 같았다. 우리는 즉흥적이고 광포한 감정이 위험하다는 사실을 몰랐다. 루소는 '청춘은 제2의 탄생기'라고 했지만, 이놈의 망할 제2의 인생은 피기도 전에 썩어버렸다. 현실주의자가 할 수 있는 마지막 일은 술판과 밤샘과 오입의 힘을 빌려 죽을 때까지 자신을 소비하는 것이다.

쓰레기통 옆에 100엔이 눈에 띄었다. 충치와 악질적인 구토감. 이미 정답과는 너무 거리가 멀었다. 동전을 주머니에 넣었다. 고교 졸업 시절에는 미처 몰랐다. 내 청춘이 이렇게 스스로 멸할 줄. 며느리도 모르고 우리 부모들과 선생들도 몰랐다. 내가 이렇게 썩은 감자가 돼버릴 줄은. 쏟아지기만 하는 불완전한 에너지를 열정으로 오인했던 거구나. 역시 의미 부여와 착각은 인간만이 저지르는 멍청한 짓거리야.

나는 술에 취해 노긋노긋해져 바닥을 향해 혀를 쭉 내민 채 완전히 뻗었다. 이미 통금 시간 11시를 10분 앞둔 상황이라 기숙사에 가는 것은 무리였다. 술집 앞에는 무명 가수가 기타를 치고 있었다. 그는 '꿈을 먹고사는 젊은이' 풍의 노래를 부르고 있었다. 하지만 내 귀에 들려온 노래는 이렇게 자동 번역되었다.

"이렇게 벌어서 60 평생을 먹고살 수 있겠냐? 나야말로 100엔 값도 못 하는 진정한 바보 멍텅구리야! 나처럼 되지 마. 철이 들어야 해. 현실적이 되란 뜻이야. 그러니 꿈을 버려. 빨리 가, 어디로든 하나의 길을 선택해서 전문적 워커홀릭이 되란 말이야!"

그 가수의 우울한 노래가 듣기 싫었다. 그냥 나인 채로 있고 싶었다. 사각의 링에서 매일 가위에 눌리는 기분을 그 가수는 알고 있었겠지. 나는야 파블로프의 개란다. 딩가딩가딩가.

흥이 난 나는 그의 옆에 서서 자우림의 〈Hey, Hey, Hey〉를 악쓰듯 불러댔다.

햇살이 한가득 파란 하늘을 채우고 / 꽃을 든 그대가 나의 마음을 채우고 / 어두운 날들이여 안녕 / 외로운 눈물이여 안녕 / 이제는 행복해질 시간이라고 생각해…… 워어어어어…….

가위와 고로케의 얼굴이 눈에 밟혔다. 대체 난 뭐가 그다지도 아쉬워서 살고 있는 것일까? 나의 뇌는 이미 안갯속을 달리고 있었다. 뇌 속이 두부로 변하는 느낌이었다. 이대로 가다간 끝이 아닐까? 무명 가수는 내 귀에 대고 "넌 내 이상형이야"라고 속삭였다. 그 순간 갑자기 참을 수 없을 만큼 두려움이 밀려왔다. 누군가 "2차 가자!"라고 외쳤을 때 급기야 난 오줌을 질질 싸기 시작했다. 아마도 내 피 속에 술이 섞여 돌아다니는 모양이었다. 시마다는 철없이 "난 짱, 길거리에서 오줌 싸는 거 아니라고. 하핫" 하고 말했다. 마시마로는 나를 부축하더니 "괜찮아?"라고 계속 물었다.

'너희들은 '왜 퀴즈에 미쳐 있는 거니?'라고 묻는 것도 우문이라고 생각하겠지. 퀴즈는 하나의 대중문화상품이라고 말하고 싶은 거겠지. 하지만 세계에서 가장 큰 빌딩이나 최초의 우주선 이름 따위를 아는 게 뭐가 그렇게 중요하지? 퀴즈왕이 되면 세상이 다 알아줄 것 같지만 퀴즈대회가 끝나면 사람들에게 잊힐걸? 결국 퀴즈란 건 엉터리 같은 질문에, 바보 같은 대답을 하고, 말도 안 되는 선물을 받는 이벤트에 불과하다고.'

퀴즈족들에게 이렇게 말해주고 싶었다. 그것은 어떤 경직된 사회와 나 자신을 향한 토로에 가까웠다. 내 안엔 늘 모순된 감정이 있었다. 제도에 순응하면서도 동시에 거부하는 감정이 공존한다. 깨뜨리고 싶은 감정과 깨지고 싶지 않은 감정이 공존한다. 퀴즈를 매개로 만난 아이들을 인간적으로 좋아하면서도 구조적으로 싫어한다. 자기혐오자를 질색하면서도 나는 종종 자기혐오에 빠진다. 그건 양시론, 양비론만큼이나 비겁하다. 하지만 나로서는 제압할 수 없는 모호한 감정이었다. 딜레마, 난센스, 부조리, 불합리, 모순, 이율배반, 부끄럽고 숨기고 싶은 이중성. 젠장, 내가 표현할 수 있는 단어란 열 개도 채 되지 않는구나! 오줌이 다리를 타고 질질 흘렀지만 이미 창피함 같은 건 잊어버린 지 오래였다. 길바닥은 구토 흔적으로 가득했다. 나는 '비판적 동조자들'이라고 나지막이 중얼거리며 길거리 가수의 텅 빈 기타 케이스에 100엔을 던져버렸다. 불안감은 사라지지 않았다.

07

손가락이 열두 개인 이유는?

    사이코와 나는 야광 도시의 한복판을 걷고 있었다. 정확히 말해 그곳은 '우리들의 오답 사회' 안의 야광 도시였다. 거리는 백야에 휩싸인 러시아처럼 희미하게 밝았고 도시 전체에 자줏빛 비가 내리고 있었다. 마치 도어즈나 핑크 플로이드 스타일의 사이키델릭 록을 듣는 것 같은 느낌을 주었다.

    발밑에서는 뭔가가 자꾸 밟혀 터졌다.

    "이 주위엔 지렁이가 많은가 보지? 미끈한 게 자꾸 발에 밟히는데."

    사이코가 대답했다.

    "그건 인간의 눈알이야."

"눈알이 왜 굴러다녀? 근처에 인간 무덤이라도 있나 보지?"

"그게 아냐. 수억 개의 보이지 않는 눈알들이 우리를 지금 감시하는 거라고. 땅바닥에 떨어진 눈알들은 시력을 잃었거나 손상을 입어서 버려진 것들이야."

"어딜 가나 버림받은 것들투성이군."

우리는 오스트리아의 건축가 훈데르트바서가 지은 것 같은 환상적인 조각 케이크 모양의 붉은색 건물을 향해 걸어갔다. 건물 주변에는 호수와 정원이 있었다. 건물 입구 주위에는 줄리앙, 아그리파, 비너스 등의 조각상들이 줄지어 있었다. 그 앞에는 특이하게 "작품에 손대시오"라고 씌어 있었다. "작가는 관객, 작품과 삼위일체가 되어 호흡하기 원한다"라는 부연 설명과 함께.

나는 조각상을 지나치려다가 순간 멈칫했다. 어이없군, 미대 입시용 석고상 아냐? 그런 조각들을 완벽하게 모사한다는 것만으로 대학에 들어갈 수 있다는 게 싫었다. 그게 미대를 포기하게 된 결정적인 이유였다. 매일 다섯 시간씩 똑같은 입체들을 그리는 동안 내 영감은 조각상 안에 가라앉을 것만 같았다. 조각상만 보면 불안해졌다. 어느 날 나는 머리통으로 못생긴 석고상들과 고분고분한 심성을 동시에 깨버리고 학원을 나와버렸다. 그때 '사이코'라는 소리를 들어야 했다. 저기 거만하게 서 있는 아그리파의 대가리를 깨뜨리고 싶다는 생각에 머리가 으스러질 정도로 아팠다. 혈관마다 상한 우유가 흐르는 듯 팔다리가 저렸다. 나는 저들 모두가 신기루에 불과하다고 생각했다.

"악몽을 꾼 적이 있어."

"어떤?"

"내가 총으로 어떤 사람을 죽이는 꿈이었어. 그리고 결국 나도 자살하고 말았는데 총알이 머리를 통과하는 소리가 굉장했어. 마치 목감기용 사탕을 빨아들이는 기분이랄까? ……총구를 내 머리에 대고 있을 때의 긴장감과 통과할 때의 쾌감을 동시에 느꼈어. 매일 밤 마치 TV 드라마처럼 악몽의 후속편이 이어져. 혹시 내 안에 악마가 존재하는 걸까?"

"악마성이라기보단 네가 영화를 너무 많이 봐서 그런 것 아냐?"

하긴 그동안 영화를 너무 많이 본 건 사실이었다. 일주일에 25편을 본 적도 있었는데 그중에는 〈펄프 픽션〉〈저수지의 개들〉〈록 스탁 앤 투 스모킹 배럴즈〉 같은 범죄영화가 꽤 있었다. 영화를 봐야 한다는 강박관념에 끊임없이 사로잡혀 있었던 탓이다.

"나도 살인하는 꿈을 자주 꿔. 해몽 사전을 보니까 살인은 '개혁'을 뜻한대. 리프레시먼트(refreshment). 뭔가 새로운 일이 일어날 거란 얘기지."

"그런데 이 껌, 어지간해서는 단물이 안 빠지는구나."

"계속 씹어. 입을 멈추면 안 돼. 야광 도시의 법칙이야."

사이코는 나를 안심시키려는 듯 멀리 후지산을 바라보며 "여긴 아마도 하코네쯤일 거야"라고 말했다. 하지만 그녀는 하코네에 가본 적이 없었다. 나도 후지산을 보고 싶었지만 구름에 가려서 사진 속의 후지산처럼 완벽해 보이지는 않았다. 예전에 일본의 어린이들이 산을 그린 것을 본 적이 있었다. 우리나라 아이들이 산을 모두 삼각형으로 그리듯 일본 아이들은 후지산만 잔뜩 그려놓았다. 산 위에 모자처럼 덮인 하얀 눈 그림은 나치의 상징 문양인 하켄크로이츠를 연상시켰다.

건물 입구에는 '세상에서 가장 에로틱한 화장실'이라는 정사각형 모양의 현판이 붙어 있었다. 그 밑에는 벨벳 언더그라운드의 앨범 재킷에서 본 듯한 노란 바나나 그림이 있었다. 노란 껍질을 벗기면 빨간 알맹이가 나왔다는 전설의 바나나. 하지만 그 바나나는 앤디 워홀을 모방한 그라피티였다. 바나나를 살펴보면서 정문을 통과하는데 갑자기 '삑삑!' 소리가 요란하게 났다. 정문 옆에 있던 A4 크기의 액정에 이런 표시가 나타났다.

'복장 불량'

어이가 없었다. 그때 말의 탈을 뒤집어쓴 네 명의 남자가 우리 앞을 가로막았다. 그들은 자신들의 이름을 '보바'라고 소개했다. 보바들은 똑같이 새까만 교복을 입고 있었다. 교복은 공포다! 난 교복 공포증이 있었다. 입학 선물로 수용소가 우리에게 준 공포. 교복을 보는 것만으로도 그때의 기억이 떠오른다. 주입식 교육과 단답식, 객관식에 강한 아이들을 상대로 날마다 퀴즈대회를 열었다. 예선에서 떨어지면 낙제생이 된다. '나는 반항한다. 고로 존재한다'*라는 신조로 살아가는 날라리들의 터전은 오토바이를 탈 수 있는 대로 위였다. 뉴턴의 제1 법칙**은 사회에서 써먹기도 쉽다. 개떼처럼 졸업해도 아이들은 관성의 힘 때문에 평생을 적당히 살아갈 수 있다. 교복은 아이들의 관성을 키우는 데 최초로 공헌한 셈이다.

무서운 보바들이 합창하듯 사이코에게 물었다.

"넌 또 모리를 만나러 왔지?"

사이코가 고개를 끄덕이자 그들은 한심하다는 듯 고개를 저었다.

"답답한 여자로군. 모리는 '모라토리엄 인간'의 시효가 이미 만료됐다고."

그들 중 한 명이 이케바나(꽃꽂이)용 꽃다발을 잠시 사이코에게 맡겼다. 사이코는 코를 벌름거리며 꽃향기를 맡기 시작했다. 말 중 한 명이 PDA에 뭔가 기록하더니 내게 말했다.

"선글라스 벗어. 선글라스 착용은 화장실 입장 규칙에 없어."

나는 말을 듣지 않고 가만히 있었다. 네 명의 말이 한꺼번에 언성을 높였다.

---

* 반성의 제1 테제.
** 잠깐 퀴즈: "뉴턴의 제1 법칙을 다른 말로 무엇이라고 합니까?"
정답: '관성의 법칙'. 외부로부터의 힘의 작용이 없으면 물체의 운동 상태는 변하지 않는다는 법칙이다. 물체는 힘이 작용하지 않는 한 정지한 채로 있거나 등속도 운동을 계속한다. (→이런 잡다구리한 퀴즈 문제가 시험의 탈을 쓰고 우리의 10대 시절을 괴롭혀왔다. 대체, 망할 놈의 물체가 정지하든 말든 우리 인생과 무슨 상관인가?)

"좋아. 내가 널 웃기면 선글라스를 벗는 거다!"

재밌는 거래였다.

"비토 다케시* 알아?"

내가 고개를 끄덕이자 그들이 갑자기 이상한 짓을 하기 시작했다. 머리를 흔들고 말의 성대모사를 하기 시작했다.

"잘 봐⋯⋯ A;SFJ'묦 HVFf jpinvsklfja 뉴쿄뱌3repoi⋯⋯ 히잉 히잉!"

사이코가 도저히 못 참겠다는 듯이 깔깔대고 웃었다. 난 침묵했다. 그러자 이번에 그들은 미친 듯이 "히잉히잉!" 하고 말 울음소리를 냈다. 사이코의 설명에 의하면, 그들은 비토 다케시를 똑같이 흉내 내고 있다는 것이다.

"대체 뭐 하는 작자들이야?"

내가 땀을 뻘뻘 흘리고 있는 말을 한심하게 쳐다보자 그들이 따지듯 말했다.

"넌 대체 왜 안 웃는 거야? 이렇게 하면 100퍼센트 웃는단 말이야."

"얜 한국 유학생이거든."

사이코가 대화에 끼어들었다. 화가 난 말들은 씩씩거리더니 네 명이 동시에 가면을 벗었다. 나는 그들의 얼굴을 보고 나서 입을

---

* 영화감독인 기타노 다케시가 코미디언으로 활동할 때의 이름.

크게 벌리고 말았다. 그들은 얼굴 생김새가 똑같았다. 게다가 눈, 코, 입, 머리 크기가 작은 전형적인 다운증후군이었다. 마치 다운 증후군 환자로 변장한 복제 인간처럼 보였다. 나는 자신도 모르게 웃었다. 공포가 극대화되면 웃음이 나는 일도 있다.

"좋아. 웃었군. 이제 선글라스를 벗지그래?"

내가 할 수 없이 선글라스를 벗었다. 보바들이 기다렸다는 듯 말했다.

"그 겉옷도 벗어. 거추장스럽게 그게 뭐야? 신발도 벗고."

"왜?"

"본성을 깨우기 위해서야."

사이코는 이미 상의를 훌훌 벗어 던진 상태였다.

"그 역겹게 생긴 건 뭐지?"

보바들이 물었다.

"브래지어야."

"그것도 벗어. 인제 보니 삭발도 해야겠어. 수염은 깨끗이 밀었나 보군."

보바들은 사이코를 보며 말했다. 그들은 멀뚱히 서 있는 나에겐 이렇게 얘기했다.

"넌 왜곡돼 있어. 너 자신으로 돌아가야 해."

"내가 나 자신이야. 이거 말이 꼬이는군."

"웃기지 마. 넌 흉내만 내고 있을 뿐이야."

"……?"

"네가 지금까지 배운 지식은 고작 CD 한 장짜리밖에 안 되는 허접스러운 것뿐이야. 쓰레기라고. 오답 사회에서는 오답 사회의 법칙을 따라야 해."

"벗으라고 강요하는 건 폭력이야."

"그런 것과는 관계없어. 그저 야생의 상태로 돌아가라는 것뿐이야. 세상엔 인간의 몸이 육감적으로 느껴야 할 것들이 많거든."

"합리화의 제왕이군."

내가 비꼬듯 얘기하자 그들이 조용히 타일렀다.

"비판이 다는 아냐."

"비판적으로 사는 게 어때서?"

"아니, 투덜거리는 것뿐이야. 넌 그저 투덜거리면서 비판적인 체하고 있어. 넌 반항하는 인간이 되고 싶은 거지? 하지만 투덜거리기만 하면 결국 아무것도 보지 못해. 개인적인 일에 몰두할 수도 없고 사회적인 일에 개입할 수도 없지."

"이거 좀 추운걸?"

사이코가 몸을 떨어대서 우리의 대화는 끊겨버렸다.

"일단 안에 들어가서 몸을 녹여."

보바들은 우리가 옷을 홀딱 벗을 때까지 천천히 기다려주었다. 나는 생전 처음으로 삭발을 했다. 난 내 두상이 별로 마음에 들지 않았다. 사이코의 두상은 엠보싱 화장지를 떠올리게 했다. 그런데 보바들은 그런 모양 따위는 신경 쓰지 않았다. 우리를 인간이라기보다는 고깃덩어리로 인식하는 모양이었다. 어떤 에로티시즘도 느끼려 하지 않았으니.

"수염도 서서히 날 거야. 그럼 인스턴트 액션이나 욕망 탈출도 가능해."

"인스턴트 액션? 욕망 탈출?"

"즉흥 행동 말이야. 어떤 것도 눈치 보지 않고 행하면 행동 속도가 빨라지지. 모든 현상을 이성이나 법칙이 통제하기 전에 넌 자유롭게 행동할 수 있어. 다시 말해 억압된 욕망을 모두 탈출시켜도 좋다는 거지."

"편리한 건지, 편의적인 건지 모르겠군."

하지만 난 내심 자연인으로 돌아간 기분이었다. 생각보다 나쁘지 않았다. 마치 움츠려 있던 몸이 크게 스트레칭을 하는 기분이었다.

보바들이 앞장서서 건물 안으로 들어갔다. 어디선가 핑크 플로이드의 〈Brain Damage〉가 들려왔다. 음악은 귓바퀴 끝에 찐득하게 묻어났다.

광기는 내 머릿속에 있지 / 광기는 내 머릿속에 있지 / 당신은 칼날을 들어 그걸 바꾸려 하지 / 당신은 나를 재배열하지 / 내가 제정신이 될 때까지 / 당신은 문을 잠그곤 / 열쇠를 던져버

리지 / 내 머릿속에 누군가가 있지만 / 그건 내가 아니야.

내 발이 푹신한 카펫의 감촉을 느꼈다. 보바들이 먼저 건물로 들어섰다. 그들은 나와 사이코를 건물의 지하 식당으로 데려갔다. 식당에는 각종 요리가 가득 차려진 12인용 식탁이 있었다. 생각해보니 우리는 껌을 씹은 것 외에는 종일 아무것도 먹지 못했다.

"마음껏 먹어."

보바들은 내 앞의 접시에 놓여 있던 음식을 한 점 집어 먹으며 말했다. 우리가 멀뚱히 앉아 있는 동안 그들은 신나게 고기를 씹어댔다. 수프, 스테이크, 샐러드 등이 잔뜩 차려진 식탁을 보고 사이코는 입맛을 다셨다.

"먹어도 안 죽어. 우리는 독살 같은 전근대적인 방법은 쓰지 않아."

그들은 무섭게 요리를 먹어치우기 시작했다. 넥타이를 풀어 헤치고 와이셔츠 단추를 풀었다. 셔츠 사이로 숱 많은 가슴털이 보였다. 사이코는 킁킁거리며 냄새를 맡더니 이내 음식을 마구 입으로 가져가기 시작했다. 턱수염 때문에 좀 먹기 불편한 듯 보였다. 나도 레드와인을 한 모금 마신 뒤, 초록빛이 나는 고기를 한 점 집어 먹었다. 클로버 잎사귀, 인삼 등 다양한 재료를 섞어 만든 요리였다. 요리마다 한 가지 공통된 재료가 있었다. 촉촉한 고구마 케이크와 양고기를 섞어놓았다고 할까? 굉장히 특이한 맛이었다. 물컹물컹하면서도 쫄깃한 촉감이 혀를 심하게 자극했다. 사이코는 《백 년 동안의 고독》의 레베카처럼 흙을 집어 먹기 시작했다. 은쟁반에 담겨 있던 그 흙빛의 고운 가루는 먹으면 입에서 살살 녹았다.

"맛있어?"

보바들이 물었다.

"죽여주는데?"

내가 혀로 입술을 축인 뒤 말했다. 보바들의 거시기를 걷어차고 싶을 정도로 맛있는 요리였다.

"요리법은 간단해. 우선 2미터 길이의 청색 깃이 있는 수컷 공작새가 필요해. 공작이 붉은 눈을 번득거리며 꽁지를 부채 모양으로 펴서 위로 치켜세울 때 곤봉으로 목을 치는 거야. 그럼 혓바닥이 엿가락처럼 늘어지게 되지. 혀를 장도로 잽싸게 잘라서 끓는 물에 집어넣는데 이때 이구아나의 이빨, 사자의 꼬리털, 토끼의 발톱과 달팽이 속을 함께 넣으면 되지."

나는 포크를 바닥에 떨어뜨렸다.

"공작새 혓바닥 요리라고?"

나는 한니발 렉터가 인간의 뇌수를 떠먹는 장면을 봤을 때만큼이나 놀랐다. 사이코 쪽을 바라보니, 그녀는 요리에 중독된 듯 공작새 요리만 게걸스럽게 먹고 있었다.

"마음에 들지 않으면 이 '꿈이 사라진 물고기'를 먹어보든가."

보바들은 내게 생선구이를 내밀었다. 그 물고기는 가지처럼 짙은 보랏빛이었다. 먹다가 잉크 먹물이 튀어나올 것만 같은 기분 나쁜 색깔이었다. 게다가 속에 뭐가 들어 있는지 올록볼록했다. 내가 포크로 누르자 안에서 작은 알갱이들이 터지는 소리가 났다.

"대체 뭐가 들어 있지?"

"여자 인간의 유두."

보바들은 앞다투어 포크와 나이프를 놀리기 시작했다. 그 모습을 보고 있자니, 10년 전에 처음 먹었던 개고기가 장, 위, 십이지장, 드디어 식도마저 뚫고 입 밖으로 쏟아져 나올 것 같았다.

"맛있어. 톡톡 터지는 게 아주 맛있다고. 요리를 계속 먹겠어, 아니면 계속 그 물만 마시겠어?"

"……."

"역시 대답을 못 하는군. 하긴 꿈을 좇고 있는 몽상가들은 주변에 많지. 결국 헛수고란 걸 알게 되겠지만."

사이코를 자세히 관찰하니, 실은 음식을 그다지 많이 먹는 것은 아니었다. 그녀는 음식보다 향기에 취해 있는 것 같았다. 나는 와인으로 계속 입을 게워내려 했지만, 그 떨떠름한 뒷맛은 그대로 남아 있었다. 기분이 상당히 오묘했다. 보바들은 배가 불러오는 듯 행복한 표정을 지었다. 나는 접시에 놔둔 껌을 다시 씹기 시작했다.

"모리의 모라토리엄 기간이 끝났다는 건 무슨 뜻이야?"

내 질문에 보바들이 대답했다.

"정식으로 소개하자면 우린 정신병리학자야. 세기말을 기점으로 세대별 연구를 해왔지. 그 결과 세대를 아우르는 공통점을 발견했어. 사회에 대해 방관자 의식을 지니고 있다는 것, 집단에 대한 귀속 의식과 사회적 자아 정체성이 약하다는 것이 바로 그거야. 지적, 육체적, 성적 능력이 있음에도 사회인으로서 의무와 책임을 다하지 못하는 사람들을 일컬어 모라토리엄 인간이라고 하지."

"그래서?"

내 질문에 보바들은 눈썹을 살짝 올렸다 내렸다.

"모라토리엄 인간의 등장은 팽창해가는 자본주의 사회의 사이클과 맞물려 있어. 세계 경제는 자유, 평등, 연대를 목표로 하는 세계자본주의 체제로 발전해가고 있잖아. 선진국에서는 국가 경제가 증대됨에 따라 다양한 사회보장제도가 생겨나 일을 안 해도 먹고살 수 있게 됐지. 이제 '이것이냐 저것이냐'를 고민하는 햄릿들은 죽어버렸어. 젊은이들은 '이것이든 저것이든' 자신의 욕망과 자유를 보장하는 것이라면 스펀지처럼 흡수하는 데 능해. 마약, 섹스 산업이 불황을 겪지 않는 이유지."

"쉽게 말해 긴 세대를 뜻하는 거군. 하긴 나도 대학에 들어가서 단 한 번도 정치적인 활동을 해본 적이 없어. 집회를 나간다거나 데모를 해본 적도 없어. 아니, 왜 그런 것에 열을 올려야 하는지 모르겠어. 열중하는 것도, 방관하는 것도 쉽게 할 수 없어. 이

물감이 느껴져서. 난 내가 너무 늦게 태어났거나 너무 일찍 태어났다고 생각해."

내가 푸념하듯 얘기하자 보바들이 맞장구를 쳤다.

"바로 그거야. 과잉생산의 시대에는 결핍감을 느끼는 불안한 자아들이 떠돌게 마련이야."

옆에서 사이코는 〈센과 치히로의 행방불명〉에 나오는 돼지처럼 먹기만 했다. 나는 그녀를 다그쳤다.

"사이코, 혼자 먹기만 하려고 했다면 대체 왜 여기 온 거야?"

사이코는 내 얘기 따위는 상관없다는 듯 계속 쿵쿵거렸다. 보바들이 말을 이었다.

"이 화장실의 구조는 특수한 미로로 설계돼 있어. 이곳은 영국의 햄프턴 궁전이나 리즈성, 일본 후나바시의 미로 등 동물 학습의 미로를 철저히 연구해서 만든 첨단 미로라고. 화장실에서 네가 '게릴라 피시'를 찾고 싶다면 마음껏 찾아. 너희들이 여기서 무엇을 하든 자유야. 아무도 신경 쓰지 않아. 젊은것들은 껍데기만 갖고도 곧잘 객기를 부리곤 하지. '젊음은 반역' 어쩌고 하면서 말이야. 결국, 젊음이 패기 때문에 좌절하고 말 걸 모르고. 아무튼, 너는 네 게릴라 피시만 찾으면 되는 거야. 특별히 찾고 있는 게릴라 피시가 있어?"

"뭐?"

"인생에서 네가 절대적으로 찾는 게릴라 피시가 뭐냐는 뜻이야!"

그 순간 떠오르는 단어들은 아집, 망상, 불안, 속박, 갈증, 가족과의 평행선, 배설, 환상, 피해망상 따위였다. 휴머니즘, 본질, 평화, 행복, 여유로움, 관대함, 유머 같은 단어들은 '오버더레인보'에 있었다. 삶의 얼룩을 씻어낼 방법은 무엇일까? 계몽주의? 회의주의? 신비주의? 실용주의? 실존주의? 해체주의? 유물론? 현상학? 정치학? 사회학? 정신분석학? 나는 실존을 마주한 그 순간까지도 자신을 구제해줄 만한 학문을 발견하지 못했다. 하긴 학문이 구도나 계도용은 아니지 않은가? 이쯤에서 나는 피해망상증에 대해 생각하지 않을 수 없었다. 하지만 결국 내가 찾고 있는 것이 무엇인지는 퍼뜩 떠오르지 않았다.

"모르겠어."

"너의 손가락이 힌트야. 네가 찾고 있는 것, 네가 일을 수행해야 하는 이유, 그리고 네가 누구인지에 관한 수수께끼를 푸는……. 문제가 곧 답이고 답이 곧 문제로다."

'망할, 웬 선문답이야?' 하며 나는 손가락을 쳐다보았다. 몹시수상하게 보이던 손가락의 개수는 넷, 다섯, 여섯, 여섯!? 분명여섯 개였다. 그러니까 두 손 합쳐 열두 개. 나는 어릴 때 암산학원을 열심히 다녔기 때문에 숫자 놀음에 능하다. 나는 사이코와보바의 손을 의식적으로 쳐다봤다. 그러나 손가락이 기형적으로생긴 사람은 나뿐이었다. 마치 《보르헤스의 상상 동물 이야기》에나오는 괴물이 된 기분이었다. 소외란 예상치도 못한 시간에 초인

종을 눌러대는 짜장면 배달부 같다.

'퇴화의 시작은 아닐까? 외계인의 체형에 따라 인간이 진화하나? 하이파이브 대신 하이식스!라는 말이 생기겠군. 발가락도 여섯 개가 될까? 반지, 매니큐어 수요는 증가하겠지. 수능 답안 선택지도 여섯 개가 되면 자살하는 애들이 더 늘겠군. 오손이 차별금지법/보호법 대책 마련 시급, 이런 기사가 나올지도! 독수리 육형제 탄생! 십이계명, 삼강육륜, 세속육계? 지켜야 할 게 더 많잖아? 수지침과 지압법 하는 사람들은 좋겠네, 피아노 건반 수도 증가하겠고, 마술사나 게이머들의 기교가 더 화려해질까? 큰 바위 얼굴도 한 손으로 가려질 것 같고. 손금 분석이 늘어날까? 운명이 바뀔까? 손가락이 너무 많은 것도 걸리적거릴 것 같아. 오히려 불쌍하게 움츠려 있던 넷째 손가락의 효용이 늘어날지도. 초등학생들의 산수 능력이 향상되고, 꼬깔콘을 더 빨리 더 많이 먹을 수 있겠어. 레즈비언 간의 자위법과 섹스법이 획기적으로 발달하고……'

나는 여러 가지 파장을 상상하다가 문득 이런 의문이 들었다.

"왜 게릴라 피시를 찾아야 하는데? 의무적인 거야?"

"의무냐, 권리냐? 그건 너의 선택에 달렸어."

원래 용기 없는 인간들이란 될 수 있는 대로 빙빙 돌려 말하는 법이다. 자신들이 보잘것없다는 사실을 인정하기 싫어하기 때문이다.

"모리 씨를 만나려면 어떻게 해야 하지?"

내가 물었다. 그러자 보바들은 냅킨으로 입을 닦은 뒤 천천히 말했다.

"그것도 네 선택의 문제야. 네가 네 인생에서 무엇을 추구하든 나와 상관없는 일이듯이. 하지만 일단 길을 잃으면 영영 되돌아올 수 없어. 우리도 널 도울 수 없다고."

"내가 찾은 게릴라 피시가 진짜 내가 원하던 게 아니라면? 그 땐 어떻게 되는 거야?"

"이봐, 여기는 '오답 사회'라고. 정답이란 없어."

"정말 이상하구나. '오답 사회'도 일종의 시스템이니까 기본적인 법칙이 있을 것 아냐? 정답이 없는 법칙이란 있을 수 없잖아? 모순이라고!"

"모순은 시스템의 필요악이야. 어쩌면 너도 모리 씨의 길을 걷게 되겠구나. 그렇게 건방만 떨고 미래를 생각지 않는다면 너도 결국 모라토리엄 인간이 되고 마는 거야. 메뉴는 많으니까 알아서 선택해."

보바들은 눈꺼풀이 지퍼처럼 닫힌 사이코를 바라보며 말을 이었다.

"이제 좀 있으면 사이코는 잠들 거야. 너란 인간은 대단하군. 누구든 냄새를 맡는 것만으로도 요리에 중독돼버리는데 꿈쩍도 하지 않고 말이야. 이 요리들은 강력한 수면 효과가 있거든."

"난 선천적으로 냄새를 맡지 못해."

"그것참 행운이군. 정말 대단한 일이야. 그렇다면 네게 특별한 기회를 주지."

그들은 이렇게 말한 뒤 벌떡 일어났다. 그들은 아직도 열심히 포크질을 해대는 사이코에게서 억지로 접시를 떼어낸 뒤 그녀의 손가락에 바코드 마크를 붙였다. 그녀는 지독하게 졸음이 오는 듯 눈꺼풀이 축 처진 상태였다. 그들은 내 여섯째 손가락들에도 바코드를 표시했다. 내가 그 어이없는 문양을 바라보며 비꼬듯 물었다.

"뭐야, 이 바코드는? 우리가 무슨 정육점 포장육이냐?"

"화장실 출입증 비슷한 거야. 무엇보다 너와 사이코의 의식을 연결해주는 도구로서 중요하게 쓰이게 되지. 혹시 두 사람이 헤어지더라도 서로의 의식만은 공유할 수 있게. 컴퓨터로 P2P 하는 것과 같은 원리야. 바코드는 이 화장실을 지키기 위한 규칙이야."

"우리가 무엇을 하든 자유라더니 온갖 법칙이 다 있네. 아까부터 궁금한 게 있는데 너희들은 우리의 적이야, 동지야?"

"이항대립은 우리의 적이야. 넌 적에 대해 오해하고 있어. 적은 너 자신, 혹은 너와 가장 가까운 사람이라고."

"멋있는 척 좀 하지 마. 대체 뭔 얘기야?"

"자꾸 내게 정확한 답을 물어보지 마. 우리는 '오답 사회'의 법칙을 따르는 '오답인'들일 뿐이니까. 이곳에서 네가 무엇을 찾고 있는지 스스로 생각해봐. 자, 이제 가버려. 아무 데나! 나도 지겨워."

　아무 데나 가라고? 나는 구역질이 나올 것만 같았다. 태어났을 때와 마찬가지로 우린 다시 '던져진' 존재가 됐다. 아무런 준비도 안 된 상태에서 차가운 세상을 받아들이기란 쉽지 않다. 감각의 바다에서 헤엄치는 게릴라 피시가 되고 싶었다. 재부팅해서라도 무(無)의 상태로 다시 돌아가고 싶었다. 모든 욕망과 인간적 고뇌가 사라진 상태. 운명 때문에 무언가에 끌려가는 듯한 느낌이 죽어버린 상태. 태초의 상태로 돌아간다면 얼마나 행복할까? 혹시 아기들이 울부짖으며 태어나는 이유도 세상의 차가움에 놀랐기 때문이 아닐까? 금속 물체에 닿는 것 같은 차가움이 아기들을 몹시 서글프게 하는 것이다. 그래서 아기들은 울고 또 보채는 것인지도 모른다.

08

누가 감히 사이코를 비난하는가?

지루한 수업은 공상하기 좋다. 정치학, 정보 사회학, 일본 근대사, 경제 수업 등은 이해하기도 어렵고 재미도 없었다. 수업을 빼먹는 일이 점점 늘어났다. 수업 갈 시간이 있으면 혼자 책을 읽거나 영화를 보았다. 어차피 학점은 나오고 교환 학기 성적은 전체 성적에 포함되지도 않는다. 무엇보다 자살가 지망생에게 학점 따위는 하등의 가치도 없었다. 한 가지 문제가 있다면 아는 단어가 늘어나면 늘어날수록 시끄러운 잔소리가 더 잘 들린다는 것이다.

학교 교무과에서 호출이 왔다. 사토 씨는 상당히 걱정스러운 얼굴로 내게 말했다.

"오 상, 그저께 기숙사에 들어가지 않았다면서요? 어제 기숙사의 마쓰모토 씨가 전화하셨더군요. 무단 외박을 하면 사람들이 걱정하지 않습니까?"

마쓰모토가 결국, 일을 쳤군.

"자, 이거 받으세요."

사토 씨는 만면에 억지웃음을 띠고 내게 가방을 내밀었다. 잃어버려서 한참을 찾았던 가방이다. 대체 이게 왜 그녀에게 가 있었을까?

"어제 도서관에 놔두고 가셨어요. 도서관장님께서 직접 가져다주시더군요."

사토 씨는 약간 망설이더니 겨우 이렇게 말했다.

"오 상, 한국 학교의 명예를 생각해서라도 막무가내 행동은 자제해주시기 부탁드립니다. 오 상 때문에 앞으로 그쪽의 대학과 교류가 단절될 수도 있지 않겠습니까?"

그녀는 진심으로 나를 걱정하는 눈치였다. 하지만 나는 그런 식의 규제가 달갑지 않았다. 학교의 명예니 뭐니 그런 건 우울한 날의 개한테나 주시오.

멜랑콜리한 날이 계속됐다.

얼마 지나지 않아, 아기다리고기다리던 시키마의 1학기 마지막 수업 날이 밝아왔다. 그는 고토(琴)* 연주회에 가자고 했다. 미리

---

* 가야금과 비슷한 일본의 전통 현악기.

말해두지만, 난 클래식을 전혀 좋아하지 않는다. 아니, 정말 싫다. 시키마 선생은 일본어 현장 학습 강의를 한답시고 자기가 회장으로 있는 한 재야 민간 교류 단체의 월례 행사에 날 데려간 것뿐이었다. 그 행사가 따분하고 순전히 대외 홍보용 사진을 찍기 위한 것임을 난 알고 있었다. 아무튼, 시키마는 얼렁뚱땅 수업 때 우기의 도사라니까. 항간에는 그의 수업 노트가 10년 전과 똑같다는 이야기도 나돌았다.

"고토는 중국에서 건너와서 백제 금, 신라 금 등 한국에서 일본에 전수된 것 등 여러 종류가 있습니다……."

연주회장은 예상대로 중국과 에스토니아 등에서 온 유학생들 10여 명과 일본의 노인들로 꽉 차 있었다. 두 명의 여성 연주가는 악기를 간략히 소개한 뒤, 13현짜리 고토를 퉁기며 〈사쿠라〉와 〈고성의 달〉을 불렀다. 우리나라와 중국 여인도 가세해 삼국 음악 대결이 벌어졌다. 그들은 각각 황병기의 가야금 연주와 '고쇼'라는 중국 악기 음반을 틀어주었다. 일본은 기교를 부린 듯한 느낌이 있고 중국은 익살스러웠고 한국은 북장단 때문인지 전반적으로 음울했다. 일본이 너무 가볍다면 한국은 너무 무거웠다. 중국의 곡은 중간적이고 대중적이었다. 난 그 음악들을 흘려듣는 척했다. 혹시 시키마가 음악 감상문을 써내라고 할지 모르니까. 하지만 머릿속으로는 우타다 히카루의 〈Distance〉를 흥얼거리고 있었다.

한 시간가량의 연주가 끝나자 종이접기 시간이 시작됐다. 예쁜 색종이로 쟁반, 꽃 모양 등을 접는 것이었다. 나는 수다쟁이 할머니들에게 둘러싸여 종이접기 놀이를 했다. 시작도 하기 전에 갑갑증이 밀려왔다.

"이거 어떻게 접는 거야? 난 할머니라서 힘드네. 호호호."

귀여운 할머니들이 연신 내 어깨 너머로 얼굴을 내밀며 말했다. 손주뻘 되는 나한테도 코가 무릎에 닿도록 인사를 하면서 친근감 있게 이것저것 물어본다. 그녀들의 간드러진 목소리는 고토의 선율을 연상시켰다. 시키마 선생도 예외는 아니었다. 그는 매번 반대 방향으로 접으면서 내게 말했다.

"잘 안되는군, 흠. 오 상, 어쩜 이렇게 잘 접었습니까?"

나는 시키마가 한껏 흥분한 것을 보고 흥을 깨긴 싫었다. 별로 흥미가 없었지만, 일본인처럼 고개를 수없이 끄덕이며 억지웃음을 보여주었다. 하지만 흥을 깬 건 시키마 자신이었다.

"정말 예쁜 꽃이군요."

"이건 오리라고요."

내가 대답했다.

지긋지긋한 행사가 끝난 뒤, 시키마 선생과 세키한(赤飯)을 먹으러 갔다. 그것은 팥이 든 찰밥으로 주로 경사스러운 날에 먹는 음식이라고 했다. 그러나 내 입과 배 속은 그다지 경사스럽지 못했다. 김치와 고추장이 없는 맹맹한 밥이 허전하기 이를 데 없었다. 헤어지기 전에 시키마 선생은 내게 전병을 선물로 사 주었다. 시키마의 숙제를 기다리고 있던 나로서는 더블 횡재를 한 기분이었다. 집에 와서 뜯어보니 밤톨만 한 전병이 나오기까지 각기 다른 포장지가 네 장이나 나왔다. 참된 가식이란 바로 이런 것이다!

그날, 기숙사에서 TV로 〈웃어도 좋고말고〉를 시청하고 있는데 전화가 왔다. 시키마 선생이었다.

"오 상, 혹시 다음 주, '일본 근대문학의 이해' 수업에 좀 참여해줄 수 있겠습니까?"

(싫습니다라고 말해.)

"오늘 행사에 관해 얘기 좀 해줬으면 합니다만."

(일본어 수업만으로도 지겨웠다고 말해.)

"일본 근대문학이요? 제가 과연 할 수 있을까요?"

"어려운 건 아닙니다. 그냥 한국의 문화와 비교해서 소감을 말씀해주면 좋겠는데."

"학생이 몇 명인데요?"

"한 200명 정도 됩니다. 괜찮겠죠?"

뭐, 200명? 시키마 전략에 말려들었다는 생각이 들었다. 전병 한 개 물려주고 날 수업에 이용해먹다니…… 역시 시키마다웠다. 기왕 전세가 이렇게 된 거 제대로 역전시켜주지. 나는 전기(前期) '일본 근대문학의 이해' 수업의 피날레를 멋지게 장식해주기로 했다. 어떻게 하면 시키마를 난처하게 만들 수 있을까? 난 머릿속에서 활발하게 활동하는 세포 몇 마리를 잡아다가 소수 정예 합숙 훈련을 시켰다. 해법은 의외로 간단했다.

*

시키마 선생이 "한국에서 온 유학생, 오난이 상을 소개합니다"라고 하자 반은 기대하는 눈치였고 반은 "오나니?" 하며 쿡쿡 웃어댔다. 기대의 눈빛을 보이는 학생들도 뒤늦게 알아차리고 조심조심 웃었다. 나는 분위기를 업그레이드해주마, 하며 다음 주제를 칠판에 또박또박 적었다.

'왜 일본의 남자들은 눈썹을 다듬는가?'

일본 근대문학과 남자 눈썹이 퍼펙트한 커플은 아니라고 인정한다. 나는 다만 남자들의 메트로섹슈얼한 모습을 좋아했기 때문에 언젠가 친구들과 그걸로 수다를 떨어보고 싶었다. 퀴즈연구회의 친구들, 특히 마초가 눈썹을 다듬는 이유가 무척 궁금한 건 사실이었다.

"어느 날 TV에서 고이즈미 고타로*를 보고 깜짝 놀랐습니다. 세상에 저렇게 잘생긴 사람이 있다니. 고타로는 어머니를 닮은 게 틀림없어!"

* 연예인인 고타로는 일본의 제87, 88, 89대 총리인 고이즈미 준이치로의 아들이다.

아까 웃음을 참았던 학생들이 경계를 풀고 헤헤헤, 웃었다.

"처음 일본의 약국에 갔던 저는 깜짝 놀라고 말았습니다. 남성용 코팩과 화장품, 눈썹 정리 도구 등을 보고 과연 저것들을 남자들이 쓸까 생각했습니다. 또 편의점에 진열된 남성용 잡지〈논노〉나〈분〉따위를 보고 또 한 번 놀랐습니다. 그제야 왜 일본 남자들이 멋있는지 깨달았죠. 일본 남자들은 군대에 가지 않는 시간을 외모 가꾸는 데 쓰고 있구나! 하고."

"저, 죄송합니다만, 고토에 대한 얘기를⋯⋯."

시키마는 단상 아래에서 어색하게 웃고 있었다. 아마도 그는 90분 내내 자신의 위신과 내 체면을 동시에 고려하며 갈등하고 있었으리라. 나는 아랑곳하지 않고 마이크를 학생들에게 돌려 의견을 물었다.

"왜 일본 남자들이 눈썹을 민다고 생각합니까?"

처음에는 소심하게 반응하던 학생들이 점점 흥분하기 시작했다. 그중에 한 여학생이 이렇게 대답했다.

"제 남자 친구도 눈썹을 다듬어요. 미소년이 되고 싶다나요? 아무튼, 제 생각에 눈썹 밀기는 습관과 중독인 거 같아요. 한번 밀기 시작하면 계속 밀어줘야 하고 안 밀면 서운하거든요."

"이 말에 동의합니까? 동의하시는 분 중, 오른손잡이는 오른손을 들고 왼손잡이는 왼손을 들어주십시오."

나는 손을 든 남학생을 향해 물었다. 눈썹을 예술로 다듬은 그

147

녀석은 머리에 구멍 난 까만 스타킹을 뒤집어쓰고 있었다. 별 희한한 개성이군. 그는 자유분방한 외모와 달리 몹시 수줍음을 타며 말했다.

"눈썹을 미는 이유는…… 눈썹 칼이 아직도 잘 드는지 보기 위해서인데요."

난 그 멍청이가 무안해하지 않도록 고개를 세차게 끄덕이며 잠시 생각하는 듯한 표정을 지어 보였다. 다른 학생들도 비슷한 답을 했을 것이다. 난 잠시 시키마의 파마머리와 갈매기 눈썹의 조화에 대해 생각해보느라 대답을 잘 듣지 못했다. 시키마는 눈썹 칼로 내 머리칼을 미는 상상을 하고 있을 게 틀림없었다. 어쩌면 목을 따고 있을지도 모른다.

나는 시키마가 손수 사다 준 오렌지주스를 꿀꺽 삼켰다. 그리고 시계를 슬쩍 본 뒤 생글생글 웃으며 말했다.

"우습게 들릴지 모르지만, 전 눈썹 정리처럼 사소한 일이 사회의 시스템을 유지해준다고 봅니다."

말도 안 되는 소리야, 닥쳐. 대체 네 머릿속에는 뭐가 든 거니? 라고 누군가 외치는 것 같다.

"눈썹 정리는 일종의 습관이거든요. 털 관리라는 건 사람을 어떤 법칙에 적응시킨다, 이겁니다. 한번 익숙해지면 사소한 것에 더는 신경 쓰지 않죠. 제 친구 중에도 그런 사람이 있습니다. 그녀는 언제부터인가 수염이 났다고 했죠. 바로 여기, 턱 밑에 말입니다. 그녀는 절대 호르몬제는 쓰지도 않았다고 했습니다. 그녀는 털 때문에 여간 고생한 게 아닙니다. 아무튼, 인간은 불필요한 것들을 은근히 많이 갖고 다닙니다. 특히 가슴털이라든가, 발가락의 잔털 같은 것은 여러모로 사람을 귀찮게 하죠. 하지만 어떤 학자들은 인간이 더 진화할 가능성이 있다는 근거로 털을 들곤 하죠. 그 친구에게 가장 문제 되는 게 바로 턱수염이었어요. 처치 곤란이었죠. 남자처럼 면도기로 수염을 미는 걸 부끄럽게 생각했습니다. 혹시나 눈에 띌까 봐, 쓸모없는 사람이 되는 게 아닌가 두려워했죠. 그래서 몇 년째 밖에 나가지 않습니다. 사람들의 시선 속에 갇혀 있는 거지요. 그런데 언젠가부터 자기 몸을 받아들이게 됐습니다. 마치 초경을 했던 당혹감을 싹 잊어버리고 매달 한 번씩 달거리를 하게 된 것처럼 말이죠."

"대체 눈썹 정리가 어떻게 나라를 지킨다는 겁니까?"

시키마는 화장실이 급한 사람처럼 나를 재촉하기 시작했다.

"그 전에 우선 사회의 시스템을 유지하는 수단에 대해서 말씀드리고자 합니다."

나는 시키마에게 잠깐 눈길을 준 뒤 말을 이어나갔다.

"인간은 누구나 쓸모 있는 사람이 되길 원합니다. 특히 사회인이 되기 위해서는 남들의 시선이 무엇보다 중요하죠. 그러니까 눈썹 정리와 같은 사소한 일에 매달리게 되는 겁니다. 눈썹 정리를 하는 사람치고 쾌락을 느끼지 않는 사람은 없습니다. 그들은 늘 기이한 표정을 짓고 입을 '아' 하고 벌립니다. 마치 잔디를 예술적으로 깎은 정원사처럼 자신을 자랑스럽게 여깁니다. 하지만 여기서 '정원사'라는 말이 중요합니다. 눈썹 정리는 쾌락이 아니라 '노동'이라는 얘기입니다. 사람들은 자기 외모를 가꾸는 것을 쾌락이라고 착각하지만 그런 사소한 일들로 낭비하는 시간을 산술적으로 계산해봅시다."

나는 분필로 칠판에 숫자를 적기 시작했다.

"양쪽 눈썹을 정리하는 시간을 5분이라고 가정해봅시다. 일주일에 5분씩, 한 달간 20분의 시간을 쓰게 되죠. 1년이면 네 시간입니다. 1억 명의 인구가 1년간 눈썹을 미는 총 시간을 계산하면 자그마치 4억 시간이란 말입니다! 게다가 정리할 게 눈썹뿐입니까? 팔다리, 턱수염, 심지어 음모까지 밀어야 하죠. 혹시 눈썹을 잘못 밀었을 경우 오차 시간까지 합치면? 아휴, 어마어마한 양입니다. 즉, 우리는 마땅히 누려야 할 황금 같은 시간을 기껏 털 밀기 같은 사소한 노동 시간으로 낭비하고 있다는 결론입니다."

"정말 궤변이 따로 없군."

시키마 선생은 흥분해서 이성을 잃고 말았다.

"오 상의 말대로라면, 누군가 시스템을 유지하기 위해 노동을 강요하고 있다는 얘기요?"

"물론이죠. 일본, 한국 할 것 없이 우리 사회는 병들어 있습니다. 사람으로 치자면 빈사 상태예요. 공장의 가동률은 높아지지만, 무노동 무임금의 판타지는 계속되고 있습니다. 보드리야르는 노동의 본질은 착취가 아닌 '코드와 규범의 재생산'이라고 설명했습니다. 시키마 선생님, 들어보셨죠? 보두리야루!"

시키마는 억지스럽게 고개를 끄덕였다.

"노동이 단지 공장에서만 이루어진다고 생각하면 착각입니다. 군대, 학교, 강의실, 교회, 집, 동호회, 인터넷상에서도 노동이 이루어집니다. 노동이라고 명명하지 않는다고 해서 그것을 진짜 쾌락으로 여긴다면 실수하는 겁니다."

시키마가 반론을 제기했다.

"우리는 충분히 쾌락의 권리를 누리고 있소. 노래방, 음식점, 테마파크, 해외여행……. 시간과 돈만 있으면 무슨 일이든 할 수 있는 게 자본주의 아니오? 혹시 오 상이 지적하는 건 자본주의의 모순입니까?"

"아닙니다. 저는 우리 사회의 일방향성에 대해서 말하고 있습니다. 코스모스를 지키기 위해서 카오스를 철저히 무시해버리는 사회의 시스템에 대해서 이야기하고 있습니다. 나약한 인간들이 모여 만든 걸 사회라고 하죠. 사회는 자신의 시스템을 유지하기 위해 끝없는 노동을 강요합니다. 노동과 쾌락이라는 이분법에 따라서 말이죠. 우린 딜레마에 빠지다 결국 노동을 하게 돼 있어요. 단지 먹고살기 위해서 인생의 절반 이상을 노동으로 날려버린단 말입니다."

"노동을 왜 낭비라고 생각하시오? 노동은 자아실현을 위한 도구일 수도 있는 겁니다."

"시키마 선생님은 왜 노동을 하고 있다고 생각하십니까? 왜 이 학교에서 교편을 잡고 계시죠?"

"그거야, 난 학생들을 가르치는 걸 좋아하고……."

"선생님은 사이코를 싫어하시죠?"

"사이코를 좋아하는 사람도 있소?"

"그럼 자신이 사이코 추방에 앞장서는 제록시안이라는 사실은 왜 감추시나요?"

"제록시안이라니? 그게 대체 뭐요?"

"인간 복제를 하는 종교단체 말이에요! 선생님은 신문도 안 보십니까?"

"신문은 봐서 뭐 합니까? 문학 전공자들은 그저 앉아서 철학과 사상이 가득한 소설을 보면서……."

'웬일이니, 교수 맞아?'

강의실 분위기는 망가진 전화기처럼 금세 무기력해졌다. 시키마의 얼굴은 무슨 이유에서인지 몰라도 빨개지기 시작했다. 그의 정체에 대해 그토록 직설적으로 얘기한 사람이 주변에 아무도 없었겠지. 시키마는 인생을 헛살았다!

"선생님은 사이코가 될 자격도 없습니다."

"뭐, 뭐라고?"

시키마 선생은 정말 그 말을 못 들었으면 싶었을 것이다. 그래서 나는 다시 말해주기로 했다.

"사이코 자격 미달인 선생님을 비난하는 건 아닙니다."

"……오, 오 상?!"

"진정하세요. 이유를 간단히 말씀드리죠. 현대 사회에서 우리가 노동을 해야만 하는 이유는 '불안' 때문입니다. 그래서 현대인은 약간씩 사이코 기질을 내재하고 있습니다. 조현병은 억압하는 자본주의의 내재적 산물이라고요. 사이코라는 건 의학 용어로 정신병자를 뜻하지요? 그런데 혹시 우리 사회 전체가 하나의 사이코 병동이라고 생각하지 않습니까? 모두 보이지 않는 주삿바늘에 찔린 채 돌아다니고 있다는 겁니다. 쉽게 말하면 고독과의 전쟁이죠. 모두가 사이코라니, 생각이나 해보셨습니까? 사이코가 자신을 사이코라고 지칭하고 다니는 건 아닙니다. 정신병원에 다닌다고 다 사이코도 아닙니다. 하지만 일본에 히키코모리족은 무려 120만이고 매년 3만 명 이상이 자살한다는 사실을 알고 계십니까? 정신질환 입원환자 수도 세계 1위죠. 일본뿐 아니라 한국, 중국 등에서도 자살률이 더불어 높아지고 있습니다. WHO가 자살의 직접적 원인이랄 수 있는 정신질환을 아시아 최대의 보건 문제로 전망하는 것만 봐도 알 수 있어요. 그런데도 우리 중 9할이 사이코라는 것을 우리조차 잘 모르고 있습니다. 그 이유가 뭘까요? 그건 바로 제록시안들이 우리를 그런 사회의 만성적인 불안에 적응하도록 유도했기 때문입니다. 그렇다면 이런 사이코적 공기 속에서 우린 어떻게 미치지 않고 살아갈 수 있을까요?"

"어떤 근거로 말하는 겁니까? 대체 누가 사이코며 누가 불안하다는 거요? 난 불안하지도 않고 제록시안도 아니오. 오히려 병원에 가야 할 사람은 오 상이 아닙니까?"

시키마가 물었다. 나는 그의 시뻘건 얼굴에 먹음직스러운 토마토를 던져 터뜨리고 싶었다. 하지만 정서불안의 화학작용은 한쪽 마음에 대기시켜두기로 했다. 학생들은 이제 넋을 놓고 우리의 논쟁을 지켜보기만 할 뿐이었다. 나는 오렌지주스의 마지막 한 모금을 입에 털어 넣은 뒤 대답했다.

"사이코 선생님, 아니 시키마 선생님……."

나는 말실수를 한 것처럼 꾸몄다. 하지만 본심은 말실수에 섞여 나오는 법이다.

"일본에는 왜 자살자들이 많다고 생각하십니까?"

"그거야 섬나라 민족이니까……."

한국인들이 스스로 반도 민족이라는 점을 자주 거론하는 것처럼 일본인들도 푸념하듯 섬나라를 들먹인다. 한국이 강대국의 횡포에 휘말린 이유를 반도국에서 찾는 것처럼 일본인들도 자신들의 폐쇄성이 섬나라 지형에 기인한 것이라고 믿곤 한다. 하지만 어떤 일반론도 오류를 피하지는 못한다. 나는 미시마 유키오의 할복 장면을 떠올렸다.

"그럼 지하철에서 대중잡지를 읽거나 게임에 몰두하는 것, 히키코모리를 하는 것도 당신들이 섬나라 민족이기 때문인가요?"

'민족'이란 말이 자꾸 거론되자, 시키마가 피를 토하듯 강경하게 주장하기 시작했다.

"오 상의 말대로 자살은 현대 사회에서 또 하나의 전쟁이오. '자폭 테러'에 비유해야 할까? 자살도 일종의 폭력이라고 해야 하오. 살인이 겉으로 드러난 폭력이라면 자살은 안으로 스며든 폭력인 셈이지. 반면, 중독은 일종의 착각 같은 거라오. 우리의 슈퍼에고를 잘 조정해야 하지. 중독은 환각이자 착각이오. 자세히 들여다보면 사람들은 자기만의 세계에 빠져서 코쿠닝, 즉 누에고치를 짓고 있는 것을 알 수 있소. 우리가 향유하는 담배, 독서, 영화 관람 등이 도피일 뿐이라는 것은 이미 에리히 프롬도 주장한 바 있소. 〈배가본드〉라는 만화를 보면, 이노우에 다케히코가 이렇게 말하지요. '패배의 분함을 아는 자만이 승리의 기쁨에 눈물 흘릴 수 있듯이, 죽음에서 눈을 돌리면 삶을 실감할 수 없을 것이다.' 이때 눈을 돌리는 행위가 바로 '죽음으로의 도피'를 뜻하는 것이오. 중독자들은 현대 정신병에 걸린 잠재적 자살가들인 셈이지."

그는 권투 선수처럼 나를 코너로 몰아붙였다. 갑자기 퀴즈연구회 친구들이 생각났다. 퀴즈족들을 포함한 중독 분자들은 우리의 슈퍼에고를 제대로 다스리지 못하는 것이로군. 오타쿠*들은

정신병자들이고. 중독자와 자살가는 결국 같다? 뭔가 형이상학
적 궤변 같은데?

"중독과 자살은 결국 하나의 통로를 지닌다는 의견에 크게 이
의를 제기하지 않겠습니다. 지독한 외로움은 자기 세계를 강하게
만드는 법이죠. 사람들이 술, 담배, 닌텐도 게임, 마작, 파친코, 영
화, 만화, 텔레비전, 퀴즈 프로그램, 스타, 이분법, 섹스, 완벽주
의, 애국심, 시험, 에고이즘, 노출증, 관음증, 가족, 육체적인 병
등등에 빠질 수밖에 없는 것도 고독 때문이에요. 열정이 지나치
면 결핍감을 느끼게 마련이니까요."

중독은 빠른 시대와 느린 마음 사이의 평정을 찾게 해주는 놀
이다. 속도의 시대를 사는 질풍노도의 자식들은 〈슬램덩크〉나
〈드래곤볼〉이나 세가사의 게임 등 성적과 무관한 것들을 끌어안
고 산다. 어쩌면 현대인들은 자신(自身)을 찾기 위해 모든 에너지
를 낭비해야 하는 시지프인지 모른다.

"하지만 중독과 달리 자살은 의지와 선택의 문제라고 생각합니다."

---

* 대중문화에 심하게 몰두하는 일본의 마니아. 1990년대에 오타쿠가 유아를 살해하는
사건이 일어나면서 일본 내 오타쿠의 이미지는 그다지 좋지 못하다. '오타쿠' 하면 '미친놈'
이라는 이미지가 굳어져 있었다. 그들 입장에서 오타쿠는 기괴한 스페셜리스트이며 '비정
상'이다. 예컨대 매일 방 안에만 처박혀서 좋아하는 비디오를 수십 번 돌려 보고, 코스프레
를 즐기고, 심야의 만화 전문 토론 프로그램을 즐겨 보고, 〈소년탐정 김전일〉의 오류를 찾
는 그런 사람들이다. 쉽게 말해 '아마추어 전문가', 혹은 '시간과 고스톱 치는 사람들'이라
고 할 수 있겠다. 하지만 데즈카 오사무나 미야자키 하야오처럼 그들의 취미를 장인의 경
지에까지 끌어올린 오타쿠들의 예는 많다. 자세한 사항은 '오타쿠의 왕(오타킹)'을 자처하
는 오카다 도시오의 《오타쿠》(원제: 우리들의 세뇌 사회)를 참조하시오.

"자살이 선택의 문제라고?"

시키마 선생은 이해할 수 없다는 표정으로 말했다.

"큰일 날 소리! 오 상의 말대로라면 어떤 자살도 정당화될 수 있겠군요. 세상이 가장 조용해졌을 때 가만히 자신의 목소리에 귀를 기울여보시오. 우린 지나친 트리비얼리즘에 빠져 있소. 중독에 빠져 있는 동안 뭔가 중요한 것을 잊어버리고 있는 것은 아닌가, 하고 불안해하면서. 그 상태에서 우리가 손을 뻗어 잡으려고 하는 대상이 진정한 악마일 수도 있어요. 자살이 대표적인 사례지."

"그 중요한 게 뭐죠? 남들은 포스트모던이다 뭐다 해서 중심이 해체되었다고 하는데, 선생님은 여전히 중세에 살고 계신 건 아닙니까? 이 세계의 시스템이 완벽하다고 보세요? 모두가 어우러져서 사회가 거대한 톱니바퀴처럼 완벽하게 굴러가는데 무슨 뚱딴지같은 소리냐고 하시겠죠? 하지만 제게는 어디선가 삐거덕삐거덕 소리가 들립니다. 너무 죽고 싶어서 안달 난 사람들의 애원 소리가 들려요. 선생님도 아우구스티누스처럼 그들에게 악마가 들렸다고 말씀하고 싶은 겁니까? 혹시 극단적인 선택 이외의 삶을 지속할 수 없는 사람들에 대해 생각해보셨습니까?"

시키마는 귀가 빨개졌다. 그의 머리에서 화산구 100개 정도가 폭발하기 시작했다. 나는 사태를 수습하기로 했다.

"으흠. 죄송합니다. 우리 사회의 시스템이 완벽하지 않아요. 그건 일본이나 한국이나 마찬가집니다. 선생님께서는 중독과 자살이 불안으로부터의 도피라고 폄훼하셨어요. 하지만 진정한 자유는 쾌락에서 태어난다는 것을 인정하십시오."

"그게 무슨 말인가?"

나는 강의실의 왼쪽에서 오른쪽까지 대각선으로 눈빛을 보내며 말했다.

"한국에서는 불안을 참으면 '화병(火病)에 걸린다'라고 합니다. 강한 스트레스를 억지로 참다가 생기는 병이죠. 한국어로는 '한'이라고 표현합니다만."

나는 칠판에 한자로 '恨'이라고 썼다.

"쉽게 말해 극한의 외로움, 극한의 불안, 극한의 고통 끝에 핀 인동초(忍冬草)라고나 할까요? 하지만 전 화병이 무식하기 짝이 없는 병이라고 생각합니다. 하이데거가 오래전에 '존재의 본질은 불안이다'라고 했듯이, 불안은 인간의 근원적인 본성입니다. 아무도 부정할 수 없는 주체, 그 이상입니다. 혹시 자기 마음속에 사는 난쟁이가 이렇게 말하고 있는 건 아닐까요? '당신이 아무리 도피하려 해도 원천적인 불안은 해소할 수 없어. 당신이 느끼는 즐거움과 행복이라는 건 지나치게 사소하지. 자신이 쏟아부은 노동의 대가 중 빙산의 일각에도 못 미치는 쾌락에 만족하고 말 것인가? 쾌락을 육체의 악마로 치부하고 터부시하는 것은 아닌가?'"

"내 말이 그 말이오. 그러니까 그 쾌락으로 도피하기 위한 수단이 바로 중독이라는 말을……."

"아뇨. 저는 중독이 불안으로부터의 도피가 아니라고 단언하고 싶습니다. 무언가에 빠진다는 건 죽음이라는 한계 상황 앞에 선 인간만이 경험할 수 있는 과정입니다. 쾌락을 극대화하는 것이 왜 나쁩니까? 학습이나 교육과 같은 이성으로는 도저히 설명할 수 없는 것들을 왜 배제하시는 거죠? 쉽게 말해 '야, 너 오늘부터 야구에 미치도록 해'라고 해봤자, 야구의 규칙 외우기도 겁나는 사람에게는 씨도 안 먹히는 소리란 얘기죠. 모방은 할 수 있어도 창조는 해낼 수 없는 것이 바로 중독입니다. 중독은 죽음의 징조가 가득한 사회에서 우리—일본인이든, 한국인이든—가 누릴 수 있는 유일한 쾌락의 수단인 것입니다."

곳곳에서 잠에 중독된 학생들이 눈에 띄었다. 나는 그들을 깨우고 싶지 않았다. 그들은 불안을 그 자체로 경험하고 있다고 믿었기 때문이다.

"아까부터 교수를 가르치려 들다니, 오 상은 정말 무례하기 짝이 없군요."

나는 그의 냉소적인 말을 무시하고 계속 주절거렸다.

"저는 내세를 믿습니다. 불교 신자는 아니지만, 왠지 그런 느낌이 듭니다. 현생의 죽음이 내세의 탄생으로 이어질 거라 생각해요. 마치 동시상영 영화처럼 자연스럽게 말이죠. 그렇게 늘 죽음을 인정하고 있는 제게 죽음은 인생을 살아가는 데 필수적인 주제는 아닙니다. 어떤 사람들은 평생 사느냐, 죽느냐의 문제를 철학적 주제로 삼아 고민하지만 저는 아닙니다. 오늘 아침에 일어나서 토스트를 두 조각 먹은 것처럼, 자고 일어나면 맞이하게 될 일상 같은 것이죠. 문제는 거기에서 비롯됩니다. 하루하루가 평범하게 느껴지고 아무런 자극도 없이 살아간다는 것은 이미 생(生)에 지나치게 익숙하고 관성화되었다는 증거겠죠? 우리를 둘러싼 세계에 아무런 반론도, 이의도 생기지 않으면 '사회적으로' 죽은 것이나 다름없어요."

"오 상! 자네가 무슨 옴진리교 교주요? 그런 말도 안 되는 도그마로 학생들을 현혹하지 마시오. 수업은 이것으로 끝냈으면 합니다."

"선생님, 아직 안 끝났습니다. 오늘 제게 수업 권한을 주셨잖아요? 말씀에 끝까지 책임을 지셔야지요. 저도 바쁜 시간을 쪼개서 온 겁니다."

"내가 부탁한 건 고토와 한국 문화에 관한 것이었소."

"흠…… 선생님께서 재촉하시니 결론만 짧게 말하겠습니다. 결국 우리 모두 죽는다는 사실을 기억했으면 합니다. 우리는 가끔 불사조가 아니란 사실을 잊고 사는 듯해서요. 우리 사회의 자살가들은 오늘도 이런 사실을 알려주기 위해서 옥상으로 올라가고 칼을 사러 돌아다니는 겁니다. 완벽한 사회, 완벽한 시스템은 물론 없어요. 기대도 안 해요. 우리를 죽이는 것은, 설사 그것이 자살이라 할지라도, 바로 시스템입니다. 그런 구조에서 인간이 자유로우려면 미쳐서라도 자신의 놀이를 찾아내야 합니다. 그게 벼랑 끝에 몰린 현대인이 어떻게든 삶을 살아낼 수 있는 한 가지 방법이 아니겠습니까?"

"하지만……."

시키마가 입을 떼려 했지만 내가 막아버렸다.

"휴…… 이상입니다. 혹시 여러분 질문 있습니까?"

"……."

아무도 손을 들지 않았다. 학생들은 저마다 강의가 끝나면 뭘 먹을까, 어떤 헤어스타일로 할까, 어떤 책을 읽고 어떤 영화를 보고 어떤 체위를 할까 등에 대해 고민하는 눈치였다. 그들 중 90퍼센트는—시키마 선생을 포함해서—내 강의의 10퍼센트도 관심이 없었을 것이다. 그들을 보니, 집단주의는 강력하지만 집단은 개인보다 한없이 약한 존재라는 생각이 들었다. 하지만 그들을 이해한다. 나 역시 그렇게 길들어온 인간이기 때문이다. 12년 동안 순응한 것도 모자라 벌써 4년째 어깨에 힘주면서 대학 문턱을 들락거렸지 않았는가? 아무리 거부하고 반성해도 내가 시스템의 비판적 순응자라는 것은 도무지 부정할 수 없다.

"이것으로 시키마 선생님의 전기 수업은 종강입니다."

"다음 주에 한 번 더 남았는데요."

술렁이는 가운데 어떤 학생이 외쳤다. 나는 과장되게 놀라는 척하며 대답했다.

"정말요? 저는 이번 주로 종강인 줄 알았습니다. 제 개인 수업은 어제 끝내버리셨거든요. 시키마 선생님이 설마 귀찮아서 수업을 일찍 끝내버렸다거나 거짓말을 하셨겠어요? 선생님은 참 검약 정신이 투철하신 분입니다. 10년 된 교재를 토씨 하나 바꾸지 않고 계속 쓰시고, 학교 전기세를 아끼기 위해 수업도 일주일간이나 쉬니 말입니다. 그야말로 학생을 배려하시는 분인 것 같습니다. 그럼 오늘 수업은 마칩니다."

학생들이 환호했다. 하지만 시키마는 숨구멍, 목구멍, 콧구멍 등 온갖 구멍이 다 막힌 사람처럼 씩씩거리고 있었다. 수업이 끝난 후, 나는 네 가지 색의 종이를 학생들에게 나눠 주었다. 그곳에 수업 내용에 대한 소감을 적어내라고 했더니 구체적인 대답들—예컨대 '눈썹은 미의 완성' '이제 남성 화장 시대이기 때문에' 등—이 그 종이에 다 묻어 나왔다. 재패니메이션 오타쿠로서 집단 따돌림을 당했던 경험을 구구절절 쓴 학생도 있었다. 가장 인상 깊었던 소감은 '모든 잘못을 사회 탓으로 돌리는 것도 이기주의적 발상입니다'였다. 왜 그 학생은 그런 뚜렷한 소신을 떳떳이 말하지 못했을까? 부끄러워서? 튀는 행위니까? 남에게 폐를 끼치니까? 아무튼, 자기 의견을 겉으로 말하지 않는 일본인들의 사고방식은 한국인의 그것과 다를 바가 없다. 폐쇄주의. 폐소공포증 환자들. 투덜리즘.* 일방주의 교육의 피해자들……. 하긴 수업 시간에 말할 필요가 없는데 대체 누가 리스닝이 아닌 스피킹을 공부한단 말인가? 나를 포함해 그들에게 처음으로 사과하고 싶다. 이기적이어서 미안허이, 불쌍한 친구들.

---

*   뒤에서 투덜거리기만 하고 적극적으로 나서서 행동하지 않으려 하는 것.

09

미치지 않고는 탈출할 수 없는
삶에 대해서 생각해보았나?*

공동주택 3층, 15평 규모의 집은 마시마로, 헨타이, 마초, 시마다 그리고 나로 꽉 찼다. 내가 찬물로 머리를 감으려 하자, 마시마로가 가방을 집어 던지더니 따뜻한 물을 틀어주었다. 내가 머리를 감는 동안에도 마시마로는 옆에서 더러운 변기를 솔로 이리저리 닦고 있었다. 그는 화장실 청소를 끝낸 뒤, 옷을 갈아입었다. 나는 머리를 말리다가 사람들이 멀쩡히 보는 앞에서 반바지로 갈아입는 그를 보며 웃음이 나왔다. 아무튼, 마시마로는 별로 부끄러움이 없는 편이었다. 더 어이없었던 것은 원색적인 도라에몽 그

* 스티븐 소더버그의 영화 〈카프카〉의 대사 중에서.

림이 그려진 그의 팬티였다. 마시마로는 누나가 생일 선물로 준 팬티라며 자랑하기 시작했다. 다들 그에게 "저리 가!"라고 하면서도 웃음을 멈추지 않았다. 키득거리는 모습을 보니, 그들이 얼마나 마시마로를 좋아하는지 알 것 같았다. 그는 매너가 좋고 관찰력이 뛰어난 편이다. 하지만 늘 엉뚱한 짓을 하므로 그의 섬세함은 베일에 가려져 있었다. 어쨌든 인기인은 이유가 있는 법이다.

그때 한 남자가 집에 들어왔다. 다나카 마사요시라는 법학과 3학년생이었다. 그는 유조차에 빠졌다가 나온 사람처럼 전신에 기름방울이 흐르고 있었다. 마시마로는 다나카를 가리키며 장난스레 말했다.

"저 자식은 나보다 더해. 쟤 팬티에는 마쓰우라 아야* 사진이 인쇄돼 있다고."

병약하고 왜소해 보이는 인상의 다나카. 그의 별명은 '머피'다. 항상 일이 안 풀리기 때문에 머피의 법칙에 걸렸다는 뜻이다. 퀴즈연구회 부실에 〈머피 어록〉이라는 게 돌아다니는 것을 본 적이 있었다. 그것을 보고 머피가 심상치 않은 인물이라는 것을 느꼈었다.

---

* 일본 그룹 '3인 마쓰리' 출신의 10대 미소녀 가수.

〈머피 어록〉

1. 모기에 물렸어. 짱나.
2. 짜식아, 너는 3학년 가운데 누구 파(派)냐?
3. 집에 가도 돼? 너무 급해.
4. 아주 옛날부터 좋아했어. 결혼해주지 않으면 죽을 거야. 아니, 벌써 애가 생겨버렸다고?
5. 그런데 '겐타로'*가 누구야? 처음 듣는 이름인데…….

머피의 표정은 늘 주눅이 들어 있었다. 불쌍한 표정 짓기가 유일한 특기라고나 할까? 아무튼, 그날따라 그의 표정은 더욱 창백했다.

"머피, 오밤중에 또 무슨 사고 쳤지?"

마시마로는 배고픈 달마티안 같은 꼴로 서 있는 머피에게 이렇게 얘기하며 화장실로 갔다. 문이 닫혔는데도 그가 우렁차게 오줌 싸는 소리가 쏴— 하고 들렸다. 노브라가 머피에게 걱정스러운 표정으로 물었다.

"다나카 상, 무슨 일 있었어요?"

그가 꽤 무거워 보이는 가방을 내려놓으며 떨리는 목소리로 말

* 시마다의 이름.

166

했다.

"오는 길에 교통사고가 났어. 갑자기 '꽝!' 하는 소리가 들려서 뒤를 돌아보니까, 오토바이에 탄 사람이 쓰러져 있더라고."

"아라라."*

시마다가 "넌 괜찮냐?"고 묻자 머피가 고개를 끄덕였다. 그는 당시 상황이 기억나는 듯 얼굴을 몹시 찡그리며 말했다.

"근데 그 사람, 아무래도 죽은 거 같아. 피를 너무 많이 흘렸 거든."

"출혈이 심하다고 다 죽는 건 아냐. 호흡이 끊어져야 진짜 죽는 거지."

헨타이는 그를 안심시키려는 듯 생물 선생 같은 말투로 말했다. 그러나 머피의 표정은 여전히 찬 호박처럼 꽁꽁 얼어 있었다. 잠시 후 마시마로가 화장실에서 젖은 머리를 털며 나왔다. 그는 그 방에서 누구보다 활기찬 목소리로 "한잔해야지!" 하면서 콧노래를 흥얼거렸다.

마시마로의 방은 크게 만화책과 컴퓨터 기기로 양분돼 있었다. 한쪽 벽에 거대한 도라에몽과 그의 친구들 포스터가 눈에 확 들어왔다. 탁상시계, 밥그릇, 노트, 책받침도 전부 도라에몽으로 도배되어 있었다. '키덜트(어른 아이)'란 말은 마시마로에게 딱 어울

---

* 안타까움을 표시할 때 쓰는 감탄사.

리는 단어였다. 컴퓨터 두 대와 프린터, 오디오, JAVA 등 각종 프로그램 때문에 마시마로가 컴퓨터 공학도란 사실을 겨우 떠올릴 수 있었다. 컴퓨터 바탕화면마저 지긋지긋한 도라에몽이었다.

"너 오타쿠였구나?"

내가 마시마로에게 말했다. 그러자 그가 내 입을 틀어막으며 말했다.

"말도 안 돼. 오타쿠는 나쁜 의미라고. 난 더는 오타쿠가 아냐."

"과거에는 오타쿠였단 얘기야?"

내 질문에 마시마로는 마치 커밍아웃이라도 하는 사람처럼 비밀스럽게 얘기했다.

"실은 고등학교 때까진. 그때 수집한 애니메이션 모형만도 수백 개였는데……."

알고 보니 마시마로는 고교 시절 만화 오타쿠였다고 한다. 그는 이미 수십 권의 동인지를 코믹마켓*에 낸 적이 있었고 〈더 붐〉이라는 만화 잡지를 창간했다가 1년 만에 폐간했다. 심지어 그는 80년대 한국 애니메이션계의 지존 김청기도 알고 있었다.

"그 사람들, 정상이 아냐."

---

* 줄여서 '코미케' 혹은 '코미켓'이라고 한다. 1975년 12월 21일 도쿄의 도라노몬(虎ノ門) 일본 소방회관 회의실에서 처음 개최된 이래 계속 열리고 있는 동인지 판매전. 처음에는 32개 서클, 700명 전후의 일반 참가로 출발한 작은 행사였지만 1980년대에 폭발적으로 성장해서 지금은 3만여 개의 서클 참가, 30만 명의 일반 참가로 일본 최대 규모의 동인지 판매전으로 자리를 굳혔다. 주로 아리아케(有明)에 있는 도쿄 국제 전시장(도쿄 빅 사이트)에서 여름, 겨울 연 2회 2~3일간 열린다.

마시마로는 '그들'이란 말로 자(自)와 타(他)를 구분하기 시작했다. 게다가 세상에서 '정상'이라는 말만큼 멍청한 말은 없다. '비정상'은 두 번째로 멍청한 말이다. 마시마로는 정상이 아니라면서 '오카시'*라는 표현을 썼다. 결국 이상하단 건 재밌다는 뜻 아닌가?

"난 이상한 사람 좋아."

"오호호. 난 짱! 모노즈키(物好き)**네. 재밌군."

재밌다는 거야, 이상하다는 거야?

"아무튼 난 오타쿠가 아니야. 그냥 마니아지."

"두 개념이 어떻게 다른데?"

미친 것에도 물론 다양한 종류가 있겠지.

"일단 '오타쿠'는 시야가 좁아. 가령 '마니아'는 여러 가지 햄버거를 다 좋아하면서도 특히 고기 버거를 좋아하지만 오타쿠는 버거 중에서 고기만 좋아하는 부류라고 생각해. 오타쿠는 집착하기 때문에 위험한 존재들이야. 무엇인가를 좋아해서 미친다는 것은 이미 이성의 힘을 벗어난 행위지. 만약 햄버거 때문에 학교에 가지 못할 정도가 되면 그 사람은 오타쿠야. '넌 왜 전쟁사에 관심이 많니?' '넌 왜 낚시를 좋아하니?'라고 묻는 것은 우문(愚問)이야. 대답하는 사람의 의지와는 상관없는 문제니까. 오타쿠들은

* '재밌다' 혹은 '이상하다'는 뜻.
** 특이한 것을 좋아하는 취미, 사람.

169

자신의 의지로 좋아하는 것을 선택했지만 거기에서 빠져나오는 것은 의지로 하기 힘들어. 담배 끊는 일처럼."

"재밌네. 하지만 넌 여전히 오타쿠로 보여."

마시마로는 집게손가락을 입에 대며 "쉿! 쉿!" 하면서 장난스럽게 눈을 찡긋했다. 그가 먹을 것을 준비하러 간 사이, 시마다는 TV를 켰다. 일본, 후지, BS 아사히 등의 채널은 늘 그렇듯 원색적인 장면을 보내고 있었다. 시마다는 남녀가 발가벗고 한 온천에 들어가 얘기하는 토크쇼 채널을 틀었다. 그는 어느 때보다 진지하게 TV에 빠져들었다. 다른 채널에서는 여자가 남자를 안고 미친 듯이 소리를 지르고 있었다. 마초는 "저 여자 가슴은 적토마 불알만 하네!"라며 감탄사를 터뜨렸다. 그러는 동안에 TV에서 '아에구(あえぐ)*라는 단어가 나왔는데 무슨 뜻인지 아리송했다. TV 속의 여자는 계속 이상한 신음 소리를 질러대고 있었기 때문에 상황은 대충 파악할 수 있었다. 모르는 단어는 전자사전을 두 번만 두드리면 알게 돼 있다. 하지만 나는 서비스 정신을 발휘할 심산이었다.

"시마다, 아에구가 무슨 뜻이야?"

"아에구? 하하…… 이거 어떻게 설명해줘야 되냐?"

시마다가 어쩔 줄 몰라 하자 아이들이 웃기 시작했다. 마초가

---

* 1. 헐떡이다. 숨차하다. 2. 괴로워하다.

나섰다.

"손톱을 세우고 울부짖는 거야. 이렇게."

그는 정말 손톱을 세우고 늑대처럼 울부짖는 시늉을 했다. 내가 능청스럽게도 단어장을 꺼내 그 단어를 적으려 하자 마시마로가 말렸다.

"난 짱, 그깟 단어는 몰라도 돼."

"하핫, 난 에로 비디오 오타쿠야."

마시마로는 "난 짱, 최악이야!" 하며 크게 웃었다. 마초가 적토마와 재회한 관우 같은 표정으로 물었다.

"저렇게 죽이는 몸매를 한국어로 뭐라고 해?"

"쭉쭉빵빵."

"쭈쭈빤빤?"

"흐흐, 그래. 일본어로는?"

"뿅큐뿅."

마초는 마치 화병을 그리는 듯한 제스처를 취했다. 내가 발음을 어색하게 따라 하자 아이들이 웃어댔다. 나도 따라 웃었다. 외국인이 되는 경험은 참 멋진 일이다. 순진한 아이로 돌아가 모든 것을 외계인의 관점에서 바라볼 수 있기 때문이다. 타인들은 나를 선량한 외국인으로 대했다. 가끔은 귀찮을 정도로 자신들의 문화에 대해 가르쳐주고 싶어 했다. 때때로 그 정성에 보답할 필요가 있었다. 내가 이따위 유치한 연극을 벌이곤 하는 것은 그 때

171

문이다. 나로 인해 휴머니티를 느끼는 사람들이 있었으면 한다. 썰렁한 얘기지만 사실 내 꿈은 휴머니스트가 되는 거다.

한쪽 구석에서는 머피와 헨타이가 작년 M 대학에서 열린 '맨 오브 퀴즈(Man of Quiz)' 기출 문제집을 펼쳐놓고 퀴즈 놀이를 하고 있었다. '맨 오브 퀴즈'는 매년 하반기에 열리는 전국적인 규모의 대학생 퀴즈대회다. 가쓰는 작년 그 대회에서 전국 1위를 차지했다고 한다. 시마다뿐 아니라 퀴즈연구회의 누구나 퀴즈의 달인에 등극하기를 원했다. 헨타이는 열심히 문제를 읽고 있지만 실은 좀 따분한 눈치였다. 한편 마초는 〈모모타로〉라는 비디오게임에 열중했다. 그는 게임을 하면서 가끔 혼잣말도 했다. "한 달간 텐트 치고 노숙하고 싶다"라는 둥, "퀴즈 프로그램에서 우승해서 갑자기 100만 엔이 생기면 어디까지 여행 갈 수 있을까?" 따위.

"묘안이 있군. 지하철을 타고 도쿄를 종일 여행하는 거야. 갈아탈 때마다 돈이 쏙쏙 빠질 테니 굳이 멀리 가지 않아도 100만 엔을 도쿄에서 날릴 수 있겠지? 아무도 내게 말 걸지 않을 것이고 마치 도심 속의 무인도에 있다는 생각이 들 테니까. 굳이 텐트를 칠 필요도 없이 지하철에서 자도 돼. 신문지를 덮으면 엄청 따뜻하니까."

마초는 이렇게 중얼거리며 손가락을 열심히 놀렸다.

엉뚱한 놈.

나는 TV를 보고 있던 시마다에게 물었다.

"넌 언제부터 퀴즈에 빠졌어?"

시마다는 눈을 수차례 깜빡이고 눈알을 이리저리 굴리더니 이렇게 말했다.

"글쎄⋯⋯. 유치원에 다닐 때부터 퀴즈 프로그램을 자주 본 것 같아. 〈업 다운 퀴즈〉〈Attack 25〉〈타임 쇼크〉 등등 열거하자면 너무 많아. 부에노스아이레스라는 지명은 〈세계 일주 쌍방게임〉을 통해 외웠어."

나에게는 다 생소한 퀴즈 프로그램들이었다. 일본에는 다양한 퀴즈 프로그램이 공존했다. 정보 사회의 특질이 퀴즈 프로그램에 절절하게 나타나는 게 아닐까? 도박성, 오락성, 빈부 격차, 자본주의의 몰이해에 대한 조롱, 지식 수집가에 대한 소영웅주의 등등.

"중학교 때까지는 잠시 퀴즈에 관한 관심이 사라졌어. 그래도 가장 기억에 남는 건 〈울트라 퀴즈〉*야. 울트라가 방송되면 매년 초등학생들 사이에 큰 화제가 됐어. 누구를 응원할까, 하고 말이

---

* 일본에선 여름방학이나 연말연시가 되면 고교생 〈미국 횡단 울트라 퀴즈〉라는 TV 프로그램이 매주 방영된다. 수만 명의 인파가 운동장에서 OX 문제를 통해 걸러지고 방송국 스튜디오의 퀴즈대회 등을 통해 몇십 만명이 해외로 출발한다. 즉, 여행과 퀴즈를 동시에 하는 거다. 틀리면 벌칙이 있고 벌칙을 해결하지 못하면 귀국해야 한다. 연말이 가까워지면 아메리카 대륙에 상륙, 북남미 두 팀으로 나뉜다. (남미 팀에서는 산소호흡기를 대고 퀴즈를 풀다가 고산소증으로 쓰러지는 예도 있다고.) 결선에 다다르게 되면 방송국은 출연자 개인의 IQ, 개인적 성향까지 분석해 각 출연자의 최종 진출 여부에 관한 연구 결과를 발표하기도 한다. 퀴즈를 좋아하는 일본 국민에게는 꿈의 대회라고 할 수 있다.

야. 나는 초록색 모자를 쓰고 있는 사람을 응원했어. 좋아하는 색깔이라서. 퀴즈에 직접 빠지게 된 계기는 15회 울트라였어. 도미니카공화국의 내란 현장을 맞히는 문제. 엄청난 스케일에 완전히 뻑 갔지. 당시 6학년이었는데 울트라가 정말 재미있더라고. 중학교에 들어가고 나서부터는 퀴즈 책을 탐독하기 시작했어. 중1 때 울트라가 끝나버려서 완전히 충격이었지. 98년도에 울트라가 부활하긴 했지만 말이야. 그땐 아무튼 대단했어. 며칠간 너무 흥분해서 밥도 못 먹었다고. 하지만 울트라가 끝나고 나니까 〈고교생 퀴즈〉가 재미있어지더라."

시마다는 그때 생각이 나는 듯 행복한 미소를 지었다.

"〈고교생 퀴즈〉에 완전히 빠져버렸어. 대회에 나가고 싶다는 생각이 들더라. 같은 학년 애들도 모두 퀴즈를 꽤 좋아하는 것으로 보였어. 점심시간만 되면 교실에서 막간 퀴즈대회를 열곤 했지. 그래도 〈고교생 퀴즈〉에서는 한 번도 예선을 통과하지 못했어. 정말로 〈고교생 퀴즈〉에서 우승하는 게 소원이었는데……."

시마다는 눈물까지 글썽거렸다.

"왜냐면 어릴 때부터 〈업 다운 퀴즈〉에 친밀감을 느낄 정도였으면, 나도 퀴즈에 선천적인 재능이 있다고 생각했거든. 퀴즈를 좋아하는 사람들과 얘기하거나 그들이 쓴 칼럼을 읽어보면 공통점이 있어. 솔직히 난 이렇게 깊게, 오랫동안 좋아한 취미가 없었어. 좋아하는 퀴즈를, 좋아하는 사람들과 즐길 수 있다는 것만큼 행복한 건 없어. 이제 퀴즈에서 벗어나는 건 거의 힘들다고 봐야 해. 죽을 때까지 퀴즈를 할 거니까."

시마다가 이렇게 진지한 건 처음이었다. 난 그의 심장과 나의 심장이 맞닿은 듯한 묘한 느낌을 받았다. 뭔가에 열중할 수 있다는 것은 꽤 좋은 일처럼 보였다.

얼마 후 마시마로가 콜라, 녹차, 맥주 일곱 캔, 감자칩 등을 갖고 방에 들어왔다. 그는 캔을 따서 한 사람 앞에 하나씩 놓았다. 나는 상처럼 생긴 물건 밑에 발을 넣었다. 밑에는 가스선 같은 게 연결돼 있었다.

"이걸로 불고기 구워 먹냐?"

"난 짱, 그건 고타쓰*야."

마초가 게임기를 내팽개친 뒤, 출루하는 타자처럼 잽싸게 맥주 캔 앞으로 달려오며 말했다.

"한여름에 무슨."

나는 쑥스러워하며 고타쓰 밑에 발을 넣었다. 친구들과 서로 발을 맞대자 아랫목에서 고구마를 까먹던 시절이 생각났다. 우리는 다 함께 건배하고 나서 시원해진 입을 닦았다. 시마다는 맥주를 한 모금 털어낸 뒤, 연신 뒤로 돌아 TV의 포르노를 감상했다.

---

* 온돌방이 보급되지 않은 일본에서는 고타쓰가 온돌 역할을 대신해왔다. 나무로 된 상을 이불로 덮어 안쪽에 숯불을 태워 따뜻하게 한 후 그 이불에 다리를 넣고 허리까지 덮어 하반신을 따뜻하게 하는 원리다. 지금은 숯불 대신 상 아래쪽에 전기 히터를 설치한다.

마시마로는 장난기가 발동한 듯 시마다의 엉덩이를 발가락으로 찌르며 말했다.

"시마다, 미국 대통령 이름 대봐."

시마다는 잠깐 멈칫하더니, 이내 중얼거리기 시작했다. 이런 현상을 퀴즈 용어로 '조건반사'라고 부른다.

"조지 워싱턴, 존 애덤스, 토머스 제퍼슨, 제임스 매디슨, 제임스 먼로, 존 퀸시 애덤스, 앤드루 잭슨, 마틴 밴 뷰런, 윌리엄 헨리 해리슨……."

"윌리엄, 그 자식은 취임 한 달 만에 뒈졌지."

마초의 말이었다. 시마다는 리듬을 탄 뮤지션처럼 눈을 감고 계속 외워댔다.

"존 타일러, 제임스 K. 포크, 재커리 테일러, 밀러드 필모어, 프랭클린 피어스, 제임스 뷰캐넌, 에이브러햄 링컨……."

"잠깐! 링컨을 죽인 사람은?"

마시마로의 돌발 퀴즈에 시마다가 당황하더니 "오수와루도?"* 라고 자신 없이 대답했다. 마시마로가 시마다의 머리를 한 대 쳤다. 눈물이 쏙 빠질 정도로 강타였다.

"그 자식은 케네디 암살범이잖아. 정답은 '존 월크스 부스'야. 시마다는 이래서 안 된다니까."

---

* '오즈월드'의 일본어.

"자꾸 때리지 마! 네가 자꾸 뇌를 때려서 '펀치 드렁크'* 증상이 나타나는 건지도 몰라."

시마다는 머리를 문지르며 빈정대는 마시마로에게 야속하다는 듯 말했다. 머피는 연신 "와. 시마다, 여전히 잘 외우네" 하고 감탄을 연발했다. 단순한 시마다는 진기명기의 도전자처럼 암기 행진을 계속했다.

"앤드루 존슨, 율리시스 S. 그랜트, 러더퍼드 헤이스, 제임스 가필드, 체스터 아서, 그로버 클리블랜드, 벤저민 해리슨, 그로버 클리블랜드, 윌리엄 매킨리, 시어도어 루스벨트, 윌리엄 하워드 태프트, 우드로 윌슨……."

"윌슨이 주창한 것은?"

"민족자결주의."

마시마로의 방해에도 불구하고 시마다는 장애물 경주 선수가 허들을 넘듯 유연하게 대답했다.

"워런 하딩, 캘빈 쿨리지, 허버트 후버, 프랭클린 루스벨트, 해리 트루먼, 드와이트 아이젠하워, 존 F. 케네디……."

나도 속으로 되뇌고 있었다. 케네디는 오즈월드, 링컨은 존 윌크스 부스, 케네디는…… 어쩌고저쩌고 어절씨구 저절씨구.

"린든 존슨, 리처드 닉슨, 제럴드 포드, 지미 카터, 로널드 레이

---

* 복싱 선수처럼 뇌에 많은 손상을 입는 사람에게 나타나는 뇌세포 손상증. 무하마드 알리, 제리 퀴리 등도 이 병에 걸렸다.

건, 조지 부시, 빌 클린턴, 조지 W. 부시."

　시마다는 결국 43명의 이름을 전부 외워냈다. 그는 자폐증 환자 같았다. 박수가 터져 나왔다. 박수가 끝나자 나는 시마다에게 물었다.

　"혹시 다카기 마사오 알아?"

　"몰라. 누군데?"

　"한국을 18년간이나 통치한 대통령 박정희 씨 말이야."

　"글쎄. 들어본 것 같기도 하고. 한국 대통령 문제는 거의 안 나와. 나와봤자 김대중 대통령의 햇볕 정책이나 노벨상 정도랄까?"

　왠지 서글퍼졌다. 나는 미국인도, 일본인도, 중국인도, 영국인도 아니다. 그저 미지의 먼 나라 이웃 나라 외계에서 온 한국인인 것이다. 마초가 한마디 끼어들었다.

　"가끔 안중근 문제도 나오잖아."

　"그 사람은 대통령이 아니라 테러리스트야."

　마시마로가 마초를 질타했다.

　'테러리스트 안중근이라, 미치겠군. 하지만 톨레랑스 정신으로 넘어가주겠어. 영웅과 테러리스트는 상대적인 거니까. 뭐, 독도 망언이나 종군위안부에 대해 '죄송합니다'란 말 해달라고 매달리지도 않을게. 어차피 몇몇 또라이를 빼면 어떤 게 진실인지는 다 알려져 있으니까. 사실 한일 간에 자타(自他)를 나누는 건 우스운 일 아냐? 똥 싸는 시간도 참아가며 공부해서 들어온 대학에서 롤

러코스터라도 타듯 들뜬 기분으로 놀아대는 대학생들로 넘쳐나는 것도 똑같잖아. 하지만 그렇게 백 보 양보해도, 다카기 마사오를 모르는 건 말도 안 돼. 일본 제국의 마지막 군인이자 한국 최초의 일본 육사 장교 출신 대통령. 너희 조국을 위해서 헌신한 사람, 몸은 한국인이요, 정신은 일본인이었던 그 위인을 모른단 말이야? 대체 퀴즈 문제는 잔뜩 풀어서 뭘 해? 누가 너희의 진정한 영웅인지, 테러리스트인지 구별도 못 하는데.'

내가 이런 생각을 하는 동안 화제는 시마다의 대통령 암기에 대한 건으로 돌아가 있었다. 당연했다.

"시마다, 제법이야. 그래봤자 이 새끼, 오늘 하루뿐이야. 리셋 증후군이라고 들어봤어? 컴퓨터도 리셋(reset)하면 처음으로 돌릴 수 있잖아. 시마다가 그 병에 걸렸거든. 오늘 한 일은 내일 다 까먹어. 내일이면 완전히 처음부터 시작할 수 있다고 생각하지. 정말 단순한 놈 아니냐? 그러니까 만년 2등이지."

마시마로가 장난투로 얘기했지만, 내가 그런 소리를 들었다면 한판 싸웠을 것이다. 다행히 시마다는 생각보다 훨씬 무던했다.

"리셋 증후군은 지난번 릿쿄대학 퀴즈대회에서 나왔던 문제지?"

시마다는 영원히 퀴즈의 늪에서 헤어 나오지 못할 것이다. 마초는 시마다의 머리를 쓰다듬으면서 두둔하듯 말했다.

"이래 봬도 시마다는 만성 변비, 두통, 불면증과 싸우는 감성

여린 소년이라고. 《삼국지》 인물로 치면 '동탁'에 비유된다고 할까?"

마시마로는 찬성할 수 없는 모양이었다.

"아니지, 저런 자식에게 주요 인물을 맡기면 안 돼. 역시 '시체1'이 적역이야."

그들은 시마다를 정말 인간으로 보지 않는 것 같았다. 시마다와 나머지 회원들 간의 관계를 어떻게 정립해야 하지? 집단 따돌림은 아닌 것 같고. 극단적 애정의 부작용인가? '그것이 알고 싶다. 추적! 미스터리. 시마다를 해부할까, 말까?' 시마다는 마시마로와 마초가 핑퐁 게임을 하듯 자신을 욕하든 말든 전혀 상관치 않았다. 오히려 그의 얼굴에는 자신감이 넘쳐났다. 그들이 한마디씩 뱉을 때마다 시마다는 그저 '저 녀석, 저 녀석' 할 뿐이었다. 머피는 맥주 캔을 따려다 어이없이 혼자 떨어져 나온 손잡이 부분에 손가락을 넣고 어쩔 줄 몰라 했다. 그 무기력한 모습을 보고 있자니 피식 웃음이 났다. 갑자기 그때까지 침묵하고 있던 헨타이가 TV를 꺼버리며 말했다.

"난 짱을 봐. 지루해하고 있잖아. 이건 유학생에 대한 예의도 아니고 인간 소외와 단절을 구축하는 거라고. 일본인을 무례한 인간으로 만들지 마."

조용히 감자칩을 먹던 나와 헨타이의 눈이 마주쳤다. 그가 내게 물었다.

"난 짱, 밤중에 선글라스 끼는 게 재밌어?"

"난 관음증이 있어."

"하하하하. 타모리* 같아."

24시간 선글라스를 끼는 건 이런 일이 생기기 때문에 재밌다.

그때 마시마로가 방귀를 '뿌부붕—'하고 뀌었다. 다다미가 총탄에 맞은 것처럼 울렸다. 내가 방귀 냄새를 맡을 수 없다는 것이 안타까웠다. 방귀 냄새도 이국적인지 알고 싶었기 때문이다. 냄새를 맡지 못한다는 사실은 때로 괴롭다. 내가 맡을 수 있는 냄새라곤 방 안에 진동했던 할머니의 구린내와 상처를 닦아주는 식초 냄새뿐. 특히 고로케에 대한 기억이 가물가물해져 가는데 그의 체취를 기억할 수 없다는 게 가장 괴로운 일이었다. 누군가의 방귀 냄새를 느낄 수 있다면 그 사람을 더 오래 기억할 수 있다는 것을 의미한다. 방귀란 누구나와 주고받을 수 있는 의사소통 방식이 아니다. 방귀를 나눌 정도가 되려면 적어도 목욕탕에서 같이 때를 밀었거나 혈연 이상의 관계는 되어야 한다. 그렇지 않은 관계에서도 방귀를 뀌는 놈은 '방귀병'이라는 희소병 환자거나 무례한 사람이다. 방귀는 그들과 내가 정신적으로 일체가 되었다는 증거다. 나는 "삼류 개그의 황제!"라며 마시마로의 엉덩이를 쿡쿡 찔렀다. 아이들은 지독한 냄새에 코를 비틀었지만, 그들은 그 냄

---

* 365일 선글라스를 끼고 다니는 일본의 유명 코미디언.

새 덕분에 다시 웃을 수 있는 것이다. 마시마로는 더럽긴 해도 분위기 메이커임엔 틀림없었다.

그 방에서 웃지 않은 사람은 헨타이뿐이었다. 그는 냉소적인 표정으로 눈을 감고 있었다.

"왜 자는 척해?"

내가 묻자 헨타이가 실눈을 슬며시 뜨면서 말했다.

"난 사람하고 말하는 걸 잘 못해."

"다 알고 있어. 지금 연기하고 있다는 거. 너 인간 혐오증 있지?"

헨타이는 안경을 고쳐 쓰며 벽에 기대앉았다.

"인도인도 놀라겠네."

헨타이는 벽에 몸을 기대며 일어났다. 그는 문화 잡지 〈피아〉를 아무렇게나 잡고 책장을 넘겼다. 그저 종이를 무성의하게 넘기고만 있을 뿐이었다. 그는 마지막 맥주 캔을 따서 한 모금 입에 털어넣었다.

"살면서 해본 가장 미친 짓이 뭐야?"

"대학에 들어온 거. 도무지 들어서 득이 되는 강의가 없단 말이야. 이놈의 대학은 자꾸 멍청한 신입생들만 받으니, 망할 징조라니까."

"I mean, what are you crazy about?"*

나는 그의 가방에 가득 들어 있던 퀴즈 문제집을 떠올렸다.

"퀴즈라고 씌어 있잖아, 여기."

그는 거울 앞에서 볼펜으로 자기 이마에 'QUIZ'라고 썼다. 좌우가 뒤바뀐 모양이 우스웠다. 나는 유머 감각을 높이 사서, 그의 사이코 점수를 9.9로 높여주었다. 나는 헨타이에게 사이코도(度)를 측정하는 방법을 가르쳐주며 말했다.

"네가 사이코라고 생각해?"

"사람들은 어떤 사물에든 의미 부여를 하거나 해석을 하려고 들어. 하지만 어떤 해석도 본질을 왜곡하게 마련이지. 다들 그런 왜곡 놀이를 즐겨. 자신의 욕망이나 개성을 코드화하는 방법으로 말이야."

나는 확실히 이해할 수 없었다. 헨타이가 말을 이었다.

"세상에서 제일 나쁜 건 '보통' 추구야. 특히 일본 사회에선 더 심하지. 교육도 표준, 인간성도 표준이 아니고선 일본 사회에서 살아가기 힘들어. 이른바 철저한 '표준 인간'이 되어야 해."

"표준 인간?"

"집단주의, 적당한, 고정관념 같은 단어가 표준 인간들이 좋아하는 단어지. 학벌, 집안, 돈 그런 게 표준이란 얘기가 아니야. 그들의 사고방식이 표준 지향이란 말이지."

"인정하기 싫지만, 한국이랑 빼닮았구나."

---

* 내 말은, 네가 중독될 정도로 좋아하는 게 뭐냐고!

헨타이는 '그래?' 하는 표정으로 나를 쳐다보았다.

"한국인들은 토익 책이 베스트셀러에 오를 정도로 독서를 싫어해. 그런데 특이하게도 인기 작가가 쓴 《삼국지》, 그것도 무려 열 권이나 되는 책이 베스트셀러에 오른 적이 있었지."

"마초가 들으면 좋아하겠군."

"이유가 뭔지 알아? 서울대 합격생이 그 책을 읽고 대입 논술 시험 점수가 잘 나왔다고 뻥을 쳤거든."

"표준 인간이 거기에도 많은가 보지?"

"한국에도 한때 '보통의 신화'라는 게 있었어. '나는 보통 사람입니다'라는, 한 대통령 후보의 구호가 전국을 휩쓸었지. 근데 그 사람, 보통 인간이 아니었어. 엄청나게 비범한 일을 저지르고 결국 교도소에 들어갈 정도였으니 말이야."

"표준 인간은 존재감이 없어. 그들은 자신이 변화를 두려워한다는 사실을 부끄럽게 생각하지 않아. 안정 지향적이고 집단에서 이탈될 두려움 때문에 극단적인 짓을 삼가지. 사실 그런 사람들이 오늘의 일본을 만든 장본인이지만. 서로서로 튀는 행동을 하지 못하도록 자체 단속을 하는 거야."

"참 내. 한국과 일본은 왜 이리 비슷하지? 그것도 짜증 나는 걸. 내가 볼 때도 일본은 사이코를 죽이는 사회야. 오타쿠를 혐오하는 것도 그래. 한국 역시 마찬가지지. 아무리 경제적으로 발달해도 결국에 동아시아 국가가 유럽의 발끝도 따라가지 못하는 이유는 바로 '다른 인간' 혐오증에 있는 게 아닐까? 나도 표준 인간을 싫어해. 남들에게 사이코니, 변태니 하면서 자신들의 질투심을 어설프게 감추거든. 진짜 위험한 사람들은 사이코가 아닌 표준 인간들이야. 왜 그들은 자신이 특별해지고 싶다는 생각을 속일까?"

억눌린 것을 꾹꾹 참는 사람들은 언젠가 태양처럼 '펑' 하고 터지고 말 거야, 라고 생각했다.

헨타이의 눈은 어느새 반대편에서 놀고 있는 애들에게 향했다. 그는 목소리를 최대한 낮추어 말했다.

"저 머저리 새끼들! 마초나 시마다, 다 똑같은 놈들이야. 쓸데없는 데 치중한단 말이야. 마초 관심은 오로지 《삼국지》 아니면, 여자애들 울리기지. 고등학교 내내 놀다가 삼수 끝에 대학 들어온 꼴통 주제에. 마시마로도 여자들 인기를 독차지하느라 정신없군. 저 팬티는 누나가 사 준 게 아니라 남들 웃기려고 자기가 사 입은 게 분명해. 근데 여자들은 꼭 속아 넘어간단 말이야. 노브라나 사토 미카 같은 애들 봐. 완전히 마시마로에게 빠져 있다고."

그의 입 속에는 얼린 뱀이라도 박혀 있는 모양이었다. 뱀의 사체, 잡아랏!

"마시마로랑 친한 줄 알았는데?"

"친하지. 나 걔 좋아해. 말만 이렇게 하는 거지. 인간의 감정이 나폴레옹이 사람 베듯 단순명쾌한 줄 아냐?"

그는 이번엔 머피 쪽으로 고개를 돌렸다.

"머피, 집에 앞치마 짱은 잘 있어?"

혼자 고개를 푹 숙이고 있던 머피는 나쁜 짓을 하다 들킨 사람처럼 눈을 번쩍 떴다.

"어? 어."

앞치마 짱은 머피의 온달 콤플렉스를 찌르는 말이었다. 머피의 꿈은 재벌 2세의 딸과 결혼해서 전업주부가 되는 것이었다. 그는 여자의 인생에 의지하여 마음의 안정을 찾고 여자로부터 보호받기를 원했다. 1남 5녀의 막내인 그의 내부에는 사실 남성적이 되고 싶은 욕구가 있었다. 그러나 선천적으로 의지가 박약한 그에게 누나들의 삶과 사상이 전이되는 일은 매우 간단했다.

"우리 〈귀를 기울이면〉 볼까?"

머피가 가방에서 비디오테이프를 꺼냈다.

"내가 가장 좋아하는 애니메이션이야!"

헨타이가 갑자기 좋아하기 시작했다. 불이 꺼지고 잔잔한 애니메이션이 시작됐다. 헨타이는 완전히 이야기에 몰입된 듯했다. 그는 만면에 웃음을 띠고 감수성 넘치는 장면마다 손으로 가리키며 좋아했다. 남자 주인공이 바이올린으로 〈Take Me Home, Country Roads〉를 켜자 헨타이도 노래를 흥얼거렸다. 중간쯤 지났을까? 갑자기 화면이 뚝 끊겼다. 테이프를 꺼내 보니 중간이 끊어져 있었다.

"어떡하지?"

"할 수 없지. 그냥 자자."

헨타이는 아쉬운 표정이었다. 헨타이와 나와 머피는 나란히 드러누웠다. 저쪽에서 마시마로가 아직도 안 자고 있었는지 이렇게 말했다.

"어이, 헨타이! 난 짱한테 이불 잘 덮어줘."

"알았다, 인마!"

그렇게 우리 여섯 명은 두 개밖에 안 되는 이불을 나눠 덮으며 잠을 재촉했다. 나는 헨타이가 옆에서 숨 쉬는 소리를 들으며 엇박자로 숨을 쉬었다. 그의 숨소리가 무척 기묘해서 계속 듣고 싶었기 때문이다.

아침은 빨리 왔다. 3시경에 갑자기 전화벨이 울렸기 때문이다. 마초가 졸린 눈을 비비며 휴대전화를 받았다. 그는 귀찮다는 듯 응대하다가 이내 눈을 크게 떴다.

"네?"

마초의 기적 소리 같은 외침이 작은 방을 울렸다. 그의 표정은 자다가 찬물 세례를 받은 것처럼 어리벙벙했다.

"그래서요? 예, 알겠습니다. 고맙습니다."

마초는 전화와 침묵을 동시에 끊었다.

"무슨 일이야?"

머피의 표정에는 마초의 공포가 그대로 전염되어 있었다. 누군가의 목구멍으로 침 넘어가는 소리와 불규칙한 숨소리들이 부딪쳐 불협화음을 내고 있었다.

"가쓰가 자살했대."

그 목소리는 밤의 적막을 갈가리 찢는 레테의 강물 소리처럼 차가웠다.

10

누가 누구를 속이는가?

우리 가슴속에 이야기가 있다.

꿈에서 태동했고 자신의 기억 창고 안에서 꺼낼 수 있는 말랑말랑한 젤리 같은 이야기들. 가끔 벌레처럼 우리의 입과 귀로 나오기도 하고 이 사이에 끼어 있어 이쑤시개로 파내야 하기도 한다. 억지가 아닌 자유를 향한 나의 이야기. 아, 다 쏟아내고 싶다. 그치 않냐?

나는 조용히 화장실에 울려 퍼지는 내 혼잣말에 귀를 기울이고 있었다. 어둠은 나의 시각은 물론이고 대부분의 감각을 마비시켰지만, 다행히 청각은 살려두었다. 우리는 견고한 교도소 안에 들어와 있었다. 어디선가 요란한 바람 소리가 났다. 천장이 뚫린 공간, 어둠. 나는 사이코 옆에 앉아 있으면서도 혼자라는 느낌을 지울 수 없었다. 몇 분, 몇 시간, 혹은 며칠이 지나갔는지도 알 수 없었다. 아무래도 어둠은 인간의 이성을 마비시키는 힘이 있는 것 같다.

나는 알 수 없는 힘에 끌렸었다. 사이코를 부축하며 수십 개의 계단을 오르내렸던 터라 다리와 옆구리가 쑤시기 시작했다. 발을 온통 자줏빛 빗물로 적시고 어둠과 죽음에 대한 공포를 지겨울 정도로 맛본 뒤 그 방에 도착할 수 있었다. 나는 씹고 있던 껌을 반으로 나누어 사이코의 입 속에 넣어주었다. 그리고 조개껍데기를 여닫듯 그녀의 입을 기계적으로 움직였다. 그렇게 100번도 넘게 하자 사이코는 잠을 깨기 시작했다. 나는 그녀가 눈을 비비자마자 다그치듯 물었다.

"여기가 정말 모리가 있다는 그 야광 도시 맞는 거야?"

그녀는 기어들어가는 목소리로 대답했다.

"야광 도시가 분명해. 하지만 뭔가 문제가 생긴 것 같아."

"무슨?"

"마이클 런스 투 록의 〈More Than a Friend〉의 기타 리프가 듣고 싶어."

사이코의 말에 나는 한숨을 푹푹 쉬었다. 한숨 소리가 공명을 타고 크게 번져갔다. 아무래도 아주 넓은 공간에 있는 듯했다.

"사이코! 아까는 왜 그렇게 먹어댄 거야? 한 달간 굶은 사람처럼 보였어."

"나도 모르겠어. 아까 그 공작새 요리에서 정말 이상한 향기가 났거든. 완전히 이성이 마비된 느낌이었어."

"조심해. 난 냄새를 맡을 줄 모르니까 상관없지만, 너에게 큰일이 날지도 몰라!"

나는 물결무늬 벽지를 손가락으로 더듬고 있었다. 그러다 문득 이런 생각이 들었다.

"불 켜면 되잖아? 우리 정말 머리가 어떻게 된 게 아닐까?"

파하하하! 박장대소를 하는 사이코를 내버려두고 나는 손으로 벽을 더듬거리며 일어섰다. 정말 간단한 문제였다. 스위치만 찾으면 되는데 왜 어둠 속에서 고민하고 있었을까? 대체 이곳을 교도소라고 말한 사람이 누구지? 아무도 없었다. 허깨비 교도소를 만들어냈던 것은 나 자신이었다고 할 수밖에. 우리는 주인공이 폐쇄된 공간에 감금당하는 영화를 너무 많이 봐왔다.

스위치를 찾았다. 불이 켜지는 순간 나는 당황해서 사이코의 손을 꽉 쥐었다. 그녀의 손은 마치 파충류처럼 축축했다. 명순응이 덜 된 그녀는 눈도 제대로 뜨지 못했다. 주위를 보니 전형적인 화장실의 내부와는 거리가 멀었다. 주변에는 책이 빽빽이 꽂힌 책장이 엠파이어 스테이트 빌딩의 높이만큼이나 불뚝 솟아 있었다.

"우선 미로를 풀어서 통로를 찾아야지."

"미로를 풀기는 쉬워. 평면도에서 3면이 벽으로 둘러싸인 부분

191

을 색칠하는 거야. 칠한 부분을 벽으로 간주하면 남은 부분이 바로 통로가 되는 거지……."

내가 '평면도가 어딨어?'라고 말하려던 찰나였다. 사이코가 갑자기 신들린 듯한 표정으로 일어나더니 책장 반대편을 향해 기어갔다. 그리고 있는 힘을 다해 그곳에 쌓인 책들을 반대편으로 밀어버렸다. 책들이 무너졌다.

"아악! 내 다리!"

누군가 다리를 다친 모양이었다. 사이코와 나는 그에게 천천히 다가갔다. 정체불명의 남자가 고개를 돌렸다. 이번에 가늘게 떨리는 목소리로 악을 지른 쪽은 사이코였다.

"모리!"

그는 청색의 작업복을 입고 있었는데 여기저기 검은 페인트 자국이 있었다. 흰 수염에 머리털은 짧게 깎인 상태였다. 그가 정말 모리일까? 쉰 살이 넘었을 텐데 그의 외모는 30대 후반으로 보일 만큼 젊었다. 그는 다리를 절뚝이면서 사이코를 쳐다보았다. 두 사람은 한참 동안 어안이 벙벙한 상태로 서로를 쳐다보았다.

"대체 여기서 뭐 하는 거야?"

사이코는 모리의 말이 끝나기 무섭게 그에게 달려갔다. 그녀는 눈 깜짝할 새에 그의 어깨에 올라탔다. 그렇게 에너지 충만한 사이코를 본 건 처음이었다.

"어떻게 지냈어?"

모리는 그녀를 어깨에 태운 채 대답했다.

"얼마 전 기르던 개가 죽어버렸어. 그 개한테 '고양이'라는 이름을 지어줬더니 아무래도 자살을 한 것 같아. 개의 정체성을 잃어버렸다고 생각했을 거야."

"설마."

"그 외에는 아주 편해. 여기서는 반년은 일하고 반년은 놀지. 휴지기(休止期)는 지난달에 끝났어. 지금까지 집, 돈, 여자가 없는 '3무(三無)'로 살아왔어. 호숫가 나무 아래에서 잠을 자거나 종일 화장실에 처박혀 책을 읽고 명상하는 게 다였어. 실은 조금 전까지 작업하는 중이었는데 이상한 소리가 들려서 달려온 거야."

그의 음성은 뇌를 지나지 않고 흘러나오는 자연의 소리처럼 느껴졌다.

"신선놀음이 따로 없군."

내가 이렇게 말하자 모리가 사이코에게 물었다.

"이 사람은 누구야?"

"오난이라는 친구야. 한국인이지."

우리는 악수를 했다. 모리가 건넨 명함을 보며 내가 중얼거렸다.

"청년개혁당?"

"혹시 청년개혁당의 당원이 되어보실 생각 없습니까?"

모리는 팸플릿을 나누어 주며 말했다. 팸플릿의 제목은 '우주인의 메시지'였다. 뭔가 이상한 기분이 들었다.

"일정 당비를 내면 당의 간부를 선출하거나 당의 정책 결정에 참여할 수 있어요. 각종 민원 해결이나 상담을 요구할 수도 있고 자료와 정보 서비스를 받는 것은 물론, 당이 성취해내는 것들을 함께 누릴 수 있죠."

"정치인들은 집단 기억상실증에 걸린 부류들에 불과해."

비아냥거리는 나의 태도와 달리 사이코는 진지했다.

"모리, 좀 이상해졌네? 당신은 원래 정치와 무관한 사람이었잖아?"

"우선 내 작업실로 가서 천천히 얘기해보자고."

모리는 우리를 그의 방으로 안내했다. 작업실 밖에는 '생(生, Life), Mori Brothers'라는 작은 명패가 달려 있었다.

"모리 브라더스?"

사이코는 황당하다는 표정을 지었다. 우리는 모리를 따라 방에 들어갔다. 방은 흰색과 검은색으로 반반씩 나뉘어 칠해져 있었다. 가운데에 두 가지 색의 페인트 통이 있고 작업복을 입은 한 남자가 벽에 흰 칠을 하고 있었다. 우리가 들어서는 기척에 그가 뒤를 돌아보았다. 나는 순간 멈칫하고 말았다. 또 한 명의 모리 메멘토가 있었다. 둘은 생김새도 일치했을 뿐 아니라 같은 작업복까지 입고 있어 쌍둥이처럼 보였다. 다른 점이 있다면 그의 작업복에는 흰 페인트 얼룩이 남아 있다는 것이었다. 뭔가 불길한 예감이 들었다.

"인사해. 이쪽은 모리 메멘토야."

모리는 아무렇지도 않다는 듯 제2의 모리를 소개해주었다.

"대체 이 사람은 누구야? 왜 혼란스럽게 똑같은 이름을 쓰는 거야?"

"우리 둘 다 모리 메멘토니까."

"뭐라고?"

사이코는 머리를 감싸 쥐기 시작했다.

"여기서 페인트칠 작업을 한다는 거야?"

응, 하고 두 명의 모리가 똑같이 대답했다. 나는 잠시 생각하다 손뼉을 치며 웃었다.

"그렇구나. 생(生), 그러니까 삶이란 구질구질함이 무한 반복된다, 인생무상(人生無常), 뭐 그런 뜻이군."

즉, 이런 것이다. 각각의 모리는 서로 등을 돌린 채 검은색과 흰색을 칠하고 있었다. 만일 한 벽의 색칠 작업이 완성되면 둘은 시계 방향으로 이동해서 다른 벽을 칠한다. 흰색 위에 검은색, 검은색 위에 다시 흰색 덧칠하기. 결론적으로 그들은 헛짓을 하는 셈이었다.

"우리는 이 작업을 각각 '색즉시공(色卽是空)' '공즉시색(空卽是色)'이라고 부릅니다. 우리의 정치적 이념이기도 하지요."

제2의 모리가 말했다.

"모리, 쌍둥이가 있다고 얘기한 적은 없었잖아?"

195

"쌍둥이 아냐. 제2의 모리라고 부르지."

"잠깐, 그 청년개혁당의 정치 이념이 뭔지 들어보자."

내 말에 제1의 모리가 대답했다.

"우리는 1퍼센트가 세상을 바꾼다고 생각합니다. 유럽은 불완전한 자본주의와 사회주의를 결합해 안정된 제3의 사회체제, 즉 제3의 길을 주장했습니다. 영국이 대표적인 사례죠. 하지만 독일의 사민당처럼 제3의 길도 사실상 실패하고 말았죠. 그래서 우리는 시민의 힘으로 완전한 평등을 전제로 한 체제를 만들기로 했습니다."

"그게 뭐죠?"

"천재 정치입니다."

"결국 1퍼센트를 위해서 99퍼센트는 희생해야 한다는 논리란 말이죠?"

내가 흥분하기 시작했다.

"희생이 아니라 분별입니다. 모차르트, 베토벤, 에디슨, 퀴리, 히틀러와 같은 파워 엘리트들이 우리의 역사를 바꿨습니다. 즉, 천재는 과거와 현재 속에서 미래를 읽어낼 줄 아는 자들이니까 말입니다. 우리는 1퍼센트의 선(善)을 믿습니다. 우리를 이 세상에 내려보낸 것은 '팔로힘'*이라는 우주인이죠."

---

* Follow him!

그의 말에 따르면 당의 인간 서열은 다음과 같다.

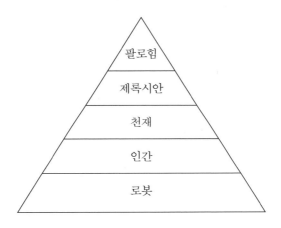

"천재들은 인간 가운데 선택받은 자들이죠. 우리 제록시안들
은 열등한 인간과 로봇의 의지를 천재의 영감을 통해 전달받고,
또 그것을 최종적으로 팔로힘에게 보냅니다. 특수한 전파 장치를
이용해서. 이제 인간의 이성으로 할 수 있는 일은 거의 없다고 봐
야죠."

"팔로힘이 창조주? 사이비 종교를 말하는 거였군."

난 눈을 가늘게 떴다. 사이코는 억지 미소를 지으며 말했다.

"하지만 모리. 인간 개개인은 하나의 소우주라고 하잖아. '나
는 누구인가'에 대해 끝없이 고민했던 사람들이 누구지? 소크라
테스를 비롯한 철학자들이었어. 니체가 '신은 죽었다'고 말하지

않았다면 누구도 이성의 힘을 부정하지 못했을 거야."

"아니. 이미 루터가 16세기에 이성을 악마의 창녀라고 한 적이 있었어."

"아무튼, 중요한 건 그게 아니잖아? 밀레니엄 버그와 함께 시작된 21세기를 봐. 사회정의와 행복은 어디로 도망갔지? 인간은 이제 구심점을 잃어버렸어. 아직도 메시아를 기다리는 어리석은 인간들이 있어? 인간은 초인처럼 자신을 넘어서서 자신을 재발견해야 한다고."

제1의 모리는 사이코의 머리를 쓰다듬어주었다. 그 모습이 마치 어린 딸을 다루는 아버지처럼 보였다. 나도 그런 아버지를 만나고 싶었었다. 사이코는 여전히 머리가 아픈 모양이었다. 그녀는 계속 "머릿속에 호두가 있어"라는 알 수 없는 말을 중얼거렸다.

"사이코, 또다시 나와 당신을 대결 구도로 몰아가려 하는군. 그런 논의는 19세기 말에 이미 끝났어. 좀 더 실리적인 이야기를 해보자고. 천재적인 소우주끼리 만나면 얼마나 거대한 힘을 발휘할지 생각해봤어? 중심이 해체되고 인간 집단이 파편화되어 인간에게 득이 될 게 뭐 있어? 왜 연대에 대해 고민을 하지 않는 거지?"

"연대라니?"

"종교적 연대를 통한 완전한 평등을 말하는 거야."

"1퍼센트의 힘으로 완전한 평등이라고? 그런 말도 안 되는 논리가 어딨어?"

나는 사이코와 모리의 말을 듣다 침을 튀겨가며 구체적으로 강변해나갔다.

"난 더는 사회의 시스템에 기대고 싶지 않아요. 국가든, 종교든, 정치든 인간의 방패막이 돼줄 수 있는 건 아무것도 없잖아요. 인간의 요구가 워낙 다양하니까 어느 한쪽의 손을 들어주면 다른 한쪽은 좌절할 거예요. 당신 말마따나 '열등한' 인간들이 맞이하게 될 것은 디스토피아일 뿐이라고요. 난 이미 사람과의 연대에 대한 희망을 버린 지 오래예요."

모리는 이를 꽉 물었다.

"사회의 역할이 왜 없어요? 개개인의 재능을 극대화할 수 있지 않습니까? 누구나 한 가지씩의 재능은 타고나게 마련이니까요. 당신 같은 육손이들도 우리 같은 정상인이 할 수 없는 일을 할 수 있는 재능이 있을 거라고요."

모리는 이렇게 말하며 내 손을 가리켰다.

"뭐라고요?"

나는 극도로 흥분하기 시작했다.

"하지만 사회가 인정하는 재능은 단순하잖아요? 지배와 권력. 정치적인 재능도 결국은 지배와 권력 구조를 유지하기 위한 수단 아닙니까? 대체 그 외에 인정받는 재능이 뭐가 있죠? 구걸, 선동, 비판, 고민 등 개인이 가지고 있는 어떤 능력도 재능이 될 수 있다는 사고가 사회에 확대되어야 해요. 지배 권력과 상관없는 재능이라고 해서 무능한 인력으로 취급해버리는 것이야말로 권력을 가진 자의 독선이죠."

"자신의 무기력과 무능함을 정당화하지 마십시오. 우리는 무능력한 존재에게 재능을 부여할 능력이 있습니다."

"어떻게요? 그 종교의 탈을 쓴 빌어먹을 정치화를 통해서? 정교(政敎)분리부터 하시죠. 아무튼, 나는 그런 사이비 종교 단체에는 가입 안 합니다."

나는 그들의 논쟁에 신물이 나기 시작했다. 더군다나 나를 인신공격했다는 것에 화가 치밀었다. 인스턴트 액션을 할 때가 온 것이다. 나는 무작정 혼자 책장 사이로 걸어 들어갔다. 그렇게라도 하지 않으면 모리를 죽여버리고 싶을 것만 같았다.

높은 책장을 하나 돌아서자 '20세기 철학'이라는 라벨이 붙은 또 다른 책장이 나타났다. 족히 200미터도 넘을 것 같은 어마어마한 높이. 내 몸 어딘가에서 불똥처럼 튀어 오르는 호기심에 나는 쓰러질 지경이었다. 《공산당 선언》《존재와 무》《계몽의 변증법》등 낯익은 책들을 눈으로 훑었다. 방대한 책들 앞에 서 있는 동안 오르가슴을 느꼈다. 지하철에서 책에 빠져 있던 남자 고등학생에게 느꼈던 감정과 똑같다. 인간의 상상력이 밀집된, 인간의 몸으로 치자면 클리토리스에 서 있었다. 성욕, 식욕뿐 아니라 지식욕도 사람을 미치게 만들 때가 있다. '세상에서 가장 에로틱한 화장실'은 나를 미치게 할 공간이라는 것을 알았다. 독서의 발정기*가 시작되려 했다. 나는 지금껏 쌓아 올린 절망감을 해소하고 싶었다. 뭔가 폭발적인 화학반응이 이뤄지면 나는 물론 세상이 변화할 것만 같은 기분마저 들었다.

나는 《소유냐 존재냐》**를 꺼내 들었다. 대학 입학 후, 가장 먼저 읽었던 사회심리학 서적이었다. 그 책을 읽고 전공을 결정했던 일이 떠올랐다. 책의 서문을 읽는 동안 조금 전의 분노는 가라앉고 설레기 시작했다. 그때, 다른 방에서 인기척이 들렸다. 책을 왼쪽 옆구리에 끼고 바스락거리는 소리를 따라갔다. 최대한 발소리가 나지 않도록 조심하면서. 아니 그냥 미끄러져 갔다고 표현하는 편이 나을 것이다. 그것은 숨소리만큼이나 작았다. 빵이 익을 때처럼, 아주 교묘하게 촉각을 곤두세우지 않으면 들을 수 없는 그런 소리. 그것은 '호모 비디오쿠스'라는 방에서 나는 소리였다.

그 방에는 츠타야*** 시부야점의 한 벽면을 보는 듯한 착각을

---

* 발정기(發情期): 포유류의 성숙한 암컷이 주기적으로 발정하는 시기. 독서로 치면, 엄청난 지적 욕구가 발생하는 시기. (출처: 고독한 사전)
** 잠깐 퀴즈: "《소유냐 존재냐》의 저자이자 '신프로이트학파'의 학자인 이 사람은 누구일까요?"
정답: 에리히 프롬. (작가는 인간 생존의 양식을 '소유 양식'과 '존재 양식'으로 나누고, 인류가 평화와 안녕을 되찾는 길은 우리의 인간성 구조를 '소유 지향'에서 '존재 지향', 즉 '존재 양식'으로 전환하는 길밖에 없다고 강조한다. 그는 이처럼 휴머니즘 정신을 바탕으로 현대 기술 문명의 온갖 부조리와 병리 현상, 그 속에서 피폐해지는 인간 정신을 진단하는 저서를 주로 펴냈다.)
*** 일본의 대형 서점이자 음반, 영상물 대여점 체인.

불러일으킬 정도로 어마어마한 양의 비디오가 가득했다. 불빛이라고는 한가운데에 있는 TV 불빛밖에 없었기 때문에 양이 얼마나 되는지 가늠할 수 없었다. 그런데 어떤 정체불명의 남자가 동그란 카펫 위에 앉아 영화를 감상하고 있었다. 유심히 살펴보니, 그가 보고 있는 영화는 폴 토머스 앤더슨의 〈부기 나이트〉였다. 70년대 후반의 미국 포르노업계를 배경으로 한 영화였다. 나도 일전에 그 영화를 본 적이 있었다. 〈매그놀리아〉의 개구리 비만큼 충격적인 장면은 없었지만, 그런대로 괜찮은 영화라고 여기고 있었다.

그 정체불명의 사나이는 영화를 보는 내내 뱀의 혀처럼 짜릿한 소음을 내고 있었다. 뿐만 아니라 그는 열심히 영화를 노트 위에 복원해내고 있었다. 스크립트를 그리고 대사를 적는 스피드가 귀신처럼 빨랐다. 그는 영화를 보고 있는 게 아니라 영화를 통해 뿜어져 나오는 욕망을 코드화하고 있다는 생각이 들었다. 하지만 어떤 해석도 본질을 왜곡시키게끔 돼 있다. 어쩌면 커뮤니케이터(communicator)가 되겠다는 의지는 그 자체로 발칙한 것인지도 모른다.

나는 뒤에서 가만히 그가 중얼대는 소리를 엿듣기 시작했다. "이 감독의 매력은 무엇보다 스타일이야. 스타일이 살아 있다는 건 인간의 눈빛이 살아 있다는 것과 맞먹는 얘기지. 무엇을 보느냐가 아니라 어떻게 보느냐가 중요하듯이, 이 감독은 같은 얘기라도 슬프게 변주하는 재주가 있어. 파티에다 마약에다 죄다 즐기는 사람들뿐인데…… 결국은 슬퍼. 총을 맞고 사망한 편의점 직원의 피를 털어내고 몰래 빵을 집어 가는 소시민의 모습 같은 건 뭔가 슬프지. 가장 무서운 게 인간이고 그 슬픔을 낳게 하는 것도 인간이란 말이야. 덕 디글러가 엄마한테 '넌 잘하는 게 아무것도 없는 쓰레기야!'라는 모욕을 들었을 때 이미 슬픔은 예고돼 있었어. 하지만 제발 상처는 주지 마. 자신이 아무리 슬프다고 해도 그 슬픔을 남에게 전가하지는 마. 역겨울 뿐이야. 슬픔은 전염되는 거니까 억지로 떠먹여주지 말라고……. 그래서 난 이 자식의 스타일이 너무 좋아. 그는 슬픔 중독자야. 슬픔을 전염시킨 뒤 가끔 웃지. 전혀 생각지 못한 부분에서. 의외성은 그래서 마력적이란 거야. 정말 쿨하군."

'쿨? 그건 욕망을 코드화한 것에 불과해. 욕망의 활동을 특정 방식으로만 이해하려는 것은 편협하다고.'

내가 이렇게 생각하든 말든, 그는 완전히 영화에 빠져 있었다. 주인공 남자가 자신의 전설적인 33센티미터 성기를 들여다보는 장면이 나왔다. 나는 그만 "헉!" 하는 소리를 내고 말았다. 아주 가늘고 미세한 소리였지만 아무래도 그 사나이의 예민한 레이더에 걸린 모양이었다. 그가 뒤를 돌아보았다. 나 역시 입을 막은 채 그를 쳐다봤다. 그리고 깜짝 놀라지 않을 수 없었다. 세 번째 모리 메멘토였다.

"말도 안 돼!"

(역시 예상이 맞았어.)

내가 소리를 지르자 후다닥 발소리가 들리면서 사이코와 제1, 제2의 모리들이 나타났다. 가장 놀란 사람은 사이코였다. 어떻게 이런 일이 있을 수가 있어? 머릿속의 호두가 깨질 것만 같아! 나는 그녀를 안심시키고 싶었지만 자신도 수습하기 곤란했다. 나는 세상에서 처음 보는 기묘한 스포츠의 관람객이 된 기분이었다. 관속에 드러누워 퍼즐 맞추기, 뭐 이런 말도 안 되는 게임 말이다.

"누가 진짜인지 가짜인지 모르겠어."

사이코가 안절부절못하며 말했다.

"누군가 우리를 속이고 있는 거야."

내가 말했다.

"내가 진짜야!"

제1의 모리가 말했다.

"아냐, 내가 진짜야."

제2의 모리가 말했다.

"내가 진짜 모리야."

제3의 모리가 말했다.

"난 처음부터 다 알고 있어! 당신들 제록시안의 최종 목표는 이 세상의 열등 인간을 복제하는 거지? 다양성의 뿌리부터 말살하려는 것 아냐?"

나는 모리의 눈과 사이코의 갈색 눈을 번갈아 쳐다보며 절규했다. 청년개혁당 운운하면서 당 홍보를 하는 척하지만, 그의 말은 비합리적인 도그마에 불과했다. 내 돌발 행동에 모리와 사이코는 당황한 표정이었다.

"복제라니?"

사이코의 질문에 내가 대답했다.

"사람들은 제록시안의 이른바 '개성 말살 정책'에 아무것도 모른 채 당하고 있어. 모두 똑같이 입시 준비를 하고 좋은 회사에 취직하려고 전쟁을 하게 된 것은 저들이 만든 복제 인간들이 그렇게 유도하기 때문이야. 아니 복제 인간들은 사실 죄가 없지. 우성으로 태어난 것이 자기들 잘못은 아니니까. 그런데 만약 복제 속도가 빨라져서 현재의 인간들과 복제 인간의 비율이 정반대가 된다면? 나 같은 열성 인간은 실험에 실패한 복제 인간들과 함께 쓰레기통으로 가겠지. 생산량 증가를 빌미로 과학 기술을 당 전략에 쓰다니, 정말 치사한 작자들이야."

"뭔가 오해가 있는 것 같은데……."

모리들이 입을 모아 얘기했다.

"당신들의 목표는 범국가적 차원의 체제를 만드는 것이지? 제록시안들의 다음 프로젝트는 히틀러 복제 아니겠어? 이제 우리 열성 인간들을 어떻게 할 셈이지? 제2의 홀로코스트를 자행할 셈인가?"

사이코는 악을 버럭 쓰면서 제1의 모리에게 물었다.

"모리! 솔직히 말해봐! 대체 이곳에 몇 명의 모리가 있는 거야?"

제3의 모리가 대답했다.

"마지막에 발견된 사람은 제10의 모리야."

제2의 모리가 맞장구를 쳤다.

"맞아. 이상한 건 아직 '제8의 모리'가 나타나지 않는다는 거지. 숫자는 분명히 열 명인데 말이야."

사이코가 되물었다.

"총 열 명인데 한 명이 빠졌다고? 그런 말이 어딨어?"

사이코는 '모리 브라더스'를 다그치기 시작했다.

"다들 우리가 오기 전까지 무슨 일을 하고 있었어?"

제3의 모리가 대답했다.

"난 영화를 보고 있었어. 그게 내 임무야. 취미로 복사하는 일도 하지만."

"복사? 왜 그런 쓸데없는 일을 취미로 하지?"

"이유는 몰라. 그냥 습관이기 때문에 하는 거야."

다음으로 제2의 모리가 말했다.

"난 페인트칠을 하며 하루하루를 보냈어."

마지막으로 제1의 모리가 대답했다.

"나도 마찬가지야."

"대체 누가 진짜고, 누가 가짜야?"

사이코의 물음에 내가 대답했다.

"지금 진짜, 가짜 구분이 중요한 게 아니야. 누군가 거짓말을 하고 있을지 모르잖아. 현실과 꿈, 진짜와 가짜의 교묘한 섹스를 생각해봤어? 우리는 장자의 나비처럼 우리 자신이 텍스트 안에 있는지 바깥에 있는지조차 모르고 있어. 우리의 소통이 완벽하게 이루어지고 있다고 생각해? 천만에. 난 한국인이고 넌 일본인이야. 비슷한 언어라도 미묘한 차이가 있고 더군다나 기호는 우리에게 온갖 오류를 제공하는 거야. 아까 바나나 봤지? 앤디 워홀의 '바나나' 말이야. 그건 가짜로 둔갑한 진짜. 아니, 진짜로 둔갑한 가짜 예술, 팝아트라고 하잖아. 오리지널의 본질은 혀 위의 검은 설탕처럼 이미 녹아버리고 있어. 완전한 진짜는 없어. 저들 중 누구도 믿지 말라고."

"그럼 너도 믿으면 안 되겠네? 안됐지만 '진짜'는 분명히 있어."

사이코는 냉소적으로 말을 이어나갔다.

"모리 메멘토는 퀴즈학의 창시자야. 퀴즈는 놀이가 아니라 학문이라고 발상의 전환을 한 최초의 사람, 그가 바로 모리 메멘토였어. '분실물센터'에 들어가기 위해서는 진짜 모리가 내는 퀴즈 문제를 맞혀야 해. 문제는 굉장히 이상해. 지난번엔 도무지 풀 수가 없었어."

"분실물센터? 그게 뭐지?"

"우리가 최종적으로 도달해야 하는 곳."

"그래서?"

나는 여전히 멍한 상태에서 기계적으로 물었다.

"이제 기억나. 지난번에도 보바가 준 향이 강한 음식을 먹고 정신적으로 혼란스러웠어. 지금도 계속 기억이 이것저것 뒤섞인 듯한 느낌이 나."

"그래서?"

내 말에 갑자기 사이코가 화를 내기 시작했다.

"난 너의 그 '그래서?'라는 말투가 정말 맘에 안 들어. 예전부터 얘기해주고 싶었어. 그렇게 따지는 듯한 말투를 들으면 막 짜증이 난단 말이야."

"아, 알았어. 미안해. 어쨌든 계속 말해봐."

"시끄러워! 나에게 자꾸 명령하지 마. 날 가르치려 들지 마."

"미안. 근데 너 좀 이상한 것 같다."

"나보고 자꾸 이상하다느니, 사이코라느니, 그런 말도 하지 마! 난 아무렇지도 않아. 지극히 정상이란 말이야!"

"비정상이라곤 안 그랬어!"

(지금껏 본심을 숨겨왔었구나.)

"그게 그거지."

나는 그녀에 대한 신뢰가 조금씩 허물어지는 것을 느꼈다. 하지만 신경이 예민해졌다고만 보기에는 이상한 구석이 있었다. 극단적인 히스테리랄까. 나는 어쩔 수 없이 그녀를 달래야겠다고 생각했다.

"어쨌든 중요한 건 그게 아니잖아. 미안해, 네 자존심을 건드려서. 아무튼, 본론을 얘기해봐."

"됐어! 집어치워!"

"제발, 사이코. 넌 정말 대단한 아이잖아. 20년 넘게 살면서 너처럼 대단한 사람을 본 적이 없어. 너만큼 치열하게 사는 사람도 보지 못했어. 넌 최고야. 괜히 사이코(最高)겠어? 넌 정말 최고라고!"

거의 빌다시피 그녀를 달랬다. 그녀는 찡그린 주름살을 펴지 않았다.

나는 속으로 그녀의 마지막 말을 되뇌고 있었다. 모리 메멘토는…… 퀴즈학의 창시자…… 퀴즈는 학문이라고 한, 발상의 전환을 한 최초의 사람, 최초, 최초, 마르셀 뒤샹? 콜럼버스, 퀴리, 로빈슨 크루소, 세종대왕, 도쿠가와 이에야스? 아, 대체 뭐지? 복잡한 미로라는 것도 보바들의 허풍이 아니었을까? 열 명의 모리 메멘토 가운데 아직 나타나지 않은 제8의 모리는 누굴까? 사이코는 나를 도와주지 않아. 아이처럼 칭얼대고만 있을 뿐.

"나의 자존심을 건드리지 마. 난 정말 열등감이 심한 사람이라고. 나를 자극하지 마. 넌 내가 아주 완벽히 잠들어버렸을 때 날 멍청하다고 생각하고 있었지? 때때로 날 그저 꽉 막힌 지식 괴물로 보고 있잖아? 결국 하나도 제대로 못 하면서 백과사전 지식을 자랑하는 사람이라고 말이야. 하지만 결국 모리 메멘토의 발뒤축의 때만도 못한 사람으로 생각하고 있는 거잖아. 날 쓸모없는 인간이라고 생각하는 거지? 솔직히 대답해봐. 나의 자존심을 무너뜨리지 말라고."

사이코의 흐느낌은 점점 세지다가 그 강도가 실신할 정도로 세어졌다. 난 정신을 잃어버린 사이코를 앞에 두고 깊은 절망감에 빠졌다. 너무 갑작스러운 일이었다. 어디서부터 이 매듭을 풀어야 할까? 나는 그저 내가 말실수로 그녀의 정신적 트라우마를 심하게 건드렸을 것으로 추측할 뿐이었다. 원인을 모르니 해결책도 없었다. 나는 열두 개의 손가락을 하릴없이 꼬면서 스스로 물었다. 대체 무엇이, 어디서부터, 어떻게 꼬여버린 거지? 게릴라 피시? 모리 메멘토? 제8의 모리? 대체 내가 찾아야 하는 건 뭐지?

"넌 너의 길을 가."

"나 혼자서 미로를 헤매라고? 둘이 힘을 합치는 게⋯⋯."

"바코드가 있잖아. 우린 어차피 정보 공유 상태야."

그녀는 슈퍼컴퓨터처럼 대답하고는 '호모 비디오쿠스'로 가버렸다. 모리들도 어디론가 사라졌다. 내가 서 있는 기다란 복도에는 그녀의 짜증 섞인 목소리만이 남아 있었다.

답답해진 나는 연신 침으로 입술을 축일 뿐이었다. 야광 도시에서 유일하게 웅장한 규모를 자랑하는 '세상에서 가장 에로틱한 화장실'이라는 환상의 공간. 내가 발을 딛고 서 있던 바로 그 화장실 자체가 내게는 거대한 미스터리였다. 대체 화장실은 무엇을 위해 존재하는 것일까? 내겐 아직도 풀지 못한 문제가 너무 많았다.

11

상처에서 자유로워질 수 있는가?

    방학이 시작될 무렵, 비가 주룩주룩 내리는 날이 많아졌다. 일본 전역에 대형 가습기가 작동하듯 푹푹 찌는 날씨가 이어졌다. 나는 혀를 땅에 붙이고 다니는 기분이 들었다. 얼마 전에는 가나자와 유학생 캠프에 갔었다. 거기서 중국, 홍콩, 미국, 이라크 등 각지에서 온 유학생들과 기모노도 입었다. 제출용 사진 촬영만 아니었다면 절대 입지 않았을 것이다. 기모노는 일본 날씨보다 더 사람을 숨 막히게 하는 특징이 있었다. 불꽃놀이 때 찍은 사진도 의례적이고 지루했다. 체중은 처음 일본에 왔을 때보다 5킬로그램이나 줄어들었다.

    그 이후의 방학 생활은 프리터로 살았다. 자신의 삶에서 소외

된 노동자로 사느라 가끔 내가 소케대에 교환학생으로 왔다는 사실을 잊어버릴 정도였다. 시간이 나면 세븐일레븐에 들어가서 껌이나 커피 따위를 사거나 진열대의 음악 잡지를 뒤적이곤 했다. 배가 고프면 마쓰야나 요시노야 등 기본 메뉴가 300엔 이하인 식당에 들어가 5분 만에 끼니를 때웠다. 너무 답답한 날은 고서점 거리나 신주쿠의 기노쿠니야, 마치다의 헌책방 등을 돌아다니며 책을 읽었다.

특히 나는 신묘 미쓰구의 《40개 국어 습득법》을 읽고 외국어 책을 수집하기 시작했다. 하지만 외국어를 공부하겠다는 생각은 애초부터 없었다. 외국어를 공부하겠다는 사람에게 '○○○ 첫걸음' 따위의 책은 늘 웃음을 안겨준다. 나는 《이탈리아어 첫걸음》이라는 책에서 이런 문장을 발견했다. **Noi abbiamo del mercurio.** '우리는 수은(水銀)을 가지고 있다'라는 뜻이다. 대체 일생 그런 말을 몇 번이나 쓸 수 있을까? 《처음 배우는 조선어》라는 책은 더 가관이었다. '길 묻기' 편에서는 '이 전철은 오사카에 정차합니까?'라는 말이 버젓이 씌어 있었다. 천지개벽이 일어나지 않는 한 한국의 전철이 '오사카'에 정차할 수는 없을 것이다. 한국이 일본을 식민지로 만들면 모를까.

책을 사다 보니 매일 라면으로 끼니를 때우게 됐다. 나는 임춘애처럼 육상 경기에서 우승할 자신이 없었다. 돈을 벌어야 했다. 그게 자본주의 사회에 길드는 가장 쉬운 방법이다. 아르바이트

구인 잡지를 뒤져 일일이 전화해봤지만 마땅한 자리가 없었다. 집 근처의 파친코는 시간당 1000엔이나 주었지만, 너무 시끄러워서 견딜 수 없었다. 애 돌보기 아르바이트도 무리였다. 애한테 일본 어를 배우는 게 돼버릴지 모르니까. 시부야에서 하루 동안 광고 전단 나눠 주는 아르바이트를 해보기도 했지만 알량한 자존심 때문에 그만두었다.

다행히 얼마 후, 한국어 과외 모집 광고를 본 사람이 연락을 해 왔다. 도쿄 공대에 유학 중인 중국인이었다. '양기'라는 이름의 그 중국인은 일본어를 엄청나게 빠른 속도로 구사했는데 자세히 들 어 보면 문법도, 성조가 섞인 발음도 모두 엉망진창이었다. 그는 '올해는 꼭 한국에 보름간 여행 갈 생각이니 잘 가르쳐달라'고 부 탁했다. 나는 '일본어나 제대로 하시지'라고 말해주려다가 "언어 에 관심이 많으시네요"라고 말하고 말았다. 가난에서 희망을 본 다는 얘기는 다 헛소리다. 가난 속에서는 돈만 눈에 보일 뿐이다.

그는 겨우 보름 여행을 위해 제2외국어인 한국어 교습에 주 당 1만 5000엔을 낼 수 있는 부자였다. 수업료를 흥정할 때 중국 인 특유의 상술로 날 등쳐먹으려고 한 것, 북한과 대한민국을 자 꾸 헷갈리는 것, 걸음걸이가 이상한 것만 빼면 괜찮은 사람이었 다. '포도'를 중국어로 '부타오', 일본어로 '부도'라고 한다지만 그 미묘한 차이만큼 미묘하게 달랐다. 난 그 차이를 미묘한 거리감으 로 이용했다. 사람의 관계에서는 언제나 거리감이 필요한 법이니까. 접촉과 거리는 인간관계의 핵심이다.

또 다른 아르바이트는 그라탱과 도리아 전문점인 나폴리의 웨이트리스였다. 기숙사 근처에 있는 그 가게에 밥을 먹으러 갔다가 한 중년 남자 종업원 얼굴에 반하고 말았다. 그 사람이 눈썹을 다듬고 화장을 해서가 아니었다. 오히려 콧수염을 기른 그는 못생긴 편에 속했다. 그는 미소 가득한 얼굴로 케이크 주문을 받고 있었는데 질투가 날 정도로 행복해 보였다. 난 당장 그곳에서 일하기로 했다. 그의 행복은 꾸며진 겉모습일 뿐이라고, 힘들어 죽겠는데 티 내려 하지 않는 것뿐이라고, 그의 행복을 주제넘게도 부정해버리고 싶었다.

그곳은 테이블 아홉 개에 아기자기한 장식품들이 가득한 작은 식당이었다. 나는 오전 11시부터 밤 10시까지 일했고 시간당 750엔을 받았다. 서너 시간에 한 번씩 휴식 시간이 주어졌고 저녁에는 도리아나 그라탱을 먹을 수 있었으며, 일이 끝나면 쓰레기통에 갔어야 할 조각 케이크나 남은 빵들을 얻어먹을 수도 있었다. 하루에 한 번씩 가게에 들르는 주인은 올 때마다 비틀스 음악을 틀었다. 음악이 한 57번 반복 재생되면 일이 끝나곤 했다.

웨이터 일은 나와 다른 아르바이트생 네 명이 번갈아가면서 했고 요리사는 혼자였다. 나를 '오 쨩'이라고 부르던 요리사는 자칭 '데리케토 만(Delicate man, 섬세한 남자)'이었다. 데리야키인지, 데리버거인지 하는 그 남자의 이름은 후케(浮氣)*였다. 그는 붉은색

215

하와이안 셔츠를 즐겨 입고 콧수염과 머리를 길렀는데, 이름과 잘 어울린다고 생각했다. 그는 말투가 아주 상냥했고 음식을 만들 때는 라디오로 야구 시합 중계방송을 듣는 버릇이 있었다. 신기하게도 세 끼 식사 대신 식당의 생맥주로 배를 채웠는데 취해 있는 모습을 본 적은 없었다. 아무튼, 그는 이상한 분위기를 풍기는 남자였다.

일 자체는 별로 어렵지 않았다. 팔짱을 끼고 있다가 문 열리는 벨 소리가 들리면 '이랏샤이마세(어서 옵쇼)' 하면서 손님 맞을 준비를 하면 되었다. '몇 분입니까? 예, 이쪽으로 오십시오'라고 한 뒤, 명수대로 물컵과 물수건을 쟁반에 담는다. 손님이 자리에 앉으면 쟁반을 들고 가서 '어서 오세요, 실례합니다' 하고 얌전히 컵과 수건을 내려놓으면 되는 거다. 물론 손님에게 폐를 끼치는 일을 하면 안 된다. 나는 주문받은 것을 주방의 후케 상한테 전해 주고 음식 나오기를 기다린다. 그러나 나는 처음부터 실수만 저질렀다. '시금치와 베이컨이 든 그라탱' 주문을 '버섯과 베이컨이 든 도리아'라고 한다든지, 2인분을 1인분으로 바꿔치기한다든지, 물컵을 쏟아버린 것 등은 아무것도 아니었다. 하지만 후케 상은 언제나 일과가 끝나면 아이스티나 커피를 타 주었다.

일이 끝날 즈음 되면, 꼭 그에게 찾아오는 여자 손님이 있었다.

* '후케'의 한자는 '우와키(바람기)'로도 읽을 수 있다.

216

그리고 그녀는 후케 상과 승용차에 타고 어디론가 가버렸다. 내가 언젠가 그에게 물었다.

"부인이 참 자상하신가 봐요. 매일 밤 마중 나오시니."

"부인? 아, 그 여자? 내 아내가 아니야. 실은 이건 비밀인데……내 애인이야."

후케 상은 약간 웃음기를 띠고 손으로 입을 가리며 말했다. 내가 어리둥절해할 새도 없이 그가 폭탄 발언을 했다.

"난 결혼을 하면 부인이 그냥 형제처럼 느껴져. 이상하지?"

후케 상은 애가 셋인 재혼남이었다. 그런 그에게 애인이 있다는 사실은 공공연한 비밀이었다. 어느 날 내가 동료인 스기하라에게 "일본의 남자들은 보통 세컨드가 있는 거야?"라고 물었을 때 그는 팔짝 뛰면서 말했다.

"쉿! 후케는 비정상이야. 그가 평균적인 일본 남자라고 생각하면 큰 오해라고."

내 입이 무거운 탓에 후케 상의 불법 애정 행각은 무난하게 이어졌다. 그것만 빼면 후케 상은 아주 유머러스하고 친절한 남자였다. 가끔 '오 쨩도 이렇게 보니 귀엽네'라고 은근슬쩍 추파를 보내는 것 빼고는 괜찮았다. 어쩌면 그의 자유분방함이 그를 행복한 미소의 남자로 만들었는지도 모른다.

어느 날 저녁, 난 어머니와 아들로 보이는 두 손님에게 음식을 전해준 후 저녁 휴식을 취하러 주방에 들어갔다. 오렌지주스를 홀짝거리는 내 앞에 후케 상은 웃으며 따끈한 치즈 그라탱을 내려놓았다. 내가 군침을 흘리기도 전에 지긋지긋한 바퀴벌레 한 마리가 내 접시를 피해 살짝 지나갔다. 내가 "바퀴벌레다!" 하며 옆에 있던 재떨이로 내려치려 하자 후케 상은 소스라치며 내 입을 막았다.

"그런 소리 하면 안 돼. 손님들한테 폐를 끼치잖아."

후케 상의 말에 따르면, 나폴리에서는 바퀴벌레가 나타나면 '타로가 나타났다!'라고 암호를 외친다는 거였다. 그는, 타로는 일본 민간 전설의 주인공 이름이라면서 옛날이야기를 덧붙이는 것도 잊지 않았다. 다른 암호도 있었다. '화장실에 다녀오겠습니다'는 '3번에 다녀오겠습니다'라고 해야 했다. 식사 도중에 '똥오줌을 가리고 오겠습니다'라고 하면 방해가 될지 모른다고 생각하는 철저한 일본인들을 보며 생각했다. 신을 보러 교회에 갈 게 아니라 일본의 삼류 식당에라도 가는 게 더 낫지 않을까? '손님은 신(神)'이니까. 후케 상은 내 앞에 앉더니 조금 전의 손님을 긴 손가락으로 가리키며 수군거렸다.

"저 사람들 부부야. 여자는 마흔, 남자는 스물여섯."

"단골이에요?"

"아니, 척 보면 알아. 난 육감이 발달했거든."

후케는 재떨이에 담뱃재를 털며 부러운 듯한 표정을 짓고 말했다. 나는 그 모자(母子), 아니 부부를 바라보며 그들의 미래를 상상해보았다. 몇 년 뒤 그들의 자녀가 엄마를 할머니라고 불러야 할지, 엄마라고 불러야 할지 혼란스러워하는 모습이 떠올랐다. 남편도 가끔 부인을 엄마라고 할지 모른다. 에잇, 사랑엔 국경도 없다는데. 후케 상처럼 바람을 피우거나 '기이해 보이는' 결혼을 하는 게 어쩌면 일본인이 할 수 있는 최대의 일탈일지도 모르지.

나는 일본에서 대규모 혁명이 한번 일어났으면 좋겠다는 생각이 들었다. 생각해보면 메이지유신과 원자폭탄 투하 외에 근현대 일본에서 뭐 그리 큰일이 있었나 싶다. 지진 같은 천재지변 말고 인간들이 벌인 왁자지껄한 이벤트가 과연 있었나? 그들은 68운동이나 러시아 혁명 같은 귀찮은 일을 하느니 조용한 지하철에서 책이나 읽는 게 편하다고 느끼는 건가? 아니면 전공투 따위는 다 까먹은 건가? 책벌레로 가득한 지하철 한복판에 사린가스 살포 놀이를 즐기는 '너무 심심한 일본인'을 빼면 일본인들은 한결같이 똑같다. 마치 사과 상자에 담긴 사과처럼 벌레 파먹은 부분도, 빛을 덜 받은 부분도 전부 똑같이 보였다. 와(和)를 중시하는 일본인들에게 그런 건 아무 문제도 되지 않겠지만.

일본 사회에는 우리 눈에 보이지 않는 복제 바이러스가 돌아다니고 있었다. 그것의 전염 속도는 놀라울 정도다. 일단 그들의 감성에 동화되면 사회에서 소외감을 느끼지 않고 덜 외롭게 된다. 복제 인간들은 생각보다 일본의 깊숙한 곳까지 침투해 있는 게 틀림없다.

219

고로케와 가위는 내 옆구리를 간지럽혔다. 마치 스킨십 결핍증에 걸린 사람처럼 나는 그 손놀림마저 에로틱하다고 느꼈다. 그들의 무게감이 커질수록 공포감도 더해갔다. 숨 막혀. 가위가 나타나면 나는 제대로 숨 쉬지 못했다. 가위로구나. 너, 지금 내게 복수하려는 거지? 고의가 아니었어. 가위야, 숨, 숨이 막혀. 날 괴롭히지 말아줘. 저기 고로케에게 가란 말이야. 그 애는 애무를 정말 잘해. 조금만 참아준다면 곧 너희에게 갈게. 그때까지는 너희 둘만 광란의 밤을 즐겨. 난 충동적인 건 싫어. 충동 때문에 너흴 먼저 보냈기 때문이야. 조금만 참아. 자살을 계획하고 있어. 나를 이해해줘. 그저 당분간만. 숨이 막힌단 말이야. 이 싸움이 끝난 뒤에 멋진 트리플 섹스를 해보자고.

새벽 4시에 잠에서 깼다. 교도소에 갇힌 꿈을 꾸고 난 뒤였다. 몹시 피곤한 날, 잠에서 깨기 직전에 나타나는 이 친구 이름은 가위다. 꿈풀이 사전에는 교도소에 갇히는 꿈이 대인관계, 학업 등 모든 것이 파탄 지경에 이르렀다는 뜻이라고 씌어 있었다.

사실 가쓰 사건 이후, 퀴즈연구회에는 가지 않았다. 사건이 일어난 직후, 소케대에는 괴소문이 떠돌았다. 가쓰가 얼마 전 있었던 학내 강간 사건의 진범이었다는 것이다. 공무원인 그의 아버지가 먼저 그 사실을 알고 자살해버렸고 자신도 그 뒤를 이어 자살했다고 한다. 평소엔 안전모를 꼭 착용하던 그가 안전모도 안 쓰고 오토바이를 탔던 것이 자살했다는 증거라고 했다. 바로 그 엽기적인 사건의 목격자로 나섰던 가쓰가 진범이라니. 무서운 인격이었다. 인간의 이중성이란 그런 것이다. 배에는 삼겹살을 달고, 얼굴에는 두세 겹의 가면을 뒤집어쓴 가쓰의 모습은 생각할수록 역겨웠다. 그 미남인 얼굴로 마치 목격자인 양 연극을 벌인 대담함에는 박수마저 보내고 싶었다. 일본인들의 진짜 모습이란 배에는 삼겹살을 달고, 얼굴에는 두세 겹의 가면을 뒤집어쓴 게 아닐까?

문제는 그의 시체였다. 병원으로 갔다는 시체가 몇 시간 만에 사라져버린 것이다. 증발했다는 것 외에는 시체의 행방을 아무도 알지 못했다. 소문의 진실은 뚜렷이 밝혀지지 않았다. 난 서클에 가는 게 겁이 났다. 가쓰의 시체가 주위를 배회한다? 생각할수록 두려운 일이었다. 불안은 카프카의 탈을 쓰고 돌아다닐 것이다. 나를 지금껏 괴롭히는 고로케와 가위의 경우만 봐도 그렇다. 그들은 내 숨결이 닿는 모든 곳에 편재(遍在)했다. 내 방의 창문은 너무 작았고 커튼도 열 수 없어 답답했다.

갑자기 휴대전화 사서함에 음성 메시지가 들어왔다. 이즈미에게서 온 단 하나의 메시지.

"안녕하세요? 저는 소케대학교 4학년의 미우라 이즈미입니다……."

참 재밌는 일이다. 벌써 알고 지낸 지 3개월이 됐는데 그녀는 내게 존댓말까지 써가며 나를 생판 모르는 사람처럼 대하고 있었다. 더 웃기는 멘트는 그다음에 나왔다.

"……그래서 저희 개가 죽는 바람에 난 짱의 생일 파티에는 못 갈 것 같습니다. 정말로 면목 없습니다……."

내가 개만도 못하다니! 충격이었다. 더군다나 그녀의 지나치게 정중한 태도에 난 분노가 폭발했다. 전원을 끈 뒤 휴대전화를 던져버렸다. 내가 개만도 못하다니, 난 개만도 못했어, 그래…… 이즈미는 개를 무척 사랑하는구나! 나는 혼잣말을 하면서 마구 침대 위를 구르다가 벌떡 일어나기를 수십 차례 반복했다. 여전히 답답하고 헛헛한 기분이 들었다. 먹을 것을 사러 가고 싶었지만, 기숙사 문이 열리려면 두 시간이나 기다려야 했다.

잠옷에 점퍼를 가볍게 걸친 뒤 〈소년탐정 김전일〉 녹화 테이프를 들고 로비에 내려갔다. 나는 대사가 안 들릴 정도로 볼륨을 낮추고 어둠 속에 갇힌 고양이처럼 비디오를 보기 시작했다. 김전일이 "모든 수수께끼는 다 풀렸어!"라는 대사를 해서 잔뜩 긴장한 무렵이었다. 갑자기 마쓰모토 씨가 러닝셔츠 바람으로 나오더니 다짜고짜 소리를 지르기 시작했다.

"오 상! 대체 지금 뭐 하는 거요? 시계 없습니까? 혹시 밤새도록 비디오를 본 건 아니겠죠? 시끄러워서 도저히 잠을 잘 수가 없잖아요!"

조용한 로비가 그의 목소리로 터져나가려고 했다. 나는 부랴부랴 TV를 끄고 그에게 사과해야만 했다. 마치 그의 괴성에 대한 책임마저 내가 져야 할 것 같았다. 그는 60대 노인답지 않게 청각이 여간 예민한 게 아니었다. 그는 마치 자신이 꾼 악몽이 내 탓이라고 우기는 사람 같았다. 결국, 나는 그가 다시 잠자리로 들어가기까지 5분간 그의 지루한 설교를 들어야 했다. 그가 방에 들어간 뒤 갑자기 난 울음이 터져 나왔다. 하지만 그 100만 불짜리 슈퍼 귀를 가진 마쓰모토가 다시 뛰어나올까 봐 입을 막고 울어야 했다. 이건 아닌데, 뭔가 엄청나게 꼬인 느낌이었다. 스스로 질문하기 시작했다.

'김전일에는 현실이 없어. 네가 기대고 있는 정답이란 없는 거야. 그것은 확실한 명제지. 일기를 열 장 넘게 쓰고 리포트를 밤새 써봤자 그 답은 알 수 없어. 자꾸 언어의 껍데기나 공식에 집착해서 형식 논리를 구하려고 하니까 자신의 함정에 걸려 넘어지는 거야. 외로움을 참고 견딘다고 해서 학문적인 성숙이 오는 것은 아니지. 오래 앉아 있는 학생이 공부를 잘하는 게 아닌 것처럼 말이야. 백지의 상태 앞에서 견딜 수 있다면 넌 강한 사람이야. 그 어떤 것도 보고, 듣고, 말하고, 생각하고, 쓰고, 읽고, 하지 않는 상태에서도 고독을 이겨낼 수 있는 사람만이 진정한 강자야. 결국은 실패할 정답 찾기에 매달리지 말고 차라리 실용 학문을 택할 걸 그랬나?'

나는 마음이 도넛 구멍처럼 허전해졌다. 스팅의 노래를 부르기 시작했다. "I'm a legal alien…… I'm an Englishman in New York…… I'm a Korean in Japan." 목소리는 스스로 생각하기에도 음산했다. 나는 그대로 웅크린 채 잠들어버렸다.

추위에 잠에서 깼을 때는 이미 오전 5시 반이었다. 마쓰모토 씨는 어느새 말끔히 세수를 끝내고 7 대 3 가르마를 탄 채로 사무실에서 양치질하고 있었다. 나는 사무실을 지나면서 들릴락 말락 하게 한국말로 "재수 없는 노인네!"라고 하며 지나쳤다. 그런데 양치질을 막 끝낸 그가 형식적으로 "오하이오!" 하고 인사했다. 두 시간 전의 일은 깡그리 잊어버렸다는 듯이 밝은 표정이었다. '텍사스의 전기톱 살인마'가 생각났다.

거리에는 차도, 사람도 보이지 않았다. 가여운 고양이만이 아기 울음소리를 내고 있었다. 하긴 일본인들이 아무리 부지런한 민족이라고 해도 이렇게 이른 시간에 산책할 인간은 별로 많지 않을 거다. '미스터 도넛'의 문이 닫혀 있어서 5분 거리에 있는 마쿠도나루도에 갔다. 그곳도 문이 닫혀 있어서 나는 동네를 몇 바퀴 달렸다. 7시 5분에 달걀이 든 맥머핀과 커피를 마시며 나는 부들부들 떨었다. 살얼음이 깨지듯 인스턴트커피의 따스함에 몸이 서서히 녹아내렸지만, 헛배 부르다는 생각이 떠나지 않았다. 한인 식당에 가서 김이 모락모락 나는 김치찌개를 먹고 싶었다.

기숙사에 다시 돌아왔을 때, 가게의 문도, 늘 비어 있는 내 메일함도, 관리인 아저씨도, 내 머리와 심장도 전부 차가워졌다. 텔레파시가 통했는지 마침 한국의 엄마에게서 전화가 왔다. 무려 넉 달 만이었다. 엄마는 국제전화비가 비싸다는 평계로 가끔 편지만 했을 뿐이다. 엄마의 목소리는 평소보다 더 허스키했다. 아마도 그놈의 알코올 때문이리라. 갑자기 눈물이 났다. 그녀의 거친 목소리가 자꾸 마음에 걸렸다.

"공부는 잘하고 있지? 담배도 안 피우고?"

"당연하지."

"이제 졸업인데 뭐 할 셈이냐? 또 그 쓸데없는 그림이나 그리는 건 아니겠지?"

"엄마 걱정이나 하세요."

"좋은 직장에 들어가서……."

그녀가 오랜만에 정신이 말짱한 모양이었다.

"난 취직 같은 것 안 한다니까."

"그럼?"

"자영업."

청부살해업도 자영업이지. 내 사업은 의뢰인과 킬러가 같으므로 인건비 걱정은 안 해도 될 것이다. 그녀에게 투정을 부릴까 하던 차에, 그녀가 먼저 말했다.

"할머니가 돌아가셨다."

"엄마, 그건 벌써 2년 전의 일이잖아."

"아냐, 넌 착각하고 있어. 할머니는 어제 노환으로 돌아가셨어. 가슴 한복판을 누군가 망치로 치는 것 같은 느낌이야."

그녀를 계속 내버려두는 건 위험한 일이었다. 할머니가 치매에 걸려 종일 밥 먹고 싸고를 반복했던 기억이 내겐 악몽처럼 남아 있었다. 내가 치매에 걸린 게 아니라면 할머니는 이미 저세상 사람이었다. 엄마는 고장 난 할머니의 육신 때문에 잠시 자기 인생을 버려야 했다. 할머니의 친아들은 뭐 했냐고? 그 아드님은 '하면 된다'라는 표어가 붙은 택시로 서울 시내의 승객들을 싹쓸이하러 다니느라 바빴다. 우리 집은 중하층이었지만 먹을 게 없어서 배꼽을 뺄 정도는 아니었다. 아버지는 다카기 마사오만큼이나 자기 일을 사랑했던 것뿐이다. 할머니의 삼일장이 끝난 날 밤에도 심야 택시를 몰러 나갈 정도로 워커홀릭이었으니까.

"엄마, 나 돌아갈까?"

"아냐. 어제도 좋은 구경 많이 했어. 우리 동네 어떤 여자가 교통사고로 기억상실증에 걸렸대. 애인은 그 사고로 죽었고. 정말 불쌍하지?"

엄마는 TV 연속극 줄거리를 늘어놓고 있었다. 나는 엄마의 말에 맞장구를 쳐주는 일이 재밌었다.

"그래, 뇌 검색기 같은 게 있다면 좋겠다. 꺼내고 싶은 기억을 아무 때나 찾을 수 있게 말이야. 그러면 치매 환자들이 이 세상에서 사라지겠지?"

우리는 드라마 얘기만 10여 분을 했다. 할머니가 돌아가신 이후로 엄마는 종일 TV 재방송을 보거나 할 일 없이 동네를 돌아다닌다고 했다. 그녀는 외로움을 견디고 있다는 사실도 모르는 듯했다. 술이 항상 달래주니까. 나를 달래줄 것은 대체 무엇일까? 술은 아닌 것 같고 반항인가? 거짓말인가? 그렇다면 자위인가? 자위 끝에는 늘 절망과 수치가 올 뿐. 나는 좀 더 완벽한 자기 위로법이 필요했다. 사람인가? 아무도 믿지 않기로 했잖아……. 그렇다면 역시 자살만이 희망인가? 혹은 취직?

전화를 끊은 뒤 한참 동안 블라인드 틈새로 밖을 내다보았다. 빨래가 널린 아파트, 고장 난 것처럼 움직이지 않는 자동차들, 나무들, 어디론가 향하는 몇 안 되는 사람들의 풍경. 나는 더 많은 것을 보고 싶어 블라인드를 걷어 내려다가, 또 항의가 들어올 것 같아 참기로 했다. 콜드플레이의 노래를 틀었다. 불현듯 우유처럼 하얀 헨타이의 얼굴이 떠올랐다. 수염이 잔뜩 난 마초와 네모난 시마다의 얼굴도 생각났다. 귀여운 노브라와 마시마로의 얼굴도 자꾸만 떠올랐다. 이유는 알 수 없었다. 갑자기 누군가의 얼굴을 마구 스케치하고 싶어졌다.

나는 충동적으로 스케치북을 들고 시부야행 전차를 탔다. 하라주쿠의 쇼핑가인 다케시타도리를 향해 갔다. 그곳은 관광지로 유명한 곳이다. 적어도 그렇게 북적이는 곳에 가야 마음이 편할 것 같았다.

가장 먼저 눈에 띄는 맥도날드에서 150엔짜리 아이스크림을 사 먹었다. 실은 다케시타도리의 명물 크레페를 먹고 싶었지만 참았다. 통장에 돈이 거의 남아 있지 않았기 때문이다. 대신 크레페를 먹는 관광객을 쳐다보는 것으로 만족했다. 관광객들은 캐릭터 상품점, 인도풍의 옷가게, 비주얼 록 패션 전문점 등을 코스 삼아 돌아다니고 있었다. 하라주쿠의 인해전술은 역시 강력했다. 많은 인파를 보고 있는 것은 마치 신경안정제를 맞은 것 같은 효과가 있었다. 우울함이 150엔짜리 아이스크림 녹듯 사라지고 있었다. 나는 여세를 몰아 오모테산도까지 가기로 했다. 콘돔 마니아*가 있는 코너를 돌아 아오야마 방향으로 펼쳐진 거리를 걸었다. 그 거리에는 자신이 직접 그린 캐리커처, 제작한 옷이나 가방 따위를 늘어놓고 파는 상인들이 많았다. 그들이 바로 프리터다. 그들 주위에는 코스프레 복장을 한 뒤 사진 모델료로 돈을 버는 아이들도 있었다. 가내수공업자와 생비자(生費者)**의 만남이라니, 묘한 앙상블이었다. 그들은 하나같이 쾌락을 얻고 싶어 하지만 누군가는 끊임없이 생산해내야 하고, 다른 누군가는 끊임없이 소비해내야 한다. 자본주의의 원리가 눈앞 장터의 좌판처럼 생생하게 펼쳐져 있었다. 그들의 행동주의 덕택에 내 에너지 지수는 점점 올

* 하라주쿠와 오모테산도 사이에 있는 각종 섹스용품을 파는 가게.
** 생산자 겸 소비자. 'prosumer'라고도 한다. 자신이 좋아하는 만화 캐릭터의 패션을 따라 하는 것을 코스튬플레이, 즉 '코스프레'라고 한다. 이들은 자신이 소비하는 것으로부터 다시 창조하려는 습성을 갖고 있으므로 일반적으로 '생비자'로 통한다.

라갔다.

　오모테산도의 한 액세서리 가게에 들어갔다. 깜깜한 동굴처럼 꾸며놓은 입구에 조그만 연못도 있는 특이한 액세서리 가게였다. 한구석에서는 피어싱 작업이 한창이었다. 사람들은 야광 빛 피어싱보다는 아무래도 금속제를 좋아하는 것 같았다. 어떤 빨강 머리의 여자애는 4센티미터 길이의 스트레이트 바벨*이 혀를 통과하자 갑자기 소리를 질렀다. 악! 그녀는 이미 배꼽과 눈썹, 코 등에도 링을 달고 있었다. 나는 그 피어싱 마니아의 외침에서 이상한 느낌을 받았다. 아마도 저 금속 링을 혀로 적실 때마다 그녀는 묘한 오르가슴을 경험하리라. 나는 지갑을 열어보았다. 빳빳한 5000엔짜리가 들어 있었다. 피어싱 시술 금액도 5000엔. 그 정도면 일주일은 버틸 수 있는 돈이었다. 아르바이트비가 열흘 뒤에 입금되기 때문에 나는 한참을 망설였다. 빨강 머리는 소독을 끝낸 후, 박힌 구슬을 앞니로 이리저리 건드려보고 있었다. 난 해방구가 필요했다. 16밀리미터 지름의 은색 비드 링을 가리키며 카운터의 여자에게 말을 걸었다.

　"이걸로 피어싱하고 싶은데요."

　"어느 부위죠?"

　"니플이요."

---

* 일반적으로 바벨이라 부른다. 양쪽이나 한쪽의 구슬을 돌려 뺀 다음, 제거 또는 착용할 수 있다.

"피어싱 처음 하시나요?"

내가 고개를 끄덕이자 그녀는 내게 서약서를 내밀었다. 인적 사항과 알레르기 여부 등을 체크하는 서류였다. 내가 그것을 다 작성하자 그녀는 나를 커튼이 쳐진 방으로 안내했다. 그곳에는 시트가 깔린 침대와 각종 바늘, 가재도구, 약품 등이 즐비했다. 그녀는 바늘 하나를 꺼내 알코올로 소독하기 시작했다. 그리고 빠르고 의례적인 말투로 말했다.

"윗도리 벗고 저기 침대에 똑바로 누우세요."

"다 낫는 데 얼마나 걸리나요?"

"완치되려면 3개월에서 6개월 정도 걸려요."

'뚫기도 전에 상처를 걱정하고 있다니' 하는 눈치였다. 나는 윗옷을 벗고 침상에 누웠다. 이상하게도 임신중절 수술을 하려고 병원에 온 여자가 된 기분이었다. 난 껄끄러운 행위를 하려는 게 아니야, 답답한 마음을 그냥 뚫으려는 것뿐이지. 나는 애써 자신을 위로하기 시작했다. 피어싱 시술자가 흰색 고무장갑을 낀 양손에 바늘과 링을 들고 다가왔다. 그녀는 내 상체를 바라보며 물었다.

"어느 쪽으로 해줄까요?"

나는 잠시 고민하다 대답했다.

"심장이 있는 쪽이요."

그녀는 잠깐 미소를 짓더니 내 왼쪽 옆구리 옆에 놓인 높은 의자에 앉았다. 그녀는 내 팔꿈치를 살짝 뒤로 젖힌 뒤 내 왼쪽 가슴에 바늘을 가져갔다. 그녀의 금속 스와치 시계가 겨드랑이에 가끔 부딪쳤다. 그녀는 우리가 만난 이후로 가장 친절한 목소리로 말했다. 아무래도 나를 안심시키려는 듯한 태도였다.

"조금 아플 거예요."

나는 고개를 끄덕이며 눈을 감았다.

몹시 피곤한 날이 아닌가. 언덕을 넘어 기숙사로 향하던 날의 기억이 떠올랐다. 나는 갑자기 미끈한 것을 밟고 앞으로 쭉 밀려 나갔다. 신발에 들러붙은 건 누런 가래침이었다. 나는 그 침 위에다 또 다른 침을 '캭' 하고 뱉었다. 젠장, 젠장! 그때부터 눈에 보이는 건 오로지 더러운 침밖에 없었다. 나는 침의 궤적을 따라가기 시작했다. 그리고 마지막 침 앞에서 거대한 침 괴물을 만났다. 침 괴물은 입에서 침을 뚝뚝 흘리고 있었다. 침에 산성이라도 있는지 침이 떨어지는 곳마다 부식되기 시작했다. 속이 울렁거렸다. 그 침 괴물이 내게 "하이!" 하고 인사했다. 내가 입술을 축이며 말을 하려는데 혀가 움직이지 않았다. 내 혀는 뱀처럼 두 갈래로 갈라져 있었다. 그런데 갑자기 혀가 엿가락처럼 길게 늘어나더니 내 몸을 친친 휘감기 시작했다. 바람이 자꾸 귓바퀴를 간지럽혔다. 장미 가시 숲에 누워 있던 고로케가 내 몸 위로 올라타더니 기다란 성기를 내 속으로 넣었다. 그의 손짓은 마치 플로피 디스켓을 컴퓨터에 인서트하는 것처럼 일상적이었다. 우리의 불합리한 섹스가 끝나고 나서 그는 나의 혀를 쓰다듬어주었다. 그리고

231

긴 바늘을 주머니에서 꺼내 혀를 한 땀 한 땀 꿰매 붙여주면서 말했다.

"좋았어?"

난 뭔가 말하고 싶었지만, 혀를 움직일 수 없었다. 그가 나의 허리를 감싸 안으며 말했다.

"넌 삐딱해서 매력 있어."

그는 내 허리를 제자리로 돌려놓으며 말했다.

"하지만 난 만화가 더 좋아."

무언가 내 팔 위로 떨어졌다. 나는 눈을 크게 떴다. 밑에서 올려다보니 피어싱 시술자가 입을 살짝 벌린 채 침을 흘리고 있었다. 그녀는 무아지경에 빠졌는지 내게 그런 무례를 저지르는 줄도 모르는 듯했다. 그녀가 입을 더 벌렸다. 그녀의 입이 적나라하게 보였다. 그녀의 입을 관찰하기 시작했다. 군데군데 썩은 이는 죽은 벌레처럼 보였고 헌 잇몸은 간경화 환자의 간처럼 보였다. 무엇보다 무서웠던 것은 그녀의 치아 교정기였다. 그녀의 작은 입과는 별로 어울리지 않을 만큼 교정기는 컸다. 마치 연약하고 솜털이 보송보송 난 양의 몸에 두른 철근처럼 보였다. 나는 그 부조화에 이가 떨리기 시작했다. 그 무거운 철근 덩어리가 내 얼굴 위로 무너져 내릴 것만 같았다. 나는 삼풍 사고의 마지막 생존자처럼 몸을 부르르 떨어댔다. 대체 이 위기를 어떻게 넘겨야 할까? 하지 못하겠다고 말해버릴까? 차라리 돈이 없노라고 말해버릴까? 그

철근 덩어리가 자꾸만 내 입의 상처를 건드린다고 말해버릴까? 아니, 그렇게 말하면 그녀가 내 입에 소금을 마구 뿌려댈 것만 같았다. 상처가 아물어도 상처받은 기억은 절대 잊지 못할 텐데. 난 목이 뻣뻣해져서 아무 말도 하지 못했다.

그때 내 휴대전화 벨이 울렸다. 두 달 만에 온 헨타이의 전화였다.

"저기, 죄송합니다. 전화가 왔네요. 피어싱은 나중에 할게요."

나는 피어싱 시술자에게 그렇게 말한 뒤, 옷을 대충 걸치고 냅다 바깥으로 뛰어나갔다.

"안뇽하시무니까?"

헨타이의 명랑한 목소리가 들려왔다. '안뇽하시무니까'는 그가 아는 유일한 한국어였다. 그의 목소리에서는 특이한 냄새가 났다. 그의 목소리가 귀를 간질였다. 왠지 모를 눈물이 나왔다. 언젠가 책에서 읽은 말이 기억났다. 울음은 붕괴의 표시라고. 내 안에 무엇인가가 성수대교처럼 서서히 붕괴해가나 보다.

"고마워. 헨타이."

"뭐가?"

"전화해줘서."

난 울면서 웃기 시작했다. 내 몸에서 이상한 변화가 일어날지도 모를 위험을 감수하면서.

"서클에 통 들르지 않아서 전화했어. 11월에 소케대 퀴즈 페스티벌이 열리거든. 두 달간 준비하는데 혹시 도와줄 생각 없냐고.

근데 우는 거야?"

"아냐."

"우리 만날까?"

나는 무기력하게 후후, 하고 웃었다. 헨타이도 따라 웃었다. 그
의 웃음소리는 포르테처럼 강력했다. 대장, 소장, 위, 간을 다 토
해버리고 미쳐버릴 만큼 소중한, 어떤 향수도 표현하지 못할 인간
의 냄새가 섞인 인간의 목소리. 난 그 기이한 목소리와 냄새의 조
화가 이루 말할 수 없이 좋았다.

12

모든 건 착각에 불과한가?

'세상에서 가장 에로틱한 화장실'에서 며칠이나 책을 읽어댔는지 모르겠다. 난 철저히 혼자였다. 가장 먼저 집어 든 것은 만화책들이었다. 나는 고로케 흉내를 내려고 했었다. 힘들었다. 그가 좋아했던 만화 〈판저 포!〉*를 세 권째 읽다가 집어 던졌다. 발가벗은 몸 위에 책을 주르륵 덮고 잠을 잤다. 등뼈가 휠 정도로 잠을 자고 나자 더는 잠을 잘 수가 없었다. 하지만 여전히 그 만화는 내

---

* 〈판저 포!(Panzer vor!)〉는 독일어로 '전차 앞으로'라는 뜻이다. 제목답게 독일 전차의 용전분투를 그렸다. 바바로사 작전으로 소련과의 전쟁이 발발한 후 최초의 전투를 경험한 주인공의 이야기를 다뤘다. 그는 소련 전선, 북아프리카 전선, 또다시 소련 전선, 조국 방어전을 겪는다. 미하엘 비트만, 알프레드 슈나이더 라이트, 루델, 하르트만 같은 전설적인 전쟁 영웅의 이야기를 다뤘다.

취향과 맞지 않았다. 어떤 발광을 해도 고로케와 나의 유사성을 발견할 수 없었다. 도저히 그의 그림자 흉내에는 재능이 없었던 거다.

새로이 눈을 떠야 했고 무엇인가를 해야만 했다. 나의 실체, 본질에 가까운 그 무엇에 다가가고 싶었다. 나의 본질이 무엇인가에 대한 질문에 우회적으로 대답할 방법이 하나 있었다. 내가 무엇을 잃어버렸는지 알아내면 된다. 내가 남과 어떻게 다른지 밝혀내면 된다. 내가 무엇을 욕망하는지 알면 된다. 쓰러지지 않기 위해 계속 자전거 페달을 밟는 것처럼, 강제적인 느낌이 날 정도로 그러한 노력을 하는 데 집착했다. 나는 학창 시절 내내 그런 것을 고민할 만큼 한가하지 않았다. 나는 그저 아무것도 깨닫지 못한 채 뭉크의 그림처럼 불안해하고만 있었다. 인큐베이터 아기처럼 알 수 없는 공간에 붕 떠버린 느낌이 들었다. 머릿속은 미로처럼 온통 복잡하게 얽혀갔다.

'미로는 결국 머릿속에 들어 있던 거구나. 보바들이 말했던 미로라는 건 어쩌면 외부에는 존재하지 않았던 것인지도 몰라.'

뇌의 지도 따윈 필요치 않았다. 평면도 찾기는 애당초 포기해버렸다. 그리고 우연히 이 방으로 들어오게 됐다. 이곳이 사이코가 말한 '분실물센터'와 어떤 관련이 있는지는 알 수 없었다. 그저 인생의 최고 절정기를 온갖 망상으로 채워야만 할, 엿같은 현실과 마주했다는 것만은 확실했다.

책을 읽는 것은 나쁘지 않았다. 나는 방대한 독서를 했다. 적어도 1000평은 될 법한 너른 공간에서 무기한 책을 읽는 기분은 묘했다. 마치 기다려도 기다려도 오지 않을 고도를 기다리는 기분이랄까? 어쩌면 그 '고도'가 내가 찾고 있는 그 무엇인지도 모른다. 책은 읽어도 읽어도 끝이 없었다. 스스로가 우주 속을 떠다니는 먼지처럼 하찮게 여겨졌다. 나는 용감하게도 《방법서설》을 꺼내 들었다. 그 책은 대학 입학 당시 어느 신문에서 필독서로 꼽은 것이었다. 데카르트와 대화하듯 큰 소리를 내며 읽기 시작했다. 마치 라면이 끓기를 기다릴 때처럼 설레기까지 했다. 하지만 곧 어떤 한계에 부딪혔다. 대체 그 모호한 문장들을 이해할 대학생이 과연 몇이나 될까? 그것도 데카르트는 '대륙적 회의주의'라고만 외워온 우리에게! 미친 짓이다. 내 손가락은 무려 열두 개나 되지만 세계에 대한 이해력은 데카르트의 12퍼센트도 안 되는 모양이었다.

나는 하이에나처럼 방을 돌아다니기 시작했다. 세 가지 의문이 들었다.

'난 어디서 왔고, 내가 있는 곳은 어디며, 앞으로 어디로 갈 것인가?'

그것은 인류의 학문 발전 방향과 흡사했다. 난 어려운 철학책을 꽤 읽은 사람처럼 그런 존재론적 의문을 품기 시작한 것이다. 개폼이 아닐 수 없다. 2차 대전 이후 시를 쓰는 건 사치라고 했던

한 사상가의 말이 생각났다. 이 모든 게 사치는 아닐까? 책은 딱 딱한 껍질에 갇혀 민생을 보지 못하기 일쑤인데. 혹은 뒷북만 치면서 마치 모든 것을 아는 양 으스대곤 하는데. 책이란 너무 오만한 사물 아냐? 나는 책의 오만함에 짜증을 내는 방식으로 자신의 오만을 희석하는지도 몰랐다. 하지만 그곳에서 내 짜증을 받아줄 사람은 아무도 없었다. 난 그저 아이스크림을 사달라고 졸라대는 어린애인 것이다. 난 정말 아주아주 중요한 문제를 잊고 있는 건 아닌가? 이번 달 기숙사비와 휴대전화 요금을 냈던가? 시키마 선생이 혹시 내게 F 학점을 주지는 않을까? 그런데 털어놓고 보니 마치 빚쟁이의 돈 계산만큼이나 자질구레하기 짝이 없다. 인생은 자질구레함 그 자체다. 어떤 고민도 인생의 자질구레함보다 위대하진 않다. 그래서 사람들은 삶보다는 죽음을 미스터리화하는 것인지 모른다. 죽음이라는 꿈의 세계에서 사람들은 더 자유를 느끼리라는 게 나의 추측이다. 하지만 고로케의 다잉 메시지처럼 죽음과 삶은 동전의 양면이다. '삶이냐, 꿈이냐'를 논하는 것은 어쩌면 시간 낭비인 셈이다.

나는 누워서 공중을 향해 시원찮은 한숨만 푹푹 퍼 올리고 있었다. 천장에는 물결무늬가 나타났다. 물결무늬가 사라진 곳에는 정사각형 모양의 칸이 보였다. 가로로 넷, 세로로 넷, 합쳐서 열여섯 개의 칸이었다. 나는 천장을 바라보며 일어서다가 갑자기 현기증이 났다. 관자놀이를 누르며 잠시 그대로 서 있었다. 그런데 놀라운 일이 벌어졌다. 지진이 난 것처럼 방이 몹시 흔들렸다. 책이 우수수, 소리를 내며 떨어지기 시작했다. 나는 머리를 감싸고 벽에 엿처럼 찰싹 붙었다. 하지만 내가 스파이더맨이 아니라는 사실만 확인했다. 나는 보기 좋게 아래로 떨어졌다. 샹들리에 위로 책이 떨어져 전구가 팡팡 소리를 내며 깨졌다. 소박한 세 개의 전등이 달린 샹들리에는 물구나무서기를 하는 것처럼 뒤집힌 채 바닥 한가운데 꽂혀 있었다. 파편의 열기 때문인지 바닥은 꽤 따뜻했다. 야광 도시에 들어올 때, 모래시계가 뒤집힌 것과 비슷한 경험이었다. 그때와 다른 점이 있다면 내가 심하게 다쳤다는 점이다. 나는 엉덩이뼈에 심한 타격을 입었다. 손가락 마디마다 깨진 유리 조각들이 잔뜩 붙은 채 신음하고 있었다. 열두 개의 손가락들이 저마다 신음을 내기 시작했다. 바닥을 털고 일어나려다가 다시 털썩 주저앉고 말았다. 아무래도 출구 자체는 의미가 없는 것 같았다. 천장에는 책들이 달랑달랑 붙어 있었다. 자연의 법칙은 무시하기로 작정한 방 같았다.

세상도 언젠가는 이렇게 우스울 정도로 바뀌겠지. 개벽 혹은 전복. 너무 우스워서 울음이 나고 말 거야. 세상과 해피 엔딩으로 작별할지는 알 수 없다. 하지만 어떤 결과든 난 아주 크게 울 것만 같았다. 그건 서럽다기보다는 몹시 우울하기 때문일 것이다. 내가 사전 통고도 받지 않고 세상에 났듯, 역시 사전 통고 없이 원래 상태로 돌아갈 것이기 때문에. 설령 내가 자살을 한다 해도 숨이 끊기는 시간마저 정할 수는 없으니까 말이다.

그때 바닥에서 이상한 불빛들이 오가기 시작했다. 사이키 조명처럼 현란한 불빛들이 도깨비불처럼 바닥을 어지러이 돌아다녔다. 나는 그 도깨비불이 내 엉덩이 밑을 통과할 때마다 깜짝깜짝 놀랐다.

"GAME START!"

오락실의 기계음이 들렸다.

오이쇼! 워류겐(昇龍拳)*, 아타타후겐(龍卷旋風脚)**, 아도겐(波動拳)***!!!

이번에도 사전 통보는 없었다. 누군가 또 장난을 치고 있는 게 분명했다.

"열여섯 개의 칸이 보입니까? 그 칸칸마다 상상력이 갇혀 있습니다."

"상상력?"

나는 섀도복싱을 하는 권투 선수가 된 기분이었다. 그 오락실 기계음이 계속 지껄이기 시작했다.

"지금부터 게임을 진행합니다. 간단한 빙고 게임이죠. 가로, 세

---

* 스트리트 파이터 게임의 승룡권. 실제 발음은 '쇼류겐'. 주먹으로 용이 승천하듯 공격하는 권법.
** 용권선풍각. 실제 발음은 '다쓰마키센푸캬쿠'. 용이 휘감듯 다리로 바람을 내며 도는 '회오리 바람 권법'.
*** 파동권. 실제 발음은 '하도겐'. 장풍을 뜻한다.

로, 대각선 어느 쪽이든 네 개의 퀴즈를 연속해서 맞히셔야 합니다. 아주 간단한 문제들이죠."

"왜 퀴즈를 풀어야 하죠? 상품이라도 줍니까?"

"당신의 잘못된 기억을 수정한 다음에야 최종 단계로 이동할 수 있기 때문입니다."

"빙고를 만들지 못하면?"

"'분실물센터'로 가야 합니다. 잊힌 기억을 되찾으러."

"대체 누구십니까? 여기는 대체 어디죠?"

"저는 퀴즈 관리책입니다. 이곳은 '패자 부활의 방'이고요."

"내가 패자란 말이에요? 퀴즈 문제는 푼 적도 없는데 무슨 승자, 패자가 있죠?"

"지금까지 수많은 질문을 받고도 퀴즈를 풀지 않았다니요?"

그가 오히려 화난 듯이 대꾸했다.

"문제를 선택해주십시오."

그의 말이 끝나기가 무섭게 바닥의 칸칸마다 환한 불이 들어왔다. 세 개의 칸에는 글자가 나타났다. 글자는 읽을 수 없는 단어들이었다.

"뛟캻뎒? 퉑안훗? 춊걍샹? 대체 무슨 뜻인지 알 수 없잖아요?"

"뜻은 분명히 있습니다. 다만 당신이 잘못 기억하고 있으므로 저런 식으로 표현되는 것뿐입니다. 이곳을 당신이 살고 있던 그 세계의 지식으로 대충 끼워 맞추려 하지 마세요. 어차피 당신은

241

진실을 완전히 알지 못해요. 그러면서 스스로는 마치 의식이 깨인 인간처럼 행동했었지요? 세상에 존재하는 기본적인 규칙마저 다 파괴하려고 들었지요? 기본적인 것도 모르면서 기본을 깨려 하다니 정말 무모하고 멍청한 짓입니다."

나는 마지막 동전을 꿀꺽 삼켜버린 공중전화 앞에 서 있는 기분이었다. 울컥 화가 치밀었지만 일단 기계음 저편의 인간을 존중하기로 했다. 그 인간도 이놈의 망할 야광 도시의 불쌍한 노동자일지도 모르니까. 임금 체납에, 비정규직 노동자일지도 모른다는 상상에까지 미쳤다. 그러자 목소리의 주인공에게 한없이 동정심마저 느끼게 됐다.

"좋아요! '춙곅깧' 문제로 내주세요."

사실 나는 그 단어의 소리를 발음해내고 싶었다. 발음한다는 것은 그 단어를 소유한다는 뜻일 것이다. 하지만 내 입에서 나온 소리는 그저 두세 살 아이의 옹알이에 불과했다. 나는 여섯 번째 손가락으로 단어를 가리켰다. 그는 내 말이 떨어지기가 무섭게 문제를 내기 시작했다.

"1번 문제."

"……."

"저기 깐 콩깍지가 네 콩깍지냐 내 콩깍지냐?"

"예?"

"시간 없습니다."

"그게 무슨 퀴즈 문제예요?"

아기의 울음소리가 들렸다. 상당히 신경에 거슬렸다. 나는 잠시 생각하다가 우물쭈물 대답했다.

"내, 내 콩깍지."

"땡! 다음 문제."

말도 안 돼.

"내가 그린 기린 그림은 잘 그린 기린 그림이냐? 못 그린 기린 그림이냐?"

"지금 장난하십니까?"

"시간 초과하셨습니다. 3번 문제. 저기 저 말뚝이 말 맬 말뚝이냐, 말 못 맬 말뚝이냐?"

"그만하시죠."

"이런, 세 문제 연속으로 틀리셨군요."

나는 주위를 둘러보며 흉기를 찾기 시작했다. 손바닥만 한 크기의 유리 조각을 움켜쥐었다.

"그럼 보너스 문제를 내겠습니다. 4번 문제. 당신이 등교할 때마다 아버지가 늘 외우라고 시킨 문장은?"

이번 문제는 쉽군.

"정신일도하사불성(精神一到何事不成). 정신을 한군데에 집중하면 안 되는 일이란 없다."

"딩동댕. 5번 문제."

나는 말굽자석에 끌려가는 핀처럼 속수무책으로 대응할 수밖에 없었다. 산이 있어 오르듯, 문제가 있기에 푸는 것뿐이었다. 나는 손에 쥔 유리 조각에서 힘을 뺐다.

"그림에 대한 설명으로 옳은 것은 무엇일까요?"

그의 말이 끝나자 바닥에 이런 그림이 나타났다.

1. 이것은 동그라미가 아니다.
2. 이 단면적의 에너지는 8과 1/2L이다.
3. 이 퀴즈의 정답은 불투명하게 존재한다.
4. 이 퀴즈는 당신을 놀리기 위해 만들어졌다.

나는 우물쭈물하다가 겨우 "답이 없는 것 같은데요" 하고 말했다.

"땡!"

"이런 젠장. 대체 무슨 기준으로 채점하는 거예요?"

"내 맘대로죠. 흠흠. 6번 문제는 듣고 푸는 문제입니다. 다음 중 고등학생이 학교에서 매 맞는 상황이라고 볼 수 있는 것은?"

효과음이 들려왔다.

"1번. 잘못했어요, 다신 안 그럴게요! 2번. 아저씨, 잘못했어요. 한 번만 봐주세요. 이년아, 가만있어봐. 아저씨가 기분 좋게 해줄게. 3번. 응애응애응애. 4번. 퍽! 퍽! 퍽! 뚝! 탁!"

마지막 효과음에서는 대걸레 자루로 엉덩이를 맞다가 대걸레가 부러지고 맞은 학생이 바닥에 쓰러지는 소리라는 느낌이 들었다. 나는 주저 없이 4번을 찍었다.

"딩동댕! 듣기 평가에 강하시군요. 7번 문제. 잔 다르크가 돌아가는 풍차를 향해 달려든 이유는?"

"풍차에 달려든 건 돈키호테 아닌가요?"

"오호! 딩동댕. 안 속아 넘어가시네요."

나는 부아가 나기 시작했다. 바닥에는 내가 맞힌 세 문제에 'O' 표시가 되어 있었다.

"한 문제만 더 풀면 빙고가 될 수도 있겠네요. 8번 문제는 주관식 문제입니다. 뫼르소가 뜨거운 태양을 보며 방아쇠를 당긴 이유는?"

나는 더 들어보지도 않고 대답했다.

"삶이 부조리하게 느껴져서."

"땡!"

나는 귀를 의심할 수밖에 없었다.

"땡이라니요? 카뮈는 대표적인 실존주의 철학자 아닙니까? 실존주의 하면 부조리, 맞잖아요?"

"지금 수능 언어영역 문제 풉니까? 뫼르소가 죽은 건 불쾌지수가 높아져서 짜증이 났기 때문입니다. 태양이 뜨거워서일 수도 있고 엄마 장례식 날 아무 생각 없이 섹스했던 일 때문에 죄책감이 든 탓일 수도 있죠. 그건 아무도 모르는 일 아닙니까? 그런 정답 같은 얘기는 정답 사회에 가서 따지세요."

그래, 내가 바보라고 생각하자. 저놈이 재수 없는 퀴즈 관리책이라서가 절대 아니다. 이 멍청한 오답 사회 탓도 아닐 것이다. 다 내가 삐딱하기 때문이다. 내가 세상을 삐딱한 눈으로 보기 때문에 이 잘난 세상이 삐딱하게 보이는 것뿐이다. 그래, 이 사회의 시스템은 너무나 완벽하다. 나는 그저 완벽한 시스템에 적응하지 못하는 열등한 인간이었다. 제기랄. 하지만 난 더 이상 참을 수가 없었다. 나는 유리 조각을 바닥에 내동댕이치며 말했다.

"이 개자식이 어디서 장난질이야?"

"오호. 욕지거리를 내뱉으셨군요. 더블 찬스 드립니다. 9번 문제를 맞히시면 점수가 두 배로 됩니다. 자연스럽게 빙고가 될 확률이 높아지겠죠?"

그 천연덕스러운 목소리에 나는 경기가 날 지경이었다. 게다가 아까부터 들리는 시끄러운 아기 울음소리가 듣기 싫어서라도 반드시 그 문제를 맞히고 싶었다.

"OX 퀴즈입니다. 인생은 살 만한 가치가 있는가, 없는가? 있으면 O, 없으면 X로 답해주세요."

후. 다시 허탈감에 빠졌다.

"또 함정에 빠뜨리려는 거죠?"

"속고만 사셨나?"

"글쎄요. 최고로 불행한 문제네요. 집을 뛰쳐나올 수도, 틀어박혀 있을 수도 없는 듯한 느낌이 드네요."

"포기하실 건가요?"

"가치가 있을 때도 있고 없을 때도 있으니까, 답은 세모로 하겠습니다."

"땡!"

땡땡땡땡땡…… 학교 종이 땡땡땡! 지겨운 '땡' 소리.

"안타깝습니다. OX 문제에서 세모처럼 어중간한 것은 답이 될 수 없다는 게 오답 사회의 규칙이지요."

나는 고개를 숙였다.

"저기 남자 변기가 보이시죠?"

사방을 둘러보니, 구석에 남성용 변기가 있었다. 언제부터 저곳에 변기가 있었지? 웃음이 피식 나왔다.

"변기를 위로 들어 올리면 작은 문이 나옵니다. '분실물센터'로 가는 지하 통로죠. 그냥 통로를 따라 쭉 걸어가시면 찾으시는 곳이 나올 겁니다."

나는 변기 근처로 갔다. 변기는 남자의 음모와 오줌 찌꺼기로 몹시 더러웠다. 왜 그런 물건 밑을 지나가야 하는지 알 수 없었다. 나는 고개를 돌리고 변기의 물을 내렸다. 그리고 밑에서부터 힘껏 들어 올리자, 과연 조그만 구멍이 나타났다. 걸어가기는커녕 겨우겨우 기어가기도 모자란 크기였다. 벌거벗은 몸 위로 통로의 바람이 쏴— 하고 불어왔다. 나는 양팔의 소름을 긁으며 무릎을 꿇었다. 뒤통수에서는 그 괴이한 기계음이 들려왔다.

"감사합니다. 항상 애용해주셔서 감사합니다."

이곳이 무슨 백화점인가? 참 나. 이제 저 괴성과도 끝이로세!

"안녕히 계시죠."

내가 고개를 돌린 순간 그의 마지막 말이 들려왔다.

"이상 제8의 모리였습니다."

그의 음성은 통로 끝 어딘가를 때리고 내 귓속을 마구 파고들었다.

13

인생이 장난 같지 않냐?

서클 멤버들은 두 달 뒤에 있을 퀴즈대회 기획 때문에 상당히 분주했다. 그날은 마시마로가 대회 기획 좌담회를 열었다. 대부분 3학년생이었고 1, 2학년 때 대회를 준비해본 경력자들이었다.

"전반적인 구상을 할 때가 왔어. 퀴즈 문제 출제, 득점판 등의 도구 제작, 정·오답 판정 방식, 음향, 무대, 조명, 대회 홍보 및 스폰서 섭외, 리허설 등 준비해야 할 게 한두 가지가 아니야."

마시마로는 어울리지 않게 심각한 표정으로 말했다.

"우선 작년 대회 기획자인 고바야시 상으로부터 노하우 한 말씀 듣고 시작하자."

아주 뚱뚱하고 안경을 낀 남자가 앞으로 나갔다. 그가 걸을 때마다 '쿵, 쿵' 하는 소리가 났다. 그는 도쿄대의 사카모토, 메이지대의 마쓰모토, 농공대의 이시카와와 함께 '대학 퀴즈 4강'으로 불리는 사람이었다.

"안녕하십니까? 법학과 4학년 고바야시 준이치입니다. 잘 부탁드립니다."

그는 135도 인사를 네 번이나 하다가 마지막에 마이크에 머리를 부딪쳤다. 몇몇이 웃음을 터뜨렸다. 그는 머리를 긁적인 뒤, 준비해 온 인쇄물을 나누어 주며 말했다.

"퀴즈 페스티벌의 일은 크게 기획, 섭외, 홍보로 나뉩니다. 우선 기획 스태프께 말씀드리겠습니다. '난 사람하고 얘기하는 게 쪽팔려서 섭외는 안 돼, 그러니 기획이나 해야지'라고 생각하는 사람도 계실지 모르겠네요. 하지만 솔직히 그런 사람은 기획 일에 적합하지 않습니다. 오해하지 말았으면 합니다. 좀 적극적이고 자신감을 가져달란 말씀입니다. 단, 서클에 얼굴을 잘 내밀지 않았는데 기획 스태프가 된 사람은 괜찮습니다. 이제부터 열심히 하면 되니까요."

그는 이렇게 말하고 턱을 좀 당기며 원고를 넘겼다. 턱살이 두 개는 접혔다.

"다음으로 섭외에 관한 문젭니다. 우선 섭외란 뭘까요?"

"시마다가 사토 미카에게 데이트 신청하는 거요."

마초가 능글맞게 말했다. 다들 웃었다.

"섭외란 기업과 교섭해서 상품과 돈을 얻어내는 일입니다. 일단 기업에 일일이 전화를 걸어서 기획 내용을 소개합니다. 말을 아주 잘해야겠지요? 섭외가 기획과 홍보 담당보다 어렵다는 생각은 하지 말았으면 좋겠습니다. 작년에 보니까 1학년 학생들 가운데 대기업 사람들과 얘기하다가 종종 우는 경우도 봤습니다. 섭외가 힘들긴 해도 퀴즈대회의 꽃이라는 생각을 하고 임해주세요. 아무튼, 그렇게 획득한 상품은 한곳에 보관하고 퀴즈대회 당일에 참가자들에게 전달합니다. 어떤 상품을 어떤 라운드에 배분할까, 패자 부활 상품은 무엇으로 할까, 기업에 보낼 사진은 어떤 시기에 찍는 게 좋을까 등등도 고민해야 합니다. 여기서 끝이 아니라, 페스티벌이 끝난 후 감사하다는 편지를 꼭 보내주세요. 아 참, 기업과 한 약속은 절대적으로 지키셔야 합니다. 이번 대회에서 끝나는 게 아니라 내년에도 이어질 수 있으니까 신뢰가 아주 중요합니다."

고바야시는 비지땀을 흘리기 시작했다. 마시마로와 시마다는 뭔가 열심히 수첩에 받아 적고 있었다. 나와 헨타이는 인쇄물에 낙서하고 있었다.

"다음으로 홍보 얘기를 하겠습니다. 홍보란 이벤트 날에 참가자를 모으는 일입니다. '지상 최대의 퀴즈 페스티벌' 어쩌고저쩌고 쓴 전단 및 입간판을 만들어야 합니다. 퀴즈연구회 홈페이지는 물론, 학내 출판 서클, 교내 신문사에도 미리미리 연락해야겠죠? 대회 일에는 학내에 〈울트라 퀴즈〉의 녹화 테이프를 틀거나 확성기를 사용하거나 해서 무조건 사람들을 모아야 합니다. 홍보는 아이디어가 생명이니까 기획 이상으로 창조 정신이 필요합니다. 아무튼 여러분, 팀워크가 중요합니다. 모두 열심히 해주세요."

뚱보는 이렇게 일사천리로 말한 뒤, 자리에 도로 앉았다. 마시마로가 다시 마이크를 잡았다.

"고바야시 선배, 감사합니다. 제가 구체적인 일정은 대충 이렇게 잡아보았습니다. 10월 중으로 스태프들에게 일을 배분하고 11월 3일부터 리허설을 하기로 합시다. 이의 있으신가요?"

마초가 손을 번쩍 들고 말했다.

"기획도 중요하지만, 기획자끼리 술 마시고 때리고 가라오케도 가고, 그렇게 신나게 놀고 싶은데."

마시마로는 평소와 달리 신경이 조금 날카로워졌다. 그는 코 평수를 한껏 벌리며 말했다.

"지금 기획 회의 중이잖아."

"선배 말대로 팀워크를 위해선 뭐니 뭐니 해도 술이지."

마시마로는 마초에게 장난스러운 말투로 "시끄러워!" 하고 외쳤다. 아무 말이 없던 머피가 눈치를 보며 말했다.

"내 생각에 작년 패자 부활전이 꽤 재미있었던 것 같아. 여러 만화 캐릭터로 코스프레를 하면 시각적으로 확 끌게 되고. 의상은 직접 제작하는 게 좋겠어. 작년에 사회자한테 반짝이 의상 입

252

히는 바람에 상당히 많은 돈이 들었던 기억이……."

"그건 네가 옷을 태워 먹어서지. 흐흐흐."

마초가 머피의 말을 가로채며 웃었다.

"올해는 제발 아무 일이 없어야 할 텐데."

2학년 에리카의 말이었다. 머피는 작년에 의상 담당이었는데 누군가 의상실에 몰래 버린 담뱃불 때문에 의상이 전부 타버렸다고 했다. 그래서 아키하바라의 코스프레 전문 매장에 가서 부랴부랴 비싼 옷을 사 왔다나? 그에게 '머피'라는 별명이 본격적으로 붙은 건 그때부터였다. 의상은 많은 이들의 우려에도 불구하고 다시 머피가 맡았다. 마지막으로 결정해야 할 사항은 사회자였다.

"사회는 누가 맡는 게 좋을까? 혹시 지원자 있어?"

마시마로의 말에 시마다가 대꾸했다.

"사토 미카!"

시마다는 아직도 그녀를 스토킹한다는 소문이 있었다. 미카는 얼굴을 찌푸렸지만 결국 하고 싶다고 말했다. 국어교육과 1학년인 그녀의 꿈은 아나운서였다. 그녀는 '미카는 너무 행복해!'라는 식의 3인칭 공주 어법을 사용하는 짜증 나는 애였다.

"작년에는 누가 맡았죠?"

미카가 물었지만 아무도 대답하지 않았다. 잠시 침묵이 흘렀다. 궁금해진 내가 물었다.

"누가 했는데 그래?"

마시마로가 약간 우울한 목소리로 대답했다.

"가쓰."

괜히 물어봤다는 생각이 들었다. 그는 확실히 대학 퀴즈계의 지존이었다. 게다가 그는 TV 출연도 여러 번 했기 때문에 학내에서도 꽤 유명했다. 여전히 화제가 되는 것은 그의 유해가 어디로 사라졌느냐 하는 것이었다. 강간당한 여학생의 원혼이 유해를 없애버렸다는 식의 괴이한 소문만 무성했다. 소케대의 추리소설 서클에서는 가쓰의 죽음을 배경으로 단편소설을 쓰는 게 유행이 될 정도였다. 아무튼, 그는 전설로 남게 될 것이다.

결국 여러 논의가 오간 끝에, 헨타이가 남자 사회자로 지목됐다. 배우 지망생이라는 이유였다. 대충 큰 건을 해결한 아이들은 기획, 섭외, 홍보 스태프들을 정하느라 분주했다. 내 일본어는 완벽하지 않았기 때문에 섭외나 기획을 하는 건 무리였다. 아까부터 나는 심심한 틈을 타, 마시마로를 스케치하고 있었다. 열심히 일하고 있는 모습이 굉장히 희귀해 보였기 때문이다. 그날의 좌담회가 거의 마무리되자 마시마로가 내게 왔다.

"난 짱은 그날 홍보를 맡아주면 좋겠는데……."

마시마로는 그렇게 말하며 내 스케치북을 슬쩍 보았다.

"엥? 이 나체화는 뭐야? 크크크."

"난 음란한 게 좋아."

"뭐? 역시 난 짱! 여전하구나."

마시마로는 누드 크로키가 몹시 마음에 드는 모양이었다. 그는 그림을 뚫어지게 보더니 깜짝 놀라 말했다.

"근데 이 사람, 혹시?"

"너야. '크게' 잘 그렸지?"

"한국어로 '헨타이'는 뭐라고 그래?"

"벼언태."

마시마로는 그림을 들고 사방에 보이면서 외쳤다.

"오난이는 '뵤온태'다!"

아이들이 폭소하며 주위로 몰려들었다. 나는 사람들이 많이 모여드는 파티는 싫다. 군중 속의 고독을 느끼게 하는 인공적인 분위기가 싫었기 때문이다. 이를테면 파티 혐오증. 하지만 퀴즈연구회 인간들의 파티라면 다르다. 그들 주변에는 늘 유머 귀신이 따라다녔다. 유머는 공격적인 사람들을 공격적으로 보이지 않게 만드는 신비한 힘이 있다. 우리의 페스티벌이 무척 기대되었다.

*

좌담회가 끝나고 나는 헨타이의 집에서 하룻밤을 보냈다. 그의 페니스가 나의 핏빛 버자이너 속에 박혔다. 솔직히 얘기하자면 사실 우리의 섹스는 언어 유희였다.

255

"······나는 너를 벽에 붙인다. 너의 몸은 바르르 떨리고 있다. 나는 너의 머리를 45도 정도 들어올린 뒤 키스를 한다. 너와 나의 점액이 섞인다. 마치 알코올램프에서 타고 있는 심지처럼 너의 혀가 내 입에서 녹기 시작한다."

"처음치고 정말 잘하는데."

"닥치고 너도 빨리 해봐."

"나는 정열적으로 너의 양 뺨을 잡고 침대에 너를 내동댕이친다. 너의 셔츠 단추가 바닥에 떨어지고 너의 브래지어 위로 계곡이 보인다."

"무덤이라고 해줘."

"알았어. 나는 골짜기 사이로 손을 집어넣고 무덤처럼 커진 너의 유두를 간질인다. 너의 콧바람이 내 앞머리를 간질인다. 나의 페니스는 마치 송곳처럼 너의 허벅지 사이에 꽂힌다."

"좋아, 좋아. 난 너의 미끈미끈한 순무 같은 페니스를 장난감처럼 잡고 서 있다. 네가 팽창할 때마다 나의 여섯 번째 손가락은 10대 아이처럼 방황한다."

"아주 시적인 섹스로군. 그렇담 나는 너의 브래지어를 머리 뒤로 넘기고 바다처럼 따스한 너의 가슴에 빠진다. 너의 젖꼭지가 나의 머리 위에 뿔처럼 솟는다. 나는 20년 전의 아기로 돌아가 탱글탱글한 엄마의 유두를 빨기 시작한다. 무가당 100퍼센트 우유를 빨며 나의 가슴도 부풀어 오른다."

"귀두에 빨대를 꽂고 너의 정액을 마신다."

"그건 좀 역겹다."

"그냥 가정이잖아."

언어 유희를 통해 우리는 서로의 결핍과 고독감을 놀이로 승화시켰다. 그런데 진짜로 흥분이 되는 이유는 왜였을까? 우리가 한 100년간 사랑해왔던 연인처럼 여겨질 정도였다. 내가 늘 인간관계에서 갈증을 일으킨 것은 관계 자체가 아니라, 어쩌면 스킨십 결핍 때문이었는지도 모른다. 우리의 관계는 '장자크 상페' 식으로 표현한다면 '속 깊은 이성 친구' 같은 것이었다.

"고로케, 정말 자살했을까?"

내가 허공을 쳐다보며 물었다.

"모르지."

"세상은 의문투성이야."

"맞아. 내가 아직도 대학에 다니는 거나, 시키마 선생이 계속 강단에 서는 거나……."

"시키마 알아?"

나는 반가운 마음에 벌떡 일어나 헨타이에게 물었다.

"물론 알지. 작년에 내가 그 자식 세미나 수업을 들었거든."

"어땠어?"

"완전히 쓰레기였지. 재단 비리와 관련도 많다고 하더군. 뒤를 캐면 캘수록 구린내가 나서 별명이 쿠사이*였어. 파하하하핫!"

호호호호. 나는 계속 웃기만 했다. 비웃음도, 호탕한 웃음도 아닌 어중간한 웃음이었다. 이 세상에서 내가 할 수 있는 일이라곤 그저 오줌을 싸듯 질질 웃음을 흘리는 일밖에 없었다. 헨타이도 맞장구를 쳤다. 우리는 죽이 맞는 커플이었다.

　"이번엔 '20대의 단어' 게임 해볼까?"

　헨타이는 게임을 좋아했다. 그가 제안한 게임은 20대를 좌지우지하는 화두를 나열하는 방식이었다. 외형상 '훈민정음 게임'과 '진실 게임'을 합친 것이다. 일본어 이외의 외래어를 쓰면 벌칙으로 자신의 비밀을 고백해야 했다. 규칙은 다음과 같다.

　'제한 시간 3분, 5초 안에 말할 수 있는 단어 말하기! 고백의 수위는 자신의 생활에 치명적일 정도로 높아야 한다, 절대 외부로 발설하지 않는다.'

　내가 먼저 시작하기로 했다. 헨타이가 구령을 외쳤다.

　"시작!"

　"혁명, 주변인, 광기, 미완성, 고독, 경계, 우울, 몽상, 서브컬처, 불안, 내적 갈등, 열정, 신기한, 이상한, 괴상한, 약한, 강한, 궁금한, 우울한, 유쾌한, 고독한, 세계적인, 편견 없는, 용감한, 의미심장한, 상상력 풍부한, 감수성 예민한, 날카로운, 촌철살인의, 기막힌, 당해낼 수 없는, 반역적인, 성적 소수자들, 기발한, 환상적

---

* 구린내 나다.

인, 미친, 철없는, 깨부수려는, 사이코적인⋯⋯."

"뿌~."

"앗! 젠장! 반짝반짝 눈동자, 뭔가 끄적댄 노트."

"뿌, 뿌~ 헤헤."

"노트가 외래어냐? 거의 일본어잖아."

"어, 또?"

"에이씨, 술, 담배, 중독, 속눈썹과 손톱, 수다쟁이들의 심리, 아메리카와 아프리카 대륙, 찰리 코프먼의 머릿속, 궁금증, 홈쇼핑 채널, 컴퓨터, 쿨한⋯⋯."

"이런, 안됐군. 벌써 열 개째야."

"에라, 모르겠다. 시계태엽 오렌지, 하루키, 마르케스, 척 팔라닉의 소설, 우디 앨런, 양치질, 시디플레이어⋯⋯. 이런 수식어로 나를 표현할 수는 없지만, 어쨌든 이것이 내가 정의한 20대야. 끝!"

"이거, 외래어가 셀 수 없을 지경이군. 근데 그런 게 정말 20대를 표현하는 단어라고 생각해?"

내가 고개를 끄덕였다.

"한마디로 '꿈'이네."

"그런 셈이지."

다음은 헨타이 차례였다. 이번엔 내가 구호를 외쳤다.

"준비, 땅!"

하지만 그는 눈알만 요리조리 굴릴 뿐 아무 말도 없었다. 3분이 거의 끝날 때쯤에야 헨타이는 입을 뗐다.

"반항."

"뭐야, 그게 다야?"

"응. 어쨌든 내가 이겼어. 난 외래어를 쓰지 않았잖아?"

"웃기시네. 5초 규칙은 어떡하고?"

"알았어! 그럼 공평하게 하나씩 고백하는 거로 하자."

헨타이는 선심 쓰는 양 말했지만, 나는 그의 능청스러움이 싫지 않았다. 아니, 오히려 난 그 능청 때문에 그를 좋아했다.

"좋아. 내가 먼저 시작할게. 음, 너랑 동거하는 상상을 한 적 있어. 키스도 해봤어."

"뭐? 나 좋아해?"

"그래. 하지만 내게 필요한 건 애인이 아니라 사랑이야."

"어쩌지? 난 마이를 좋아하는데."

"뭐야? 노브라? 걘 마시마로를 좋아하는 것 같던데?"

"알고 있어. 하하하, 마이를 좋아해. 나도 되게 유치하단 거 알아. 마이는 겨우 열여덟 살짜리 아무것도 모르는 애야. 인생이란 무엇인가에 대한 문제보다 무슨 화장품을 사면 코끝에 난 여드름이 사라질까 고민하는 애야. 게다가 걘 히라노를 좋아하는 것 같아. 난 히라노도 좋아한다고. 모자라긴 해도 정말 괜찮은 녀석이거든. 그걸 알면서도 마이가 좋아지는 건 어쩔 수 없어. 이건 정말 비밀로 해야 해."

"걱정하지 마. 꽁꽁 싸 가지고 한국에 가져갈 테니."

"고등학교 때 날 좋아하는 여자애가 있었어. 좀 불편했어. 그때 난 여자 친구가 따로 있었거든. 그 애가 나한테 편지를 보내올 때마다 여자 친구와 난 편지를 함께 봤지. 대부분 날 좋아한다, 어떡하면 좋냐, 뭐 이딴 식이었지. 아무튼, 날 좋아하지 말라고. 난 좀 비열하거든. 스스로 소름 끼칠 정도로."

"그렇게 위악적일 필요는 없어. 내가 널 좋아한댔어?"

"나랑 동거하는 상상을 한다며?"

"너뿐 아니라 마시마로, 마초, 심지어 시마다하고도 동거하는 상상을 해. 상상은 자유니까."

"시마다? 아이고, 대충 알겠다. 좋아, 시마다를 위해서 내가 깨끗이 물러나지."

잠시 침묵이 흘렀다. 우리의 관계는 여전히 미숙했다. 그 적막감은 날 우울하게 만들었다. 밤새도록 헨타이의 옆을 지켰지만 결국 제자리였다.

"네 집에서 살아도 되냐? 몇 개월만."

"정말 동거하자고?"

"돈이 별로 없어서 그래."

"맘대로 해."

드디어 기숙사와 안녕이다. 하하하하하하하하. 헨타이는 뭐가 좋은지 혼자 쿡쿡댔다.

다음 날 우리는 긴자(銀座)에 나갔다. 감기를 주제로 한 결석 사유서는 헨타이와 미리 적어둔 뒤였다. 긴자는 널찍한 길이 쭉쭉 뻗은 비즈니스가(街)였다. 사람은 많지 않았다. 오후 2시. 모두 열심히 직장이라는 괴물과 싸우고 있을 시간이었다. 헨타이는 지나가는 여자의 날씬한 다리를 가리키며 말했다.

"춥지 않을까?"

그녀의 미니스커트는 스타킹을 뒤집어쓴 강도처럼 우스꽝스러울 정도로 꽉 끼었다.

"은근히 따뜻해. 내 주위에는 일부러 스타킹 신는 남자도 있다고."

우리는 거리 정화 차원에서 긴자에 가벼운 장난을 걸기로 했다. 분주히 건널목 위를 움직이는 사람들 사이에서 우리는 마치 투명 유리판을 옮기는 인부같이 행동했다. 우리는 숨을 거칠게 쉬며 조심조심 가짜 유리를 움직였다. 헨타이는 배우 지망생이라 그런지 팬터마임에 능했다. 한두 번 해본 솜씨가 아니었다. 사람들은 우리 둘 사이에 있는 널찍한 가짜 유리를 피해 바깥으로 걸어 다녔다. 가끔 의심스럽게 우리 옆에 서서 가짜 유리를 바라보고 있는 사람도 있었지만, 여전히 먼 길로 돌아갔다. 신호등이 열 번이나 바뀌었지만, 유리 가운데를 용감하게 통과하는 사람은 없었다. 나는 유리를 조심스럽게 내리는 시늉을 하며 말했다.

"이 세상, 장난 같지 않냐? 코미디 같아. 블랙 코미디."

"인생을 너무 심각하게 살면 재미없어. 크크크."

헨타이는 유리를 발로 걷어찼다. 유리는 소리도 없이 박살 났다.

오후의 긴자는 죽은 동네였다. 빌딩과 백화점이 서로 키 재기 싸움이라도 벌이듯 높이 서 있었다. 나는 언젠가 대만의 그림책 작가 지미(幾米)의 《어떤 노래》라는 작품에서 본 그림이 떠올랐다. 빌딩이 우거진 강 위에 주인공이 튜브를 타고 동동 떠가는 그림이었다. 그의 그림은 마치 원하는 것은 다 이룰 수 있을 것처럼 보였다. 이토 준지의 공포 만화 같은 차원에서 살아가는 내게 지미의 동화 세상은 거짓말 같았다. 하지만 그것이 허구이기에 그의 그림을 옹호하고 싶었다. 빡빡한 세상 속에서 유유히 강물을 저으며 살고 싶었다.

나는 물살을 손으로 젓다가 우연히 큰 클립을 발견했다. 2층 높이에 매달린 거대한 클립. 이토야라는 대형 문구점의 상징이야, 라고 헨타이가 말해주었다. 우리는 가로수 밑에서 도둑고양이 한 마리를 잡았다. 그리고 이토야의 그 거대한 클립에 고양이를 얹어놓았다. 아니, 솔직히 말해서 고양이를 클립에 살짝 끼워두었다. 고양이는 거친 울음소리를 냈지만, 그것을 눈치채는 사람은 거의 없었다. 사람들은 각자의 일에 너무 바빴다.

헨타이는 가식적인 관계가 되지 않기 위해서는 서로의 '악마'를 끄집어내야 한다고 했다. 악마 놀이는 상처를 주기 위해 만들어진 것이었다.

"넌 못생겼어. 넌 일본어도 완벽하게 못 해. 특별히 잘하는 것도 없으면서 늘 불만투성이야. 착한 척만 해. 자학적이고 두려움도 많아. 철도 없고 허영심만 가득해."

　"넌 잘난 척이 심해. 이기적인 데다가 비열해. 가식적이고 이중인격이야. 대범한 척하면서 실은 아주 소심하고 속도 좁아. 자폐적이야. 철도 없고 허영심만 가득해."

　"그럼 우린 철도 없고 허영심 가득한 친구가 될 수 있겠군?"

　우리는 그렇게 평생 심한 상처가 될 정도로 서로에게 욕을 퍼부었다. 나는 마구 붕괴하는 느낌이 났다. 악마인지, 분노인지 모를 감정이 증폭됐다. 눈앞에서 알짱대는 것들을 가차 없이 부서뜨리고 싶었다. 그것이 눈에 보이지 않는 가치나 편견, 의식 따위일지라도 닥치는 대로 전복시키고 싶었다.

　우리는 처음부터 분노를 폭발시키지는 않기로 했다. 서서히 강도를 높여가면 되었다. 처음에는 장난처럼 하다가, 클라이맥스에 도달하면 참아왔던 모든 감정을 폭죽처럼 터뜨리기로. 우리는 마지막 과녁을 시키마 선생으로 정했다. 우선 '자유를 주는 상자'에 우리의 애장품들을 담았다. 〈자유〉라는 제목의 투신 자살자 그림을 상자 바닥에 깔았다. 그리고 많은 사람이 듣고 자살했다는 음악 〈글루미 선데이〉, 자살자가 많기로 유명한 금문교 다리 사진, 《자살》《자살의 문화사》《젊은 베르테르의 슬픔》《수레바퀴 아래서》《자살의 완전 분석》《헤이케 모노가타리 제4권》《단기

264

완성! 할복하는 법》《자살하는 24가지 방법》《의지와 표상으로서의 세계》 등의 책들을 넣었다. 내가 《로미오와 줄리엣》을 담으려 하자 헨타이가 말렸다.

"《인간 희극》이 낫지. 여기는 50명이 자살 시도해서 30명이 성공했거든."

30센티미터짜리 단도 와키자시도 넣었다. 상자는 금방이라도 터질 것 같았다. 시키마는 매일 그 그림과 책들을 보며 뭔가 강한 인상을 받으리라. 헨타이는 마지막으로 이런 편지도 썼다. '일이 발각되고 말았습니다. 11월 11일 5시, 대강당으로 오십시오.'

"무슨 일?"

"털어서 먼지 안 나는 사람 봤냐? 이건 일종의 미끼야. 뭔가 켕기는 짓을 했으면 제 발 저려서 오게 될걸?"

"일종의 선전포고네. 후후."

난 그의 재치에 웃음을 터뜨렸다.

14

여럿이 꾸는 꿈은 현실이 되는가?

'분실물센터'는 아주 이상한 곳이었다. 지하철역의 분실물센터 정도를 떠올렸던 내게 그곳은 거대한 화장실처럼 보였다. 사람들은 매우 많았고 모두 갓 태어난 아기처럼 발가벗고 있었다. 100명의 사람이 다양한 체위로 앉아, 한꺼번에 끙끙거리며 볼일을 보고 있었다. 그들은 다 함께 같은 꿈을 꾸고 있는 표정이었다. 아무도 수치심 같은 것을 느끼지 않았다. 멀리서 무언가가 자꾸 꺾어지는 소리가 들렸다. 그 소리 끝에는 천둥소리 비슷한 게 들렸는데 정확히 무엇인지는 알 수 없었다. 확실한 게 없다는 사실이 내게 자꾸 불안과 공포에 대한 상상을 불러일으켰다. 벽은 각종 낙서로 가득했다. 누군가 'The pain is short, but the satisfition

is forever'라고 써놓으면 바로 밑에는 누군가가 'satisfition →
satisfaction'이라고 고쳐놓는 식이었다. 고전적인 낙서도 많았다.
'혼자서 꾸는 꿈은 자기 혼자만의 꿈이지만 여럿이 함께 꾸는 꿈
은 현실이 된다(존 레넌)'라든가, 'K대에 가는 게 좋을까요, Y대에
가는 게 좋을까요?'라든가. '네가 그 대학에 들어가면 알려줄게'
라든가.

나는 천천히 사람들에게 다가갔다. 그들은 힘을 쓸 때마다 누
런색 줄을 잡아당겼다. 나는 땀을 뻘뻘 흘리고 있는 2 대 8 가르
마의 사나이에게 다가가서 물었다.

"더럽게 왜 여기서 다들 똥을 싸는 거죠?"

그는 내 질문에 힘들어 죽겠다는 듯 대답했다.

"저기 CCTV 보이죠? 저런 세계를 보고도 분노가 폭발하지 않
는단 말입니까? 우리는 변(便)이 아니라, 분노를 내뿜고 있는 거요."

나는 그가 가리키는 곳을 바라보았다. 거기에는 열여섯 개의
CCTV가 있었다. 그것들은 갖가지 영상을 내보내고 있었다. 한
결같이 죽는 순간이 짧게 반복되는 장면들이었다. 오른쪽 위에서
부터 반시계 방향으로 사람들이 죽어나갔다. 싸우고 죽이고 다리
밑으로 밀어뜨리고 총으로 쏘고 칼로 찌르고 목을 조르고 목구
멍에 총구를 집어넣고 음부 속으로 총을 쏘고 펀치, 펀치, 펀치!
꽥! 그들은 승자와 패자가 분명한 싸움을 하고 있었다.

"왜 줄을 당겨야 하죠?"

"다른 사람들이 그렇게 하니까 나도 하는 것뿐이에요. 앞서 당기고 있던 사람들이 그렇게 하는 게 좋다고 말했다고요."

그는 이렇게 대답한 후 "끄어억" 하고 크게 트림을 했다.

"누구와 줄다리기 시합을 하는 거예요?"

"시합이 아니라 그저 당기고 있는 것뿐이오. 이렇게라도 하고 있지 않으면 자꾸 이곳에 대한 환멸이 들어서."

"여기서 얼마나 계셨어요?"

"10년은 넘었죠. 이곳 생활은 너무 무료해요. 쓸데없는 책이나 비디오를 보고 사람들과 토론하는 일밖에 없어요. 나는 노동을 하고 싶단 말입니다."

그 순간 그의 입술 위로 땀이 주르륵 떨어졌다. 그는 파리를 잡아먹는 개구리 같은 동작으로 혀를 날름 내밀어 땀을 쪽 빨았다. 쩝쩝, 하고 소리까지 냈다.

"근데 혹시 저 모르시나요?"

나는 그의 얼굴을 바라보며 물었다. 그 남자는 정확히 가른 머리를 살살 쓰다듬으며 "모르겠는데요?" 하고 반문했다. 하지만 틀림없었다. 그는 고3 때 담임 이대팔 선생이었다. 기억에서 지워버리고 싶었던 그 자식을 이런 데서 만나다니. 눈을 크게 뜨고 그의 얼굴을 이리저리 뜯어보았다. 하지만 그는 주름살이 하나도 늘지 않았고 고등수용소 교도관 시절의 모습 그대로 재수 없는 표정을 하고 있었다. 그 두꺼비같이 생긴 얼굴은 보기만 해도 토할 것만 같았었다. 나는 오히려 그가 나를 알아보지 못하는 것을 다행으로 여겼다.

나는 앞으로 나아갔다. 그동안 만난 사람 중에 내가 아는 사람은 수십 명이 넘었다. 그리고 그들은 하나같이 환장하리만큼 보기만 해도 역겨운 얼굴들이었다. 나를 물 먹이거나 내 인생에 허락 없이 끼어든 자들이었다. 그들 덕분에 나는 인생의 동기가 '분노'라는 사실을 깨닫게 되었다. 인생에서 칼날로 깨끗이 도려내고 싶은 사람과 사물과 동물들. 그것들은 직간접적으로 내게 피해를 주었다. 그들에게는 실체가 없었다. 그들이 원하는 바가 있다면 오로지 고난도 가식의 기교로 이 빌어먹을 세상을 노련하게 살아가는 일이었다. 더 높은 곳으로, 더 중심적인 곳으로, 더 이슈가 되는 곳으로, 더 표준적인 곳으로, 더 강제적이고 획일적인 곳으로 세상을 몰고 가는 고장 난 자동차들이 되는 것이다. 결과는? 폐차장으로 보내주어야겠지. 이런 독설이 피해의식이 낳은 괴물이라고 한다면 나는 참을 수 없다. 그런 말을 하는 작자들은 상처가 무엇인지 제대로 모르는 자들이다. 일반적으로 상처에 무딘 순두부 같은 녀석들이나 상처 주기를 좋아하는 악당들이 그러하다. 상처는 독이다. 그래서 쉽게 중독되는 반면 빠져나오기 어렵다.

나는 수많은 인파를 제치고 앞으로 나아갔다. 땀구멍 속으로 온갖 잡담들이 벌레처럼 기어 들어오는 것만 같았다. '넌 안 돼, 넌 안 돼, 어쩌고 저쩌니까 이래서 저래서 안 돼!' 나는 여섯 번째 손가락을 목구멍 깊숙이 넣어 토해버렸다. 토사물들이 그 쓰레기들 위로 흩뿌려졌다. 그것들은 보기 좋게 그들의 머리 위에서 빛났다. 하지만 나는 여전히 내가 무엇을 찾고 있는지 몰랐다. 내가 하는 짓이라곤 오로지 해체 위의 해체, 그것뿐이었기 때문이다.

드디어 사람들이 당기던 줄의 뿌리를 알아내버렸다. 내 두 다리는 몹시 후들거렸다. 나는 마치 죽음을 눈앞에 둔 흑돼지처럼 소리를 빽빽 지르기 시작했다. 눈물이 마구 쏟아져 나왔다. 사람들은 잔인했다. 그들이 잡아당기고 있었던 그 줄은 가엾은 기린(麒麟)의 모가지에 걸려 있었다. 그 환상의 새! 사람들은 보이지 않는 것에 대해 잔인하다. 아무도 보지 못하는 곳에서 환상의 새는 모가지가 부러진 채 죽어가고 있었다. 사람들이 얼마나 억지로, 세게 당기고 있었는지, 새의 모가지는 톱질당한 통나무처럼 잘려버린 상태였다. 그 뭉툭하고 순두부 같은 머리와 감정들은 나약한 새 한 마리쯤 죽인다 해서 달라질 게 없겠지. 하지만 이 새가 겪었을 공포에 대해서 생각해봤어? 공포는 인간만의 것이 아니야. 환상의 동물은 환상의 공포마저 느껴. 너희는 극도로 변형된 공포 속에서, 왁자지껄한 상상을 하면서 치를 떨어보았냐?

세상이 아름답게마저 보일 정도로 내 정신력은 혼미해져갔다.

내가 어디에 서 있는가에 대해 곰곰이 생각하기 시작했다. 무엇을 찾는지 알기 위해서 '분실물센터'에 서 있다는 역설! '분실물센터'에서 물건을 찾으려면 무엇을 찾는지는 알아야 할 것 아닌

270

가. 세상에는 뒤바뀐 일들이 너무도 많다. 퍽퍽(fuckfuck)한 현실이다. 물구나무라도 서야 할 것 같다. 뒤집힌 역설들을 바로 잡기 위해서는.

나는 CCTV를 바라보았다. 폭력과 죽음이 난무했지만, 그것은 현실감이 있었다. '분실물센터'는 내 과거의 기억을 바로잡아줌으로써 나를 미쳐버리게 할 것이 분명했다. 생각해보니, '세상에서 가장 에로틱한 화장실'이란 어떤 변비 환자가 30일분의 똥을 싸대도 좋을 공간이었다. 그것이 이 거대한 화장실에서 사람들이 희망을 걸고 있는 유일한 이유일 것이다. 환자들은 막혔던 가슴이 다 뚫리리라 기대하겠지. 하지만 그들의 식습관을 바꾸지 않으면 그들의 항문은 다시 막히고 말 것이다. 폭력과 저항과 죽음이 난무하는 현실적인 공간으로 되돌아가기로 했다. 세상의 항문 같은 곳으로 돌아가는 게 더 나은 선택일지도 모른다. 보이지 않는 괴물보다는 보이는 괴물과 싸우는 일이 더 쉬울지 모르니까.

내가 건너온 세계로 되돌아가야만 했다. 주위를 두리번거리다가 '채변 봉투 연구소'라는 작은 부스를 발견했다. 그곳에는 연구소장이 코를 후비며 센터 데스크에 앉아 있었다. 그의 뒤에는 수천 개의 캐비닛이 빽빽하게 자리하고 있었다. 그가 일어서자 유난히 잘록한 그의 허리와 긴 페니스가 눈에 들어왔다.

"무엇을 도와드릴까요?"

"나가고 싶은데요. 이 화장실 밖으로요. 이제 이곳이 지긋지긋

합니다."

"게릴라 피시는 찾았습니까?"

"아뇨."

나는 손을 깍지 끼다가 문득 내 손가락을 바라보았다. 손가락 열두 개. 보바들은 그게 힌트가 될 것이라고 말했었다. 하지만 나는 도무지 그것과 게릴라 피시를 연결할 능력이 없었다. 한계를 인정해야 한다는 것은 슬픈 일이었다.

"그걸 줘보십시오."

소장은 내 손가락을 가리켰다.

"손을요?"

"아니, 전부는 필요 없어요. 단지 잉여 손가락 두 개만 필요합니다."

그는 마치 맡겨둔 반지를 도로 찾아가겠다는 전당포 손님처럼 이야기했다. 나는 손가락을 만지작거렸다. 할 수만 있다면 그것들을 순순히 돌려주고 싶었다. 어차피 처음부터 내 것이 아니었으므로.

"들어올 때 받은 물건은 내놓고 가셔야지요."

그는 내 여섯 번째 손가락 두 개를 서로 마주 보게 붙이고는 단단한 실끈으로 묶었다. 그리고 책상 위에 놓여 있던 작두 위로 손가락을 가져갔다. 나도 모르게 입이 벌어졌다.

"설마 자르려는 건……?"

272

내가 소리를 지르기도 전에 잉여 손가락들은 이미 실신해 있었
다. 그는 내 손가락을 살짝 잡고 무서운 속도로 작두를 내리찍었
다. 손가락과 피가 동시에 사방으로 튀었다. 그는 잘못해서 자기
배까지 그어버렸다. 내 손과 그의 배에서 동시에 피가 흘러내리고
있었다. 손가락 두 개는 책상 모서리까지 굴러가, 아슬아슬하게
버티고 있었다. 나는 그제야 통증을 느끼기 시작했다. 소장은 태
연하게 배에서 흐르는 피를 쓱쓱 문지르더니 말했다.

"가장자리 손가락을 자르면 손의 공격력이 약해지는 법이지요."

"으악! 아파. 내 손이……."

"통증을 가라앉히는 약을 주겠습니다."

그는 손가락을 무명천에 잘 쌌다. 그러고는 손가락의 바코드와
맞는 캐비닛을 찾는 듯했다. 뻑뻑, 소리만 내던 캐비닛 사이에서
그는 마침내 제대로 들어맞는 캐비닛을 찾아냈다. 그는 손가락이
든 무명천을 다시 곱게 싼 뒤, 캐비닛 깊숙이 밀어 넣었다. 그리고
그 안에서 작은 상자를 하나 꺼내 왔다. 상자는 마치 선물 상자처
럼 예쁘게 포장돼 있었다. 진통제를 기대했던 나는 미간을 몹시
일그러뜨리며 말했다.

"빨리 응급조치를 해주세요. 피가 너무 많이 나와요!"

나는 그에게 매달리듯 얘기했다. 그는 태연한 표정으로 그 상
자를 말없이 풀기 시작했다. 나는 가슴이 누룽지처럼 까맣게 타
들어가고 있었다. 손가락을 지혈하면 가운뎃손가락을 쳐들어 보

여주리라, 마음먹었다. 그는 상자 안을 보더니 살짝 웃었다.

"이게 당신에게 할당된 '자유를 주는 상자'요."

그는 이렇게 말하며 내게 상자 속을 보여주었다. 그 속에는 사람의 귀가 들어 있었다.

"이게 뭐죠?"

"고흐의 귀입니다."

나는 검붉은 피가 말라붙은 그 쭈글쭈글한 귀를 그저 바라보기만 했다. 그가 말했다.

"욕망이 너무 뚱뚱해지면 삶을 잡아먹게 되는 법이죠."

"뚱뚱한 욕망?"

"욕망이 지나치면 타인에게도 상처를 주니까요."

기괴한 모양의 귀를 눈앞에 두고, 그는 엉뚱한 소리를 지껄였다.

"내 손가락이 안 보여요? 지금 고통스러워하는 게 안 보이냐고요?"

"그렇다면 저들처럼 분노를 내뿜든가."

그는 힐끔 내 등 뒤쪽을 바라보았다. 쭈그려 앉은 채 눈물까지 흘려가며 수치심도 없이 똥을 싸고 있는 남녀노소들이 보였다.

"나보고 여기서 똥을 싸라고요?"

내가 그들을 뚫어져라 처다보며 물었다. 나는 사람들을 하나하나 똑바로 관찰하기 시작했다. 그들의 얼굴은 너무 울어서 퉁퉁부어 있었다. 처음에는 그 얼굴을 식별하지 못했다. 하나같이 추하고 일그러진 모습이었다. 그들은 서로 눈물을 닦아주기를 꺼렸다. 오히려 다가가면 이기적으로 발을 걸어차곤 했다. 그들은 서로를 할퀴고 싸우기 시작했다. 그중에는 할복하는 사람도 있었고 칼부림을 하고 총을 겨누는 사람도 있었다. 그들 간의 작은 전쟁은 내가 CCTV로 본 세상의 풍경과 하나도 다를 바가 없었다. 자해하고 소리 지르고 서로에게 욕을 해대고 싸우고 다시 상처를 내고 낙서하고……. 그들은 영원히 이 속에 갇혀 신음하라!

그들이 고집스럽게 혼자서 자기 눈물을 다 닦고 고개를 쳐들었을 무렵, 나는 새로운 사실을 알게 되었다. 그들은 모두 나였다. 나의 가장 역겨운 모습만을 닮은 타인이었다. 요컨대 그들은 나인 동시에 타인들이었다. 남의 상처보다 자기 상처에 골몰하고 있는 그들의 모습. 자타(自他)의 구분은 예전처럼 뚜렷하지 못했다. 어쩌면 그 둘을 구분하는 것은 어리석은 짓이다. 자신을 계속 고독하게 만드는 일은 나와 남을 구별하는 데서 오는 것인지도 모른다.

"제발 나가게 해주세요! 제발. 여긴 지옥이에요."

내가 애원하자 그는 애처로운 눈빛으로 말했다.

"채변 봉투를 내셔야죠."

나는 돌부리처럼 서 있다가 결국 구석에 가서 변을 보기 시작했다. 또 변비에 걸렸는지 똥은 좀처럼 나오지 않았다. 손가락이 다시 아파왔다. 나는 다시 한번 힘을 주었다. 이승만이 한강 다리 폭파하는 듯한 소리가 들리는가 싶더니, 묵직한 것이 바닥에 떨어졌다. 퍽(FUCK), 하고!

과연 내 항문에서 나왔나 싶을 정도로 무시무시하게 큰 덩어리
였다. 나는 그 길쭉하고 재수 없게 생긴 덩어리를 민감한 표정으
로 바라보았다. 그것은 한 덩이의 조각이었다. 내가 알고 있는 모
든 추악한 조형물들의 조합이었다. 유난히 조회 시간에 말이 많
았던 대머리 교장 선생부터, 돈만 알았던 꼴통 입시학원장 개 모
씨, 시험 때마다 '다음 중 XX라는 시어가 상징하는 바는?' 따위
의 판에 박힌 지식 퀴즈를 냈던 국어 선생들, 화가의 꿈을 포기
하게 만든 그 무능력한 미술 선생, 가식적인 학생상을 남발한 윤
리 교과서, 김장철의 배추 포기처럼 한데 뭉쳐 찍은 중학교 졸업
식 사진, 참고 서적 하나 바뀌지 않은 강의 노트를 자랑스럽게 갖
고 다니며 80년대 활약상을 읊고 다니던 노교수, 수업 시간에 화
장하기 바빴던 나와 상관없는 인간들, SKY 대학 출신이 아니면
상대도 하지 않던 콧대 높은, 나와 상관있던 여인네들, 커닝으로
학점이 높았던 쌍 모 씨, 무너져버린 책걸상, 찢어진 성적표, 깨져
버린 술병들, 깨진 술병에 발을 찔려 아파하던 엄마, 엄마의 몸에
붙은 먼지를 손으로 심하게 털던 아버지. 다카기 마사오 상이 없
었으면 빈농의 자식은 죽었을 거라며 홀로 다카기 상을 위해 울
었던 아버지까지. 내가 모두 잊어버렸다고 굳게 믿었던 기억들이
내 안에서 모두 한 덩이의 흉측한 괴물로 쏟아져 나왔다.

소장은 내 분노의 표출물을 유심히 살폈다. 그는 공원 청소를 하

는 아저씨처럼 진지한 태도로 그것을 커다란 채변 봉투에 담았다.

"대체 그건 어디에 쓰는 거죠?"

"당신의 의식 구조 분석을 위해 씁니다."

난 코웃음을 쳤다. 그는 다시 내 손가락을 하나하나 바라보며 말했다.

"한동안은 사라진 손가락이 마치 있다고 착각하게 될 겁니다. 손가락이 절단된 경험이 있는 사람은 누구나 그런 실수를 합니다. 때론 결핍감에 몸서리치는 날도 있을 겁니다. 죄의식을 갖지 마세요. 처음부터 아무도 어떤 식으로 살라고 강요하지 않았습니다. 좁은 기준으로 세상을 바라보면 세상이 한없이 좁아 보이는 겁니다. 무방비 상태에서 세상을 바라보세요. 인생을 포기하란 얘기가 아닙니다. 증오를 삭이라는 얘기도 아닙니다. 단지 인간은 누구나 결핍되고 모순된 존재라는 것을 인정하라는 얘깁니다. 그리고 용서하는 마음으로 저항하세요. 그토록 미친 듯이 살고 싶다면 죽음과 삶을 가르지 마세요."

사람들이 흘린 눈물로 바닥이 몹시 미끄러웠다.

"대체 문은 어디 있죠?"

"문은 없습니다. 입구와 출구는 막혀버린 지 오래예요."

"그럼 저는 어떻게 들어왔죠?"

"이 세계에 어떻게 던져졌는지는 저 밸브에 물어보세요."

그는 이렇게 대답하며 반대쪽 벽에 붙은 밸브를 가리켰다. 그것은 양변기에 붙어 있을 법한 손잡이식 철제 밸브였다.

"밸브를 내리세요. 뒤처리는 하셔야죠."

그의 말대로 밸브를 내리자, '쏴' 하는 소리가 들렸다. 변기의 물과 오물이 빠져나가듯 시원하게 '꼬르륵'거리는 소리가 났다. 난 뒤도 안 돌아보고 달리기 시작했다. 눈알이 터지는 찐득한 정원 숲을 지나 무작정 달렸다. 고요한 바다가 나타났다. 보슬보슬한 모래 알갱이들이 발가락 사이로 들어왔다. 분노가 죽어버린 평화의 바다. 물이 마른 신기루 옆에서 나는 신성불가침의 야생동물이 되어 기어다니고 있었다. 발이 소금물에 절어 단무지처럼 변해갔다. 미끈미끈하고 잘 빠진 뱀장어가 가끔 네 개의 발밑으로 지나가 하마터면 넘어질 뻔도 했다. 하지만 나는 겁먹지 않고 달렸다. 마치 달리기 위해 태어난 사람처럼 영혼의 페달을 밟아 앞으로 나갔다. 시원한 목캔디를 목구멍에 넣고 천천히 빨아 먹는 기분이었다. 갑자기 사이코의 얼굴이 생각났다. 그녀는 어디에서, 무엇을 하고 있을까, 왜 나를 이런 곳에 데려왔으며, 왜 그녀는 이상한 실수를 연달아 저질렀을까? 바코드는 정말 그녀와 나의 의식을 제대로 묶어주었을까? 그녀를 다시 찾고 싶었다. 혹시 내가 찾고 있던 것은 사이코가 아니었을까? 그녀의 사타구니가 떠올랐다.

15

참을 수 없는 존재의
역겨움을 느껴보았는가?

'소케대 퀴즈 페스티벌'의 날, 나는 머리부터 발끝까지 도라에 몽이 되어 있었다. 도라에몽 옷은 마시마로가 내게 빌려주었는 데, 내 옆에서 반나체의 산타 복장을 하고 있던 시마다와 함께 인 기 폭발이었다. 우리 옆에 와서 기념사진을 찍고 가는 사람들이 있을 정도였다. 마시마로는 확성기에 대고 "소케대 울트라 퀴즈대 회에 참가하세요!"라고 소리 질렀다. 1학년들은 부지런히 퀴즈대 회 팸플릿을 나눠 주었고 2학년들은 퀴즈 족보를 팔았다.

퀴즈대회에는 콘서트 표 2000장, 오다이바 스키권 10장, 자전 거, 게임 등 총상금 700만 엔이 걸려 있었다. 퀴즈대회 우승자에 게는 '무시무시한' 상품이 걸려 있었다. 뉴욕의 그라운드 제로 방

문권과 이란, 이라크, 시리아, 사우디아라비아, 쿠웨이트 등 중동 여행권이었다. 미치지 않고서야 테러 위험 지역을 가겠다고 나서는 이가 있을까? 그러나 1000여 석의 객석은 사람들로 이내 꽉 들어찼다. 대강당의 입구부터 사방의 벽에는 우리가 따낸 스폰서 광고가 다닥다닥 붙어 있었고 무대 뒤 창고에는 수없이 많은 상품이 주인을 맞을 준비를 했다.

"과연 누가 행운의 항공권을 가져갈까요?"

헨타이와 미카는 그런 엽기적인 발언으로 대회의 포문을 열었다. 예선전은 단연 고전적인 OX 퀴즈였다. 20여 차례 강당을 우왕좌왕하던 사람 중에 총 열여섯 명이 통과했다. 다음 준준결승전은 스피드 빙고 퀴즈였다. 최초의 우주인, 최초의 아프리카 탐험가, 올림픽에 가장 먼저 입장하는 나라 등을 알고 있는 잡식의 대가 여섯 명이 통과했다. 거의 50여 문제를 거친 끝에 사람들이 반 수 이상 탈락했고, 패자 부활전을 통과한 두 명을 합쳐 총 여덟 명이 준결승전에 진출했다. 무대 뒤에서는 사람들에게 줄 상품을 정렬하고 퀴즈 도구들을 운반하느라 정신이 하나도 없었다. 마시마로는 시마다와 함께 노트북 컴퓨터에 저장된 문제를 무대의 대형화면에 띄웠고 마초는 음향기기를 담당했다. 1부 순서가 끝나자, 1학년인 엔도와 고야마가 여장을 하고 나와서 만담 쇼를 보여주었다. 1학년들은 나름대로 준비한 대본과 춤으로 사람들을 웃겼는데 약간 처절하다는 느낌마저 받았다. 난센스 수준의 깜짝 퀴즈를 내자, 사람들은 염치, 체면 불고하고 미친 듯이 무대 위로 뛰어 올라갔다. 운이 좋으면 게임기를 받기도 했고 나빠도 상품권 정도는 타 갔다.

2부 순서의 첫 번째 관문은 준결승전이었다. 우리는 여덟 명의 후보가 앉을 여덟 개의 책상과 버저 장치를 준비했다. 30여 문제를 속도감 있게 해치우고, 총 네 명이 결승에 진출했다. 커튼을 닫고 우리는 책상 네 개를 원래의 위치로 갖다 놓았다. 1시부터 시작된 퀴즈 마라톤은 벌써 세 시간여를 훌쩍 넘겼다. 중간에 음향이 5분간 안 나왔을 때 헨타이와 미카는 얼렁뚱땅 썰렁한 유머를 주고받으며 위기를 넘겼다. 다행히 그보다 큰 사고는 없었다. 장내 열기는 점점 뜨거워졌다.

4시 45분이 되자, 나는 도라에몽 탈을 쓰고 장내를 바쁘게 돌아다녔다. '그'를 찾기 위해서였다. 3부의 최종 결승전이 시작되기 직전, '그'의 모습이 번쩍 눈에 들어왔다. '그'는 객석 맨 뒤의 기둥 옆에서 주위를 두리번거리며 서 있었다. 파마머리에다 적당히 배가 튀어나온 그는 틀림없이 시키마 선생이었다. 그는 정말 켕기는 짓을 한 사람의 표정으로, 불안하게 서 있었다. 나는 속으로 쾌재를 불렀다. 커튼 뒤에 잠시 대기하고 있던 헨타이에게 몰래 속삭였다.

"지금이야."

헨타이가 알았다는 듯 눈을 찡긋했다. 그와 사토 미카는 다시 무대 앞으로 나왔다. 헨타이가 손목시계를 보며 짐짓 놀란 듯 말했다.

"아이고, 벌써 시간이 이렇게 되었군요. 열기가 너무 뜨거워서 시간 가는 줄도 몰랐네요. 하하하……."

그가 너스레를 떨고 있는 사이, 나는 무대 밑으로 내려갔다.

"잠깐 열기도 식힐 겸, 즉석 관객 퀴즈가 있겠습니다. 도라에몽!"

헨타이가 호명하는 동시에, 나는 기다렸다는 듯 시키마가 서 있는 관객석으로 달려갔다.

"자, 여러분. 지금부터 도라에몽이 마음에 드는 사람 한 명을 선택할 겁니다. 선택된 사람은 무조건 무대 위로 올라와야 합니다. 과연 누가 퀴즈의 행운을 거머쥘 수 있을까요?"

슬금슬금 시키마에게 다가갔다. 그리고 그를 전리품 끌듯 질질 끌고 와 무대 위로 올려 보냈다. 당황한 시키마의 얼굴은 '난 편지를 받고 잠깐 왔을 뿐이야'라고 호소하고 있었다.

"자, 파마머리가 매력적인 관객이 올라오셨습니다. 성함은?"

헨타이는 마이크를 그에게 내밀고 능청스럽게도 이렇게 말했다.

"어디서 많이 뵌 분 같은데……. 아니, 이거 시키마 선생님이 아닙니까? 하하하!"

그러자 관객석에서 웅성거리는 소리가 들렸다. 이윽고 시키마를 알아본 아이들이 마구 소리를 지르기 시작했다. 시키마 선생님이시다, 뭐, 시키마 선생? 시키마래, 크크크. 다른 학교에서 온 아이들은 영문을 모른 채 시키마의 일거수일투족에 주목했다.

"이분은 우리 학교 일본문학과 시키마 교수님이십니다. 정말 기대되는데요. 뭐, 간단한 시사 상식 문제야 기본이시겠죠? 만약에 틀리시면 좀 안 좋은 벌칙이 있습니다, 괜찮으십니까?"

"예, 그야 뭐, 흐흐흠, 하하."

시키마는 어설프게 웃었다. 헨타이가 문제를 내기 시작했다.

"이번에 아프가니스탄을 침공한 대통령 이름은 무엇입니까?"

그사이 나는 무대 뒤로 갔다. 노브라를 비롯한 1학년생들이 상품을 정리하고 있었다. 내가 현수막 글씨를 쓰다 만 검은 페인트 통을 들자, 노브라는 '뭐지?' 하는 표정으로 나를 바라보았다. 나는 신경 쓰지 않고 통을 들고 무대의 커튼 뒤로 갔다. 헨타이는 시키마 선생에게 답을 재촉하기 시작했다.

"자, 선생님, 정답은?"

시키마 선생은 입을 약간 벌리고 눈을 요리조리 굴리기 시작했다. 장내 분위기가 금세 뒤숭숭해졌다. 설마 이런 문제를 모르리라 아무도 예상치 못했기 때문이다. 그들은 모른다. 시키마가 신문을 거의 읽지 않는다는 사실을.

"5초 세겠습니다."

하나,

시키마의 표정이 일그러졌다.

두울,

사람들이 웅성거렸다. 설마 저런 문제도 모르는 건 아니겠지?

세엣,

수군수군수군.

네엣,

"조지 W······."

시키마는 2 대 8 가르마를 연신 만지작거리며 망설였다.

다섯,

"크, 클린턴입니다. 조지 W. 클린턴."

오, 말도 안 돼. 설마 그런 대답을 할 줄은 꿈에도 몰랐다. 사람들이 박장대소를 터뜨렸다. 나는 민망해서 시키마의 얼굴을 쳐다볼 수도 없었다. 헨타이가 기다렸다는 듯 말했다.

"땡! 저런, 어떡하죠? 틀리셨는데요."

시키마는 얼굴이 빨개진 채 파마머리를 만지작거렸다. 헨타이가 '벌칙은······'이라고 말하기도 전에 나는 들고 있던 페인트 통을 시키마의 몸에 부어버렸다. 시키마는 시커먼 고드름처럼 얼어버렸다. 그것은 나의 첫 번째 퍼포먼스 작품이었다. 제목은 '마왕'. 나는 그야말로 아마조네스가 된 기분이 들었다. 관객들도 잠깐 얼어붙었다.

"저런, 시키마 선생님께서 틀리신 건 정말 의외인데요?"

나는 그의 축축한 양복 소매를 붙잡고 그를 다시 무대 밑으로 모셔다드렸다. 그의 양복에서 검은 물이 계속 뚝뚝 떨어지며 강당의 바닥을 어지럽히고 있었다. 사람들은 서서히 경직된 표정을 풀고 폭발적으로 웃기 시작했다. 나와 헨타이의 단막극은 그렇게 끝났다. 내가 잠시 한눈을 판 사이, 시키마 선생은 발자국만 여럿 남긴 채 어디론가 사라져버렸다.

그날의 퀴즈대회 우승자는 관서 지방 퀴즈연구회 대표인 나카무라 준코가 차지했다. 그녀는 '〈울트라 퀴즈〉에서 우승하는 게 소원이었는데 이런 영광을 누리게 돼 기쁘다'라며 울먹거렸다. 그녀는 중동 여행 표로 누구와 여행할 것이냐는 질문에 '아직은 죽을 생각이 없다'라고 말해서 좌중을 웃겼다. 아무튼, 우리의 퀴즈 대회는 성공적이었다.

대회가 끝난 후, 우리는 자축 파티를 하러 술집에 갔다. 아이들은 소케대 교가, 퀴즈연구회 노래, 시마다 송들을 부르며 환호했다. 남학생 스무 명 정도가 나를 행가래 쳐주었다. 공중 부양을 그렇게 높이 해보기는 처음이었다. 퀴즈연구회의 멤버들이 이렇게 대회에 매달렸던 것은 그저 대회를 잘 치러냈다고 자부하기 위해서였을 뿐이었다. 그들의 순수함은 나를 옥죄고 있던 어떤 쇠사슬을 '딱' 하고 끊어주었다. 50여 명의 살아 있는 시체들은 한국에서 온 이방인을 위해 "난 짱 만세!"를 외쳐주었다. 나는 속으로 '축제는 끝났어'라고 중얼거렸다. 서로의 승리를 축하해주는 동안 우리는 각자의 성별이나 국적 따위의 허물들은 전부 집어던져버렸다. 살기로 마음먹은 날이 이제 겨우 한 달 남았다는 사실이 나를 슬프게 했다. 내 마음속에서는 몇 가지 고민이 요동을 치고 있었다. 1년 전에 했던 확고한 계획에 대해 확신이 점점 줄어들고 있었다. 그건 모두 퀴즈연구회 사람들 때문이었다. 그들은 하늘이 내려준 종합 선물 세트였다. 내게 그토록 열렬한 지지를 보내준 사람들은 없었다. 무엇보다 헨타이는 내 인생 한가운데를 푹 쑤시고 들어온 일본도였다. 나는 그와 같이 극렬한 체험을 해본 적이 없었다.

몇몇 친한 친구들은 마시마로의 집으로 갔다. 어차피 다음 날은 휴일이었기 때문에 다들 미치도록 마시기 위해서였다. 마시마로의 집에는 남은 상품들로 가득했다. 대부분 열쇠고리나 인형 따위의 것들이었다. 마시마로는 내게 검은 개 인형을 기념으로 주었다. 모두 맥주를 몇 캔 마시고는 결국 피곤함에 지쳐 잠들어버렸다. 헨타이와 마시마로는 커플처럼 나란히 누워 자기 시작했다. 긴 하루였다.

불이 꺼졌지만 나는 쉽게 잠들지 못했다. 노브라도 뭔가 고민이 있는 얼굴로 눈을 말똥말똥 뜨고 있었다. 그녀는 요새 계속 저기압이었다. 나는 노브라에게 휴대전화 메시지를 보냈다.

"안녕!"

노브라가 메시지를 확인하더니 나를 쳐다보며 웃었다. 난 '1분 안에 노브라 웃기기' 작전을 시도했다. 나는 목소리를 최대한 낮춰 이야깃거리를 풀어놓기 시작했다.

"얼마 전에 〈입사 면접〉이란 영화를 보고 있는데 네 생각이 나더라."

"그런 영화가 있었나?"

그녀는 고개를 갸우뚱했다.

"에로 비디오."

"역시. 난 짱다워."

"정말 웃기더라. 내가 본 에로 비디오 중에서 최고였어. 에로가 아니라 코미디 영화를 본 것 같아."

"어떤 내용이었는데?"

나는 그때의 아련했던 추억을 떠올리며 대답했다.

"한 남자가 여자 상사와 일대일 면접을 보고 있었어. 처음엔 평범하게 여자가 남자한테 학력, 가족, 지원 동기 등등 쓸데없는 것을 물어보았어. 남자는 존댓말을 깍듯이 해가며 공손히 대답했고. 거기까진 좋은데 말이야, 으하하."

난 극적인 코미디를 만들기 위해 잠시 뜸을 들였다.

"궁금하게 만드네."

"여자 상사가 드디어 흑심을 드러내기 시작하는 거야. 갑자기 그 여자가 자리에서 일어나 남자의 몸을 일으켜 세우더군. 그리고 막 덥다고 호들갑을 떨면서 재킷을 벗어 던졌어. 그러니까 남자도 눈치를 몇 번 보다가 결국 따라 벗더군. 여자는 남자의 손을 자기 몸에 갖다 댔어. 남자는 그제야 눈치챘다는 듯이 이렇게 말

287

했어."

"뭐라고?"

"저, 셔츠를 벗겨도 됩니까?"

노브라가 살짝 웃었다.

"가장 웃겼던 부분은 그녀의 팬티를 벗길 때였어. 그 남자는 입사만이 아니라 섹스도 초보였나 봐. 옷이 잘 벗겨지지 않으니까 이러는 거야. '이거 죄송합니다. 팬티 좀 벗어주시겠습니까?' 애무하려고 할 때도 '저, 겨드랑이가 보이게 팔 좀 들어주시겠습니까?' 이러더라. 하하하. 섹스를 너무 공손하게 하지 않냐?"

노브라도 꺽, 꺽, 목으로 숨 넘어가는 소리를 내며 웃기 시작했다. 몇 명이 반대편에서 몸을 뒤척거렸다. 나는 노브라의 급소를 찌르기로 했다.

"혹시 좋아하는 사람 있어?"

"엥?"

"혹시 서클 회장이라든가."

"히라노 상?"

"……."

"괜찮아. 말해봐."

어디선가 침을 꿀꺽 삼키는 소리가 들렸다. 노브라가 너무 깊이 생각하는 것 같아서 내가 다시 재촉했다.

"혹시 헨타이 아냐?"

"다카쿠라 상? 절대 아니야. No!"

"왜?"

"다카쿠라 상은 몸에서 이상한 냄새가 나서 싫어."

노브라는 싫은 기색이 역력했다.

"무슨 냄새?"

"냄새 안 나? 가까이 앉으면 퀴퀴한 냄새 나잖아."

"그, 글쎄. 요새 코감기에 걸려서. 걔가 잘 안 씻고 다니긴 해."

나는 늘 써먹던 거짓말을 둘러대며 말했다. 대체 그에게서 어떤 냄새가 난단 말인가?

"맞아. 난 샴푸 향기 나는 사람이 좋단 말이야."

"하지만 헨타이는 잘생겼잖아. 나름대로 유머 감각도 있고 머리도 좋고 그만하면 괜찮은 애잖아."

나는 애써 난세를 뒤집으려 했다. 그것은 마치 난파된 배를 반창고로 붙이고 거꾸로 뒤집으려는 격이었다.

"다카쿠라 상은 좀 남성주의적인 것 같지 않아? 나폴레옹을 존경하는 것도 그렇고. 난 좀 거친 편이라서, 감수성이 여리고 생각이 깊은 사람이 좋단 말이야. 남존여비 사상이 있는 사람은 정말 싫어해."

난 좀 알 것 같았다. 헨타이가 나폴레옹을 이유 없이 좋아하진 않을 테니까. 내가 아버지를 이유 없이 싫어하지 않는 것처럼.

"난 짱."

노브라가 나를 부르는 목소리가 고토처럼 가늘게 떨렸다.

"이건 정말 비밀인데……."

그녀는 조금씩 훌쩍거리기 시작했다. 나는 당황해서 그녀 쪽을 돌아보았는데 그녀는 정말 울고 있었다. 휴지를 겨우 찾아내 건네주었다.

"왜 그래?"

그녀는 코를 풀며 말했다.

"오늘따라 가쓰 상이 생각나네. 실은 그 여학생, 가쓰 상한테 강간당한 여학생 말이야."

……라는 부분에서 나는 불길한 예감이 들었고,

"그중의 하나가 바로 나야."

……라는 대목에서 뒤통수를 맞은 기분이었다. 위와 창자와 십이지장과 간, 쓸개가 모두 주저앉는 듯한 느낌을 받았다. 그녀는 내 호기심의 끈을 은밀한 제스처로 자꾸 끌어냈다.

"근데 실은 말이야. 난 언제든지 준비돼 있었어. 사실 난 가쓰 상을 보는 순간부터 좋아했거든."

"그, 그랬어?"

완전히 헛다리를 짚었었구나. 그런 줄도 모르고 나와 헨타이는 상상화를 그렸던 거군.

"가쓰 상한테는 5년 넘게 사귄 애인이 있었어. 하지만 언젠가 그가 나를 원하면 언제든지 그를 받아들일 생각을 하고 있었어.

나는 그를 너무 사랑하니까. 학교 강당에서 단둘이 만났을 때, 난 기회가 왔다고 생각했어. 몹시 떨고 있는데 그가 나를 가지고 싶다고 했어. 난 맘속으로 진지하게 울고 있었어. 기쁨인지, 안타까움인지, 노여움인지 한마디로 정의할 수 없는 어려운 감정이 밀려왔어. 난 정말 몰랐어. 그 사람이, 그 아름다운 사람이 강간 서클 멤버일 줄은, 내가 강간을 당하고 있던 사실은, 꿈에도 몰랐어. 나는 그가 정말 나를 사랑하기 때문에 그러는 줄 알았어."

어둠 속이었지만 나는 그녀가 얼마나 울음을 참고 있는지 느낄 수 있었다.

"가쓰 상, 왜 죽었을까? 죽고 싶은 건 난데……. 안 그래, 난 짱?"

나는 그녀의 작은 어깨가 위아래로 움직이는 운동을 지켜보고 있었다. 나는 한숨을 쉬며 그녀의 어깨를 다독였다. 우리는 서로의 구덩이로 깊이깊이 빠지지 못하도록 서로의 어깨를 꼭 감싸 안았다.

*

"앞으로 뭘 할 거야?"

내가 헨타이에게 물었다.

"말 안 했었나? 내 꿈이 배우라고."

291

"너도 꿈이 있었어?"

헨타이는 내 머리카락을 잘근잘근 씹기 시작했다.

"머리카락은 왜 씹어?"

"그럼 머리를 씹어줄까? 흐흐흐."

"쳇."

"스물 몇쯤 된 사람들에게는 어떤 공통점이 있어. 스물세 살에 카프카는 변호사 사무실의 서기로 일하면서 글을 썼어. 일과 노동의 분립이 어려워 고생스러워했지. 조지 오웰은 유럽에서 부랑자로 살더니 〈파리 런던 방랑기〉라는 첫 소설을 냈어. 고흐는 화상 점원, 목사로 일한 적도 있어. 넌 삶과 꿈 중 무엇을 택할래?"

헨타이는 가방에서 뭔가를 꺼내더니 내게 던졌다. 그것은 그가 직접 쓴 단편소설들이었다.

"지금 당장 내면 아쿠타가와상 그냥 타는 건데……."

"배우가 꿈이라면서 소설은 왜 써?"

"단순하긴. 궁금하면 우디 앨런에게 물어봐. 배우든, 감독이든, 소설가든 인생을 이해하지 못하고 어떻게 예술가가 되겠어? 난 나의 가능성을 넓히기 위해 퀴즈연구회에 들어왔어. 너무 자신의 우주를 좁히지 말라고."

자신만만한 헨타이의 소설은 질적으로 형편없었다. 어느 날 곰으로 변한 주인공이 친구들에게 전화를 걸어 자신의 변신을 알린 뒤 퀴즈대회에서 우승하게 된다는 황당무계한 내용이었다.

"판타지네."

"리얼리즘 소설이야. 원래 이 세상엔 말도 안 되는 일이 일어나
게 마련이야. 그래야 덜 심심하지."

"말도 안 돼."

잠시 침묵이 흐른 뒤에 내가 말했다.

"이제 와 얘기지만, 살면서 너처럼 잘 맞는 친구를 만난 적이
없어."

"나도 마찬가지야. 가끔 쌍둥이 같단 생각이 들어."

"너도 그랬어?"

"우리 일생의 친구 하자. 난 한국어 마스터할게."

헨타이는 웃었지만 나는 울고 싶어졌다. 다시 짧은 침묵이 흐
른 뒤, 그가 갑자기 심각한 목소리로 물었다.

"나한테 이상한 냄새가 나?"

"냄새는 몰라. 감각은 원래 믿을 게 못……."

나는 그렇게 말하다가 얼굴이 확 달아올랐다. 헨타이가 뒤로
발라당 누우며 중얼거렸다.

"마이가 미치도록 미워졌어."

"혹시 우리가 한 말 다 들었어?"

"엿들어서 미안해."

"어젠 그냥……."

나는 뭔가 변명을 하고 싶었다. 하지만 노브라의 얘기를 듣고

눈물이 쏟아질 것 같아 밖으로 뛰쳐나가고 싶어 죽을 뻔했다고 고백하는 헨타이 앞에서 거짓을 꾸며대기는 싫었다.

"내가 남존여비 사상이 그렇게 강해?"

"그런 경향이 없진 않아."

"치. 내가 걜 위해 어떻게 했는데⋯⋯."

"이해해."

"이해한다고? 네가 뭘 이해하냐? 네가 진실을 아냐? 하하하."

그는 비웃듯 이렇게 말한 뒤, 벽에 붙은 나폴레옹의 초상화를 뚫어지게 쳐다보았다. 그러다가 벌떡 일어나더니 자기가 가장 아끼는 초상화를 찢기 시작했다.

"헨타이, 왜 그래?"

그는 더욱더 미친 듯이 포스터를 찢어댔다. 종이가 북북 찢기는 소리를 들으니 쓸쓸함이 더해졌다. 헨타이가 겪는 고통은 종잇조각들이 대신 전해주었다. 난 가슴 한구석이 뻥 뚫린 기분이 들었다. 구멍이 뚫린 것은 내 육체뿐만이 아니었다. 포스터가 사라진 자리에 구멍이 나타났다. 가로, 세로 1미터가 안 되는 직사각형의 구멍이 보였다. 그는 벽 속에서 길쭉한 무언가를 앞으로 끌어당기기 시작했다. 나는 그의 표정을 보고 싶었다. 하지만 그는 시종일관 뒷모습만을 보이며 뭔가를 꺼내느라 애를 쓰고 있었다. 묵직한 것이 힘겹게 끌려 나오는 소리가 났다. 마치 가야금을 투명한 비닐로 싸놓은 것 같은 형상. 나는 그의 옆에 엉거주춤 서서 그것을 지켜보았다. 비닐 바깥으로 곰팡이가 언뜻언뜻 비쳤다. 그가 너덜너덜해진 비닐을 벗겼다. 그것은 가야금처럼 과히 낭만적이지 않았다.

"냄새 때문에 죽는 줄 알았네."

그는 코를 쥐며 방향제를 마구 뿌렸다.

"너…… 미쳤구나!"

가야금은 다름 아닌 가쓰였다. 뻣뻣하게 굳은 채 침묵하고 있는 가쓰. 썩어 문드러진 그의 살점이 살짝 바닥에 떨어졌다. 그의 육신은 썩을 대로 썩어 있었다. 나는 기겁을 하며 한 발 뒤로 물러섰다.

"대체 이게 뭐야?"

"굳이 말할 필요는 없다고 생각했어."

"내가 냄새를 맡을 수 없어서? 왜 말하지 않았어?"

"묻지도 않았잖아?"

"다들 가쓰의 시체를 찾고 있었잖아!"

"……."

"너무해. 말도 안 돼. 얼마나 된 거야?"

"6개월."

그 말은, 나도 가쓰의 시체와 함께 3개월을 지냈다는 얘기였다. 나는 자리에 주저앉고 말았다. 한기가 나서 담요를 덮고도 오들오들 떨렸다. 나는 그에게 계속 욕을 해댔다. 지금까지 쌓아온 모든 신뢰가 다 무너지는 느낌이 들었다. 예전부터 들려오던 붕괴의 소리는 그 상황을 대비하기 위한 전초전이었다는 생각이 들었다. 내가 더는 씨부렁거리지 않게 되었을 때, 헨타이는 내게 뜨거운 커피를 타 주었다. 그는 커피를 마시는 내 입을 물끄러미 쳐다보며 말했다.

"네 입술은 참 섹시한데 말이야. 네가 조금만 더 여성미를 가꾸면……."

"짜증 나는 자식이네. 지금 농담이 나와?"

나는 피식피식 웃어대는 헨타이를 향해 벌처럼 쏘아댔다. 그는 잠시 그대로 있다가 뒤로 벌러덩 눕더니 옛날 옛적 이야기를 하기 시작했다.

"중학교 때부터 동창이었어. 가쓰는 그때부터 쭉 영웅이었지. TV 퀴즈 프로그램에서 우승할 때도, 전교 회장을 할 때도, 수석 졸업을 할 때도, 걘 줄곧 동경의 대상이었어. 노무라가 걜 좋아한다는 사실을 알기 전까진."

난 웃음이 터져 나왔다. 사람이 슬퍼해야 할 때 웃는 것은 미쳤을 때뿐이다. 죽음이란 이 세상에서 가장 우스꽝스러운 것이란 말이 생각났다. 나는 죽음을 웃었다. 하지만 광기는 오래가지 않았다. 정신을 차렸을 때 헨타이는 울고 있었다.

"하지만 어제 다 알아버렸어. 노무라는 가쓰에게 강간당한 게 아니라 그와 그저 사랑을 나눴을 뿐이란 걸."

"뭔가…… 엉망진창이야. 뒤죽박죽. 너도 우리 머리 위를 밟고 있는 사람들을 동경했었니? 표준 인간들, 어쩌고 하면서 넌 특별한 척했잖아. 너, 지금 OX 퀴즈 내는 거지? 어떤 게 진실이고 거짓인지 맞혀보라고 그러는 거지?"

나는 스스로 질문하고 있었다. 세상은 비비 꼬여 있는데, 그것을 반대로 꼰다면 과연 세상이 제자리로 돌아오게 될까? 나는 고개를 저으며 말했다.

"왜 그랬어?"

"소유하고 싶었어, 가쓰라는 존재. 그냥 보통의 소유욕 있잖아. 책이나 가방을 사고 싶은 것, 좋아하는 여자애를 갖고 싶은 것, 온갖 잡지식을 소유하기 위해 퀴즈를 푸는 것과 똑같은 심리야."

"시간(屍姦) 했어?"

"그런 짓은 안 했어. 난 게이는 아냐. 그저 가쓰에 대해 조금 질투하고 있었던 것 같아. 걔는 항상 내가 원하는 것을 다 얻었거든. 세상이 불공평하다고 생각했어."

그는 계속 아무렇게나 지껄였다.

"사람을 모욕하는 방법으로 그 사람을 소유할 수 있다고 생각하냐?"

"오해하지 마. 난 그가 미치도록 밉다는 얘길 하는 거야. 그래서 미치도록 소유하고 싶었지."

"누구를 소유하겠다는 생각은 바보 같아. 사람이 물건이냐?"

297

"너도 시키마를 물건 다루듯이 했잖아!"

그 순간 나는 뜨거운 커피에 혀를 데었다. 혀가 얼얼해지기 시작했다.

"너도 공범이잖아. 게다가 그건 장난이었다고. 난 그 사람을 모욕하는 것 자체를 즐겼을 뿐이야."

"하지만 난 시체에 해를 가하지는 않았어. 가쓰를 죽인 건 나도 아니고, 시체 보관을 즐긴 것도 아냐. 하지만 줄곧 몇 개월간 괴로웠어. 누군가에게 얘기하고 싶었지만 말할 사람도 없더라. 이 세상에 비밀을 털어놓을 사람이 아무도 없다니, 좀 슬프더라."

"무섭지도 않았냐?"

"별로. 그냥 외로웠지."

나는 덴 혀를 입 안에서 이리저리 굴리며 열을 식혔다. 아픈 혀는 수치심과 상식을 잃어버렸다.

"밤중에, 그것도 잠이 오지 않는 밤에, 밤이 내는 조용한 숨소리를 들어본 적 있어? 듣기만 하면 떠오르는 사람이 있는, 바로 그런 소리 말이야."

헨타이는 대답 대신 휘파람을 불어댔다. 가십거리는 국적을 불문하고 사람들을 흥분시키는 모양이다. 나는 계속 말을 이었다.

"그런 숨소리를 전해준 사람이 있었어. 걘 일본 만화광이었어. 전쟁 만화를 특히 좋아했지. 평소에 2차 대전 당시 독일군이 입었던 군복 스타일의 점퍼를 입고 다니는 일종의 미친놈이었어. 언젠가 집에 갔더니 1, 2차 대전, 보스니아 내전 등 굵직굵직한 현대 전쟁의 전투 지역과 당시 교전 상황, 무기 등을 자세히 적어놓은 전지가 빨래처럼 벽과 천장 여기저기에 붙어 있었어. 그는 고바야시 모토후미 작품을 특히 좋아했어. 한참 〈독립전대 황천〉*이라는 만화를 들고 다니더니 어느 날 폭탄선언을 했어. '고로케'라는 웃기는 이름으로 바꿨다는 거야. 음식 이름인 줄 알았는데 일본어로 '태양의 아이'라는 뜻이잖아. 갑자기 일장기가 떠올랐어. 어이가 없어서 막 따졌지. '미쳤어? 일본 놈이 되려고 작정했냐?' 난 그때까지 표준 교육을 받은 표준 한국인이라 애국심이 투철했거든. 어렸을 때부터 태극기 같은 상징적인 기호를 통해 철저한 훈련을 받았거든. 일본인들이 기미가요나 일장기 앞에서 충성을 맹세하는 연습과 똑같지. 애국가도 잘 부르지 않는 한국인들도 많지만 실은 훈련된 애국심이 내재하는 거야. 고로케도 예외는 아니었나 봐. 그 미친놈이 나중에 특전사에 가야겠다고 하더라. 무슨 심경의 변화를 겪었는지 국가에 사죄하는 마음으로 최전방에 가겠다고 그랬어. 진정한 대한민국 남자로 태어나고 싶다고도 말했어. 고등학교를 졸업하자마자, 그러니까 겨우 열여덟 살에 군대에 갔어. 일본 남자들은 군대에 가지 않으니까 잘 모르겠지만, 한국 남자들은 사회보다 군대를 먼저 경험하지. 그래서 입

---

* 태평양 전쟁을 그린 일본 만화. 2차 대전 태평양의 하늘을 주름잡았던 미국과 일본의 다채로운 전투기가 등장한다.

대와 동시에 깨지는 커플이 많아."

"그렇게 헤어졌구나."

"아냐. 걘 날 좋아하지 않았어. 만화를 나보다 더 좋아했지."

나는 한숨을 쉰 뒤 말을 이었다.

"걘 군대에서 죽었어. 집단 구타를 당했거든."

헨타이의 동공이 그대로 멈췄다. 그는 한숨을 크게 쉬었다.

"날 사랑한다는 말도 한번 들어보지 못했는데 야속했어. 군에
서 집단 학대를 당했대. 어리석은 군국주의와 파시즘 맹신자가
득시글득시글! 군대란 이래저래 인간을 미치게 만드나 봐. 지금
도 저기 테러광들이 저렇게 죽어나가잖아. 너도 군대엔 가지 않겠
지? 나 또한 그래. 전쟁을 겪은 세대도 아니고, 총 한번 잡아본 적
도 없어. 전쟁에 대해선 아무것도 모르지. 하지만 우리는 '전쟁과
혁명의 시대'였던 20세기를 기억하잖아? 게다가 군대에 들어가서
죽는 사람들이 가끔 나와. 군대 얘기만 나오면 이유 없이 오싹한
기분이 드는 건 그 때문일 거야."

헨타이는 가만히 듣고 있다가 비웃듯이 말했다.

"결국, 너랑 나는 똑같은 인간이야. 너도 그 고로케인가 뭔가
하는 자식을 소유하고 싶었던 거잖아? 애써 아닌 척해봤자 소용
없어. 네가 혐오하는 건 군대 그 자체가 아니라, 너의 영역으로 들
어오지 않는 고로케였겠지. 미워하면서 사랑한다는 것, 정말 고
전적인 애정의 딜레마라고."

"아냐. 그건 단순한 사랑이 아니었어. 고로케는 끝까지 내가 방어하고 싶었던 꿈이었어. 꿈. 집단주의자와 표준 인간으로 가득한, 이 산소 희박한 공기 속에서 내가 유일하게 꾸었던 꿈이었다고. 내가 더러운 현실에 타협하면서 꿈을 접었지만 그 아인 계속 꿈속에 있었지. 만화에 미쳐 현실 감각 없는 놈이라는 소리를 들으면서도 말이야. 그 아이가 구타당한 건 군복 속에 만화 여주인공의 속옷을 입었기 때문이었어."

"푸하하, 미친 사이코 변태 새끼."

미친,

사이코,

변태 새끼…… 라고?

"넌 사이코 아니었니?"

"너 친구한테 어떻게 그런 욕을 하냐?"

헨타이의 말에서 형용할 수 없는 배신감을 느꼈다. 그랬구나. 헨타이는 사이코가 아니었구나. 사이코 점수 제로. 나는 꿈속에서도 선글라스를 낀 채 세상을 보고 있었던 거구나. 우리의 소통은 처음부터 끝까지 오해의 산물이었구나. 서로를 오해했기 때문에 우리의 거리가 좁게 느껴졌던 거구나. 정말이지 우리는 서로 딴 곳을 쳐다보며 고래고래 소리를 질러대고 있었어. 나 너 좋아해, 하고.

헨타이는 여전히 황당하다는 표정을 지으며 말했다.

"나보고 사이코라니. 인도인도 놀라겠네."

나는 지도를 들고 방황하는 사람처럼 멍한 눈으로 그를 쳐다보았다.

"세상이 자기를 인정하지 않고 정신적으로 고통을 주면 그 사람은 어떻게 될까?"

"미치거나 죽어버리겠지."

표준 인간의 대답은 간결했다. 나는 도발적으로 말했다.

"2001년 12월 31일에 자살할 거야. 날짜 기억해둬. 네가 최후의 증언자가 될지도 모르니."

"농담도 잘하셔."

"농담 아냐. 만약 지금 옆에 고통 없이 죽을 수 있는 버저가 있다면 당장이라도 누르겠어."

"진짜 자살할 사람이라면 그런 말은 하지 않아. 나도 자살 기도해봤는데 생각보다 기분 별로야. 나아지는 것도 없고 나빠지는 것도 없어. 달라지는 게 있다면 사람들이 나를 우습게 보지 않는다는 거지. 특히 가족들이. 흠…… 이런 말 하면 화나겠지만, 난 솔직히 너같이 자살을 꿈꾸는 어린애들의 유치함이 역겨워."

"역겨워?"

"응……. 역겨워."

자살하지 마, 그냥 너라는 존재가 있다는 사실만으로도 기뻐, 네가 태어난 게 기쁘고, 네가 나의 일생의 친구가 되어준 게 기뻐,

난 너의 존재감으로 살아가게 되었어······, 라는 말. 그런 말을 기대했던 나의 바람은 헨타이 앞에서 유치한 고백 시가 되었다. 우리 사이에도 깊은 강이 흐르고 있었던 건가? 손으로 잡히지 않는 것들을 잡으려 하는 것 자체가 바보스러운 것인지 모른다. 하지만 무모해도 도전하고 싶을 만큼 내 피는 너무 끓고 있었다. 거리를 두기 시작하자 우리는 점점 멀어졌다.

16

욕망은 어떻게 혁명과 만나는가?

몇 가지 새로 알게 된 사실이 있었다. 이미 예전부터 시키마가 여학생을 성추행했다는 소문이 일파만파로 퍼졌다. 학생회에서는 시키마 선생을 규탄하며 불명예 퇴직을 요구했고, 시키마는 퀴즈 대회가 끝난 직후, 유서 한 장 없이 자살했다는 것이다. 헨타이와 나는 서로 얼굴을 맞대고 얘기하지 않았지만, 시키마 선생의 자살에 적잖은 충격을 받았다.

몇몇 상관없는 사람들이 심문을 받으러 경찰서에 끌려갔다. 하지만 헨타이와 나를 자살 교사죄로 지목한 사람은 아무도 없었다. 퀴즈대회에서 고의로 망신을 준 사람이 우리라는 사실을 아무도 몰랐다. 우리가 시키마 선생에게 자살 유도 선물 세트를 보냈던 사실도 밝혀지지 않았다. 물론 감각 짱인 시키마는 이 모든 사실에 침묵했다. 이제 헨타이와 나는 목표를 상실한 저격수가 되었다. 우리의 외면적 관계는 서클 멤버 그대로였다. 하지만 우리 관계의 내부에서 울리는 현악기의 줄은 조용히 끊어지고 있었다. 서로 어떤 비밀도 발설하거나 하는 일은 없었지만, 자꾸만 비밀이 몸 밖으로 새어 나가는 느낌이 들었다. 나와 내 주변의 관계는 점점 무(無)의 상태가 되어갔다. 다다이즘*의 작가 아라공의 말대로다.

더 이상 화가도 없고 작가도 없고 종교도 없고 공화국도 없고 왕정도 없고 제국주의도 없고 사회주의도 없고 정치도 없고 관료도 없고 후원자도 없고 돈도 없고 경찰도 없고 조국도 없고 멍청함만 남아 있다. 더 이상 없다, 없다, 아무것도 없다!

난 다만 평정을 지키며 죽음을 준비하기 시작했다. 자살할 날까지는 불과 보름밖에 남지 않았다. 죽음마저 벼락치기로 한다는 생각이 들자 잠깐 웃음이 나왔다.

우선 빠른 시간 내에 가능한 한 많은 자살의 방법을 연구했다. 전 세계 100여 개 언어로 5000권의 자살 관련서가 있다고 하지

---

* 파괴로서의 예술, 그것은 자살로 이르는 예술이다.

만, 마르탱 모네스티에의 《자살에 관한 모든 것》이라는 책은 상당히 탁월했다. 그 책에 따르면 자살 동기는 989가지, 자살법은 83가지였다.* 다양한 자살법도 소개되었다. 교사(絞死), 익사, 동맥 절단, 음독, 질식, 화기(火器), 투신, 분신, 열차 등에 몸 던지기, 동물을 이용한 자살, 살인 기구, 타인에 의한 자살 등 종류가 너무 많아 헷갈렸다. 자살 인구의 반이 시도한다는 '교사'만 해도 발을 바닥에 붙이고 앉는 게 168가지, 무릎을 바닥에 붙이고 앉는 게 42가지, 몸을 바닥에 누이는 것이 22가지, 의자에 앉는 게 19가지, 바닥에 앉는 것이 3가지로, 총 254가지나 있었다.** 자살한 사람의 경우도 다양했다. 1933년 도쿄에서 90킬로미터 떨어진 미하라라는 섬의 분화구에 뛰어든 337명의 여고생, 비닐봉지를 머리에 쓰고 비디오를 찍은 사람, 전기 드릴로 자기 머리에 구멍을 뚫은 사람, 생방송 중에 권총 자살한 아나운서, 우주에서 산소마스크를 벗어버린 우주비행사, 그리스도를 흉내 내 십자가에 스스로 못 박아 죽은 사람, 스카이 섹스를 하면서 자살한 커플……. 가급적 일본인에게 '폐를 끼치지 않는' 방법을 택하고 싶었다. 나는 고민을 거듭했지만, 결론을 내리지 못했다.

밤마다 불면증에 시달렸다. 어쩌다 잠들면 깨지 않고 열 시간도 넘게 꿈을 꾸었다. 꿈속에서 나는 사이코와 고로케를 동시에

---

* 1969년 WHO(세계보건기구) 조사.
** 19세기, 타르디외 교수의 연구.

만난 적이 있었다. 엉뚱하게도 우리가 삼자대면한 곳은 거대한 아쿠아리움이었다. 영화 〈그랑 블루〉에 나온 바다처럼 현실에서는 존재하지 않는 게 분명한 에메랄드빛 바닷물이 내 살결을 쓸고 지나갔다. 나는 당황스러워서 눈을 깜빡이고 있었다. 숨을 크게 쉬자 콧구멍에서 물방울이 뻐끔거리며 새어 나왔다. 그때 내 옆구리 사이로 초록빛의 해초 더미가 지나갔다. 그것은 해초 같은 모양이었음에도 여느 물고기처럼 아가미로 숨을 쉬고 있었다.

"게릴라 피시!"

나도 모르게 그렇게 중얼거렸다. 왠지 그 물고기의 이름을 원래부터 알고 있었던 것만 같았다. 그 물고기는 이제까지 한 번도 보지 못한 기이한 형상을 하고 있었다. 물고기는 껌을 질겅질겅 씹는 것 같은 표정으로 나를 노려보았다. 하지만 그 눈빛에 공격성 같은 것은 없었다. 게릴라 피시는 그물처럼 마구 엉킨 몸을 날렵하게 움직이며 내 주위를 돌았다. 그러고 나서는 어딘가를 향해 헤엄쳐 갔다. 나는 영문도 모른 채 그 기이한 물고기 뒤를 따라가기 시작했다.

몇 시간쯤 헤엄쳐 갔을까. 게릴라 피시가 정말 해초처럼 산산이 흩어져버렸다. 그 순간 나는 저항할 수 없는 힘에 이끌려 물 위로 붕 떠올랐다. 정신을 차렸을 때 나는 고로케의 손에 들려 있었다. 고로케는 세일러문 복장을 하고 있었다. 내가 웃음을 터뜨리기도 전에 누군가 먼저 깔깔깔 웃어대기 시작했다. 고개를 돌

려보니 그 방정맞은 웃음의 주인공은 사이코였다. 그녀의 턱 주위
에는 아직 까끌까끌해 보이는 수염이 자라고 있었다.

"난 짱, 오랜만이야."

"대체 너희가 왜 함께 있는 거지?"

나는 사이코와 고로케를 번갈아 보면서 물었다.

"글쎄, 우리도 모르지. 이건 너의 꿈속이니까."

고로케가 말했다. 확실히 이상했다. 현실 속에서 수염이 난 여
자와 여장 코스프레를 한 남자를 동시에 구경하기란 쉬운 일이
아니다. 게다가 우리는 일본어와 한국어를 섞어서 쓰고 있었다.
누가 번역을 해주는 것도 아닌데 우리의 대화는 이상하리만치 매
끄럽게 진행되었다.

"꿈에서는 어떤 일도 할 수 있는 거야?"

그들은 누가 먼저랄 것도 없이 고개를 저었다. 뭔가 실망스러웠
다. 그리고 호기심이 일었다. 우리가 이렇게 이상한 공간과 시간
에서 마주해야 할 이유가 무엇일까?

나는 죽어서 축 늘어진 모습과 세일러문 복장의 고로케를 마
음속으로 비교해보았다. 역시 생기가 넘치는 세일러문 복장이 고
로케에겐 어울려.

"위험하지 않나? 남들과 다르다는 건."

나는 노파심 섞인 목소리로 물었다.

"물론이지. 꿈을 버린 사람들 속에서 꿈을 찾으려고 하는 것만

큼이나 위험해."

고로케가 대답했다.

"그래서 일찍 죽어버린 거야."

사이코는 그렇게 알 수 없는 말을 덧붙이고 이어폰을 귀에 꽂았다. 신나는 음악이 이어폰 밖으로 새어 나왔다. 그 음악에 맞추어 세일러문 아저씨는 좌우로 몸을 흔들어댔고 나는 손뼉을 치기 시작했다. 그 일은 모두 아쿠아리움에서 벌어진 일이었다. 우리가 왜 그래야 했는지 나는 여전히 알 수 없다. 아무튼 그렇게 몸을 흔들다가 깨어보면, 천장이 낮은 방 한가운데에서 아등바등하는 나를 발견할 수 있었다. 샤워처럼 온몸을 시원하게 적셔주는 그 꿈은 열흘이 넘게 계속되었다. 그렇게 낮과 밤이 뒤바뀐 채 꿈만 꾸면서 난 주체할 수 없이 시간을 낭비하고 있었다.

'재미있는 사람, 이상한 사람, 위험한 사람을 만나자⋯⋯. 그래, 사이코를 만나자.'

정말 중요한 생각은 예기치 못한 순간에 떠오르게 마련이다. 나는 그동안 완전히 잊고 지냈던 사이코를 보러 3개월 만에 기숙사를 찾았다.

고양이 냉동창고는 여전히 썰렁했다. 네가 아무리 발광을 해봐도 세상은 바뀌지 않는다고 기숙사는 온몸으로 말하고 있었다. 나는 관리실에 앉아 양치질하고 있던 마쓰모토 상에게 말을 걸었다. 그는 오로지 양치질과 기숙사 자전거 관리에 노년의 남은

309

날들을 불태우고 있었다. 하긴 자기 일을 충실히 수행하는 자들에게 욕할 권리는 내게 없다. 누구를 섣불리 미워하거나 좋아하는 일은 굉장히 위험한 일이었다. 인간은 애매한 동물이기 때문에 100퍼센트 신뢰하거나 신뢰하지 않는 건 부당하지 않은가.

내가 인사하자, 마쓰모토는 오랜만, 하며 가식적인 웃음을 던졌다.

"혹시 스즈키 사이코 어딨는지 아세요?"

"스즈키, 뭐라고요?"

"사이코요, 스즈키 사이코."

"몇 호인데요?"

"333호요. 설마 이사 가진 않았겠죠?"

그는 기숙사생 장부를 한참 뒤적거리더니 말했다.

"그런 사람 없는데요."

"아이참, 답답하네. 333호에 살던 스즈키 말이에요!"

나는 답답한 마음에 소리를 질러버렸다. 닦아도 닦아도 늘 누런 마쓰모토의 이를 바라보며 그의 대답을 애타게 기다렸지만, 그는 여전히 냉담했다.

"오 상. 오랜만에 와서 또 왜 그래요?"

"여기 관리인 맞아요? 333호의 스즈키 사이코를 왜 몰라요?"

"무슨 소리예요? 1층은 132호, 2층은 232호, 3층은 332호까지란 말입니다. 아니, 여기서 4개월도 더 살아놓고 모르고 있었단 말이에요? 내 참, 기가 차서."

마쓰모토는 시끄러우니 일단 위에 올라가보자고 말했다. 3층으로 올라가는 승강기는 여전히 느렸다. 사람도 쌀쌀하고 승강기도 느려터진 걸 보니, 내가 살던 그 고양이 냉동창고가 틀림없었다.

우리는 빨간 카펫이 길게 깔린 좁은 복도를 지났다. 복도 맨 끝에 분명히 사이코의 방이 있었다. 나는 그 끝 방을 가리키며 열어달라고 했다. 마쓰모토는 투덜거리며 열쇠로 문을 열었다. 밝은 태양광선 때문에 나는 살짝 눈을 감았다.

"보세요. 그냥 창고죠? 이 기숙사가 생긴 이래로 쭉 이랬어요. 한 10년은 됐단 말입니다. 어디 여기가 사람 사는 동네로 보여요? 너무 더러워서 쥐도 안 살겠수다."

나는 그의 말에 괘념치 않고 방 안에 들어갔다. 사실 그냥 목만 넣고 들여다보았다고 하는 게 맞았다. 문 앞까지 각종 폐품과 버려진 가구, 가전제품 등이 산더미처럼 쌓여 있어서 도저히 들어갈 수 없었다. 나는 목을 도로 빼다가 나무 상자에 머리를 세게 부딪쳤다. 머리가 띵해지면서 아무 생각도 나지 않았다. 뭔가 오해가 있다고 생각하고 싶었다. 다시 제정신이 되면 마쓰모토도 헛소리는 하지 않을 거다, 그렇게 믿기로 했다. 사이코와 마지막으로 만난 날이 기억나지 않았다. 꽤 오래된 것 같은데 그녀와의 만남은 계속 머릿속에 남아 있었다. 기억의 잔상이란 것은 만난 시간과는 비례하지 않는 모양이었다. 나는 4차원에서 허깨비 짓을 하는 건 아닌가, 홀로 고민하기 시작했다.

내가 마쓰모토에게 인사도 하지 않고 그대로 나가려는데 마쓰모토가 나를 급하게 잡았다.

"참, 오 상한테 온 편지가 있었는데."

그는 오래된 편지함을 뒤적여 편지를 하나 꺼내 주었다. 편지 봉투에는 발신 표시가 없었다. 나는 편지를 받아들고 터벅터벅 밖으로 나왔다. 봉투를 바라보다가 행인과 몇 번이나 어깨를 부딪쳤다. 기숙사 근처의 공원에 앉아 편지를 급하게 뜯어보았다. 편지를 확인한 나는 크게 웃어야만 했다. 눈물이 찔끔 날 정도로 우스웠다. 그것은 내가 기숙사에서 살 때 나한테 보낸 편지였다. 편지에는 내가 피로 꾹꾹 눌러쓴 '자살의 십계명'*이 적혀 있었다. 낭만적인 문구들이었다.

〈자살의 십계명〉

1조. 아무도 믿지 않는다.

2조. 'No'라고 답한다.

3조. '왜?'라고 묻는다.

4조. 미친 척하고 두려움을 받아들인다.

* 누군가 이 너절한 십계명을 받아 적고 있겠군. 그런 당신도 모범생 증후군의 잠복 가능성을 의심해봐야 해.

5조. 명랑성을 유지한다.

6조. 변태를 만난다.

7조. 호모 루덴스가 된다.

8조. 야생의 상태가 된다.

9조. 유서를 쓴다.

10조. 죽음을 살았음을 깨닫는다.

이 십계는 '부정→분노→타협→우울→수용'이라는 과학적 단계를 거치도록 만들어졌다.

나는 자살 계획을 세우는 것 자체만으로도 기쁨을 느끼는 일종의 페티시스트다. 퀴즈족들은 퀴즈 페티시스트, 마초는 《삼국지》 페티시스트, 마시마로는 도라에몽 페티시스트, 헨타이는 시체 페티시스트……. 그런 오락이 대체 뭐가 나쁜가. 변태는 나쁘지 않다. 변태는 착하다. 그들은 제록시안들에게 희생되는 무고한 오락 인간일 뿐이다. 나는 자신을 사이코라고 믿지 않는 다른 잠재된 환자들과 마찬가지로, 환자이기 때문에 죽는 것이 아니다.

자살이란 우울한 것도 환상적인 것도 아니며 삶과 마찬가지로 하나의 사실에 불과하다. 험악한 지구에서 벗어나 내가 있던 원래의 행성으로 돌아가는 일이다. 자기 잘못을 씻는 행위이며 모든 악의 치료제이자 해방구이기도 하면서 단지 작은 휴식일 뿐이다. 차라리 자살이 아닌 '자유죽음'*이라고 불러달라. 휴머니즘과

존엄성과 자유가 삶을 파멸로 이끌고 자연을 거스르는 괴물처럼 느껴질 때 자유죽음을 선택하는 것은 자연의 명령과도 같다. 자유죽음은 우리가 도달할 수 있는 가장 극단적이며 마지막 형태의 자유이다. 죽음과 삶은 동등한 권리를 갖고 있다.

이런 생각에 동의한 슈만, 고흐, 루트비히 2세, 엠페도클레스, 아리스토텔레스,** 베네치아의 구두 가게 주인, 커트 코베인, 카사노바, 아이게우스, 페드라, 아리아드네, 이오카스테, 나르시스, 헤라클레스, 미다스, 안티고네, 디오게네스, 소크라테스, 세네카, X-Japan의 히데, 듀스의 김성재, 안나 카레니나, 나나, 로미오와 줄리엣, 보바리 부인, 발자크, 뒤마, 위고, 고티에, '천국의 문'의 신도들, 옆집 아저씨, 뒷집의 할머니, 앞집의 18세 소년·소녀들이 긴긴 잠 속으로 기어들어갔다. 내게도 숨 쉴 자유가 서서히 다가오고 있었다. 인생의 끔찍함이 죽음의 끔찍함을 넘어섰다.

땅은 모름지기 밟을수록 기분 좋아야 한다. 하지만 나는 발을 뗄 때마다 똥을 밟았다. 나는 마치 자살 바이러스에 감염된 사람 같았다. 내 주위의 많은 사람이 도미노처럼 쓰러져가자, 내 청춘의 절대온도는 불가항력으로 식어갔다. 이런 부조리한 상황에서 나는 세 가지 귀결을 끌어냈다. 그것은 바로 나의 반항, 나의 자

---

* 장 아메리, 《자유죽음》.
** 아리스토텔레스는 '자살은 국가에 반역하는 과오'라고 했지만, 조수 간만의 차를 설명하지 못해 자살했다.

유, 그리고 나의 열정이다. 오직 의식의 활동만을 통해서 나는 삶으로의 초대였던 것을 죽음의 법칙으로 바꾸어놓는다. 그래서 나는 자살을 수용한다.*

* 카뮈의 《시지프 신화》 변용.

17

정답과 해설

정답과 해설?

여기까지 와서 정답을 찾으려는 당신들이 혐오스럽다. 나는 아무런 답도 얘기해줄 수 없다. '이 세상에 정답은 없다'라는 것이 정답이라는 확신도 만들어낼 수 없다. 다만 내가 할 수 있는 것은 끝없이 질문을 제기하는 것이다. 질문은 엉뚱하면 엉뚱할수록 좋다. 나는 계몽주의자가 아니라 그저 중요한 질문을 계속해서 던지는 질문자가 되고 싶다. 사회에 계속해서 질문을 던지는 '불만투성이 인간'이고 싶다.

궁금한 것은 '왜 그때 나와 네가 그렇게 미쳐 있고 불안해했었는가?'에 관한 것이다. 우리는 2002년 새해를 맞이하기 위해 마시마로의 집에서 대기하고 있었다. 108번뇌를 기리며 우리 일곱 명, 그러니까 마시마로, 마초, 헨타이, 노브라, 시마다, 머피, 나는 108개의 깡통을 까먹은 뒤 완전히 폐인처럼 바닥에 뒹굴뒹굴했다. 사랑스러운 친구들 가운데는 발가벗고 가운데만 재떨이로 가린 채 춤을 추다 자빠진 마초 같은 자식도 있고, 도라에몽의 설계도 위에다 열심히 오줌을 싸대는 마시마로 같은 자식도 있었다. 그뿐만 아니라 졸업도 하기 전에 신문 기자가 된 시마다* 같은 친구도 있었으며, 대장성의 공무원이 되기 위해 준비하는 머피도 있었다. 노브라처럼 한심하게 지나간 사랑을 읊는 아이도 있었고, 잡을 수 없는 사랑에 신음하는 헨타이 같은 아이도 있었다. 그들이 그런 자질구레한 청춘의 삶에 대해 논할 때, 나는 홀로 벽에 기대어 다가올 청춘 자살을 조용히 기다리고 있었다.

우리 옆에는 싸구려 포도주와 맥주병이 굴러다녔다. 또 내가 유일하게 할 줄 아는 떡볶이 요리가 식은 채 접시에 눌어붙어 있었다. 사실 요리라고 할 수 없었다. 그냥 고추장과 설탕을 넣어 걸쭉해진 국물에, 떡과 야키소바 면을 대충 썰어 넣은 것이니까. 재료는 신주쿠의 한국인 거리에서 사 온 것이었다. 마시마로가 식은 떡볶이를 집어 먹는 걸 보고 내가 물었다.

"맛있어?"

---

* 시마다가 기자가 된 이유는 간단했다. 퀴즈로 상식 문제를 이미 빠삭하게 알고 있었고 그의 눈에는 어떤 시사 현상도 다 퀴즈 문제처럼 보였기 때문이다.

"한국 요리는 원래 이 지경이냐?"

"이제 곧 헤어지게 될 사람에게 너무하는 거 아냐?"

"난 쨩! 솔직히 너 같은 친구를 만나서 기뻤어. 외국인 친구는 네가 처음이고 넌 정말 솔직하고 괜찮은 아이 같아. 겨울 스키 합숙 때 올 거지?"

왈칵 눈물이 쏟아지기 시작했다. 헨타이가 다가왔다.

"난 쨩, 왜 울어?"

"갈 수…… 있을지 모……르겠어."

"합숙비 때문이야? 내가 빌려줄게. 안 갚아도 돼. 우린 '일생의 친구'잖아."

내가 꺼이꺼이, 소리까지 내며 울기 시작하자 헨타이가 내 손을 자기 볼에 비비며 물었다.

"난 쨩, 한번 안아봐도 돼?"

그는 나를 와락 끌어안았다. 또 내 귓가에 대고 "제발 가지 마!"하고 속삭였다. "꼭 원하는 배우의 꿈을 이루기를"이라는 말 외엔 그에게 해줄 말이 없었다. 나는 그렇게 오랫동안 헨타이를 끌어안았고, 시마다를 끌어안았으며, 마시마로를, 마초를, 머피를, 노브라를 끌어안았다. 우리는 우리가 왜 우는지조차 모른 채 서로를 꼭 끌어안았다.

"고맙고 행복했어. 이게 내 짧은 일본어로 표현할 수 있는 것의 다야."

"왜 그래? 난 짱, 꼭 금방이라도 죽을 사람 같잖아."

노브라가 나의 머리를 품 안에 감싸며 울었다.

"미안해. 우린 너무 늦게 만났어."

나는 정말 그녀가 나의 슬픔의 근원에 대해서 알까 궁금해서 잠시 웃음이 났다. 우리는 눈물을 그렁그렁 단 채로 웃었다.

우리의 오해는 죽어서도 계속되겠지.

"안녕, 안녕, 딱딱했던 친구들! 이게 끝이 아니란 것만 알아둬. 더는 안녕이란 말은 하지 않을게. 안녕은 한국어로 'Hi'와 'Bye'라는 뜻이야. 안녕. 그리고 안녕."

⋯⋯이제 지리멸렬한 나의 소개가 끝났으니 이 글을 마칠 때다. 지금껏 눈치 못 챈 불쌍한 사람들을 위해 말해두지만, 이 글은 분노 가득한 나의 유서다. 사랑하는 부모님⋯⋯ 따위 애절한 말은 쓰지 않을 것이다. 구질구질하니까. 오늘을 살아가는 사람들, 그저 희망 없는 세상에서 끝까지 잘들 살아보슈. 자살에 대해 이러쿵저러쿵 억측하진 말아줘. 당신들은 자살이 왜 자위(自慰) 행위인지, 예술 행위인지 끝까지 모를 테니까. 평면적인 몇 개의 단어로 입체적인 인생을 표현하는 건 역시 한계가 있어. 설명이 모자란 부분은 상상으로 메워. 내가 늘 꿈꿔왔던 예술가의 길로 마치게 된다는 기쁨. 미완의 인생으로서만 꿈꾸던 예술의 세계를 완성하게 된다는 분노. 더 끌어안고 싶은 사람들을 더 이상 끌어

안을 수 없게 된다는 슬픔. 그리고 다음 생에서는 절대적으로 즐거운 인생을 살 것이라는 기대에 대해. 그것이 내가 20여 년간 겪은 희로애락의 외피다.

아, 이제 외피를 벗고 나의 행성으로 돌아갈 때야. 몸속의 시침이 움직이는 소리가 들리냐? 시한폭탄이 드디어 카운트다운을 시작했어. 10, 9, 8, 7, 6, 5, 4, 3, 2……1!

등이 십자로 갈라지고 몸이 자꾸 밖으로 밀려나고 있어. 더듬이가 코보다 더 많은 냄새를 끌어오고, 앗, 드디어 낙엽색 날개가 뻗어 나온다. 빛깔이 꽤 화려하지? 아직은 날개가 축축하군. 따스한 태양 빛에 곧 마르겠지. 완전히 마를 거야. 짜릿해. 굉장히 짜릿한 기분이 들어. 드디어 나는 완전변태(完全變態)가 되었어! 변태 외계인의 탄생, 나의 위대한 변신을 저기 저 표준 인간들은 '자살'이라고 명명하겠지? 좋아. 인생은 블랙 코미디다. 말리진 않을게. 대신 나의 이 붉고 싱싱한 토마토를 받아라! 너의 탱글탱글한 심장 한가운데에 꽂아버릴 테니 날아가서 멋지게 터져라. 후훗, 이제야 난센스를 느끼니?

더는 쓰고 싶은 말이 없군. 이상으로 나의 오답투성이 유서를 마친다.

……안녕, 그리고 안녕.

작가의 말

오난이에게

안녕?

얼굴 못 본 지도 꽤 되었구나. 너를 주인공으로 소설을 쓰기로
마음먹은 것이 벌써 3년 전이야. 넌 아직 어렸고 세상을 보는 눈
도 가난했지. 게다가 세상은 늘 불만스럽다고 했어. 분노는 넘쳤
지만 아무런 힘이 없다고 생각했어. 그래, 넌 그냥 별 볼 일 없는,
발광 난 어린아이에 불과했어.

중얼중얼중얼.

넌 오류투성이 사회를 비판하는 래퍼들을 부러워했지. 성난 얼굴을 하고 치를 떨게 하는 가사를 쏟아내는 것을 볼 때마다 오르가슴을 느낀다고 했어. 넌 말했지. "손가락이 아닌 분노로 키보드를 두드려보라"고. 아직도 사춘기의 악몽에서 덜 깨어난 사람처럼 말야.

그래. 네 말대로 난 세상의 모든 것이 싫었던 철부지에 불과해. 토해내듯 쓴 글은 어느덧 한 편의 유서가 되어버렸어. 되게 유치하다, 그치? 정말 부끄러워. 하지만 난 절박하지 않은 건 쓰고 싶지 않아. 불행한 학창 시절을 보내고 사회로 툭 버려진 우리 모두에게 해피 엔딩은 어울리지 않아. 그래서 난 너를 죽였어. 그렇지 않았으면 어떤 비정한 세계가 나 대신 널 죽였을 거야. 넌 나에게 감사해야 돼. 후훗.

에이, 이제부터는 좀 더 솔직해지겠어. 특기가 뻥치는 것이지만 때로는 진실을 말하고 싶단 말야. 사실 오난이는 없어. 사이코도, 헨타이도, 잔혹한 가족사도 세상엔 없어. 난 다만 머릿속에 떠돌아다니던 분노를 끄집어내어 구체적인 덩어리를 빚었던 것뿐이야. 그러니 오해하지 말아줘. 모든 불행의 역사는 내 머리의 '암흑파'가 쳐놓은 함정이니까.

아…….

이젠 정말 유쾌한 글만 쓰고 싶어. 이제 더 이상 잘난 척, 무거운 척하는 글 따윈 쓰지 않을래. 즐겁게 살고 싶어. 골방에 앉아 울거나 담배를 피워가며 쥐어짠 듯 쓰는 글 따윈 쓰지 않겠어. 이 세상이 아무리 더러워도 즐거움만 잃지 않으면 돼. 무라카미 류 아저씨의 말대로 '즐겁게 살지 않는 건 죄'거든. 세상이 아무리 널 부정해도 너만 세상을 부정하지 않으면 돼.

즐거워.

하고 싶은 일을 하게 된 것만으로도 좋아 죽겠어. 하하하하핫. 자꾸 웃음이 터져 나오는 것을 참지 못하겠어. 으흐흐. 정말 죽을 것 같아. 앞으로 계속 이렇게 변태(變態)로 살아갈 수 있다는 사실이 날 흥분시키네.

끝으로 마음에 없는 소리 한마디 할게.

다자이 오사무, 시마다 마사히코, 우디 앨런, 빌 브라이슨, 버스터 키튼, 척 팔라닉, 김승옥, 고골리, 무라카미 하루키, 무라카미 류, 김유정, 이상, 도스토옙스키, 카뮈, 카프카, 바트 심슨, 스피츠, 자우림, 박민규, 크라잉넛, 라디오헤드, 조지 W. 부시 미국 대통령, 마이클 무어, 컬트 취향의 아웃사이더들, 아멜리 노통브,

넬, 어빈 웰시, 폴 토머스 앤더슨, 조르주 바타유, 보르헤스, 마르
케스, 이진경, 마사루, 우스타 교스케, 우라사와 나오키, 샐린저,
백민석, 커트 보니것, 마크 트웨인, 조너선 스위프트, 제임스 조이
스, 이치은, 백석, 마루야마 겐지, 기대승, 나쓰메 소세키, 나카타
니 아키히로에게, 그리고 일곱 분의 심사위원 선생님들과 부모님,
열정적인 시미즈 나나코, 첫 번째 독자 정연에게, 무엇보다 와세
다 퀴즈연구회(WQSS) 친구들에게!

"고맙습니다, 아리가토, 스파시바, 당케, 땡큐, 시에시에, 메르
시, 그라시아스!"
아 참, 미숫가루와 라면에게도 감사해.

2004년 6월
습기 가득한 옥탑방에서
권리

324

개정판 작가의 말

　스물다섯에 첫 자식을 낳고 전전긍긍하는 세월을 보냈다. 자식이 밖에서 맞고 다니지 않을까, 으스대며 남들을 때리고 다니지 않을까, 남들과 잘 지낼 수 있기를, 마을의 수호 나무는 되지 못하더라도 적어도 어떤 돌풍이나 찬 서리에도 흔들리지 않는 굳건한 나무처럼 버텨주길 빌었다.

　자기 자식에게 결함이 있다고 생각하는 어미는 없다. 설령 살인자의 어미라도 우리 아이는 원래 착해요, 라고 말한다. 그런 어미의 심정으로 내 자식의 첫 번째 탄생을 다시 들춰보았다. 자식에게 결함은 없(다고 믿)지만 자책은 돌아온다. 인제 보니 펄떡펄

떡 뛰는 망아지 같은 생선을 낳은 것 같다. 그 망아지는 다리가 여섯 개에 날개와 꼬리, 비늘까지 있어서 요상하기 짝이 없다. 심지어 아직 탯줄도 떨어지지 않아서 붉은 피를 공중에 흩뿌리는 줄도 모르고 난리 발광을 부리고 있으니 대체 이를 어쩌란 말인가. 이것은 포유류란 말인가, 어류란 말인가, 조류란 말인가. 하찮은 제 새끼를 요동시(遼東豕)로 대하였으니 정말 부끄럽기 짝이 없다. 과연 내가 어미로서 자격은 있나, 내가 자식을 버린 나쁜 엄마는 아닌가. 그렇게 싸고돈 자식이 만으로 18세. 그렇게 되기까지 나는 잘 버텨왔나? 적어도 오난이보다는 잘 버텨왔다고 생각한다. 혼자였던 밤과 혼자 걷던 낮, 콘센트를 뽑고 싶었던 수많은 미혹과 강제 종료 버튼을 누르고 싶은 충동을 견디고 여기까지 왔으니.

나, 아직 살아 있다.
그대, 살아 있는가?

혹시라도 이 물음에 응답할 수 없는 사람들. 아무도 모르는 고독한 싸움을 하다 지쳐 잠든, 하지만 다음 생에는 돌이나 나무 혹은 비가 되어 태어나고 싶었던 오난이들의 명복을 빈다.

우연히도 이 글을 쓰는 시점은 사랑했던 친구의 기일이다. 내가 12년 전 동일본 대지진을 용케 피해 일본에서 돌아와보니 친구는 이미 병으로 세상을 뜬 직후였다. 나, 작별 인사도 제대로 못 했는데. 고마웠어, 미안했어, 사랑했어. 이제는 전부 과거형뿐인 인사가 부질없다. 평생 버리지 못할 쪽지들을 주고 떠난 정연이에게 지각 인사를 전한다.

살아남아
미안해.

2023년
미국에서
권리

추천의 말

전통적 소설 문법으로서의 '인물'과 '서사'가 없다. 현실과 환상의 경계도 없다. 데스마스크 같은 인용부호의 세대에 대한 기록이기 때문이다. 번뜩이는 재치와 감각으로 무장했으나 출구 없는 곳으로 내몰린 그들은 어릿광대처럼 쓸쓸할 뿐이다. 청춘의 견장을 단 쓸쓸한 그림자들이 보여주는 지적 유희, 광기의 마스터베이션, 가면 속으로 걸어가는 일은 때론 슬프고 때론 참혹하고 때론 아뜩하다.　　　　　　　　　　　　　　　　　－박범신(소설가)

이 소설은 귀엽고 발랄하고 슬프고 열정적이다. 현실의 그물코를 비웃고 짓뭉갠다. 누구나 청춘의 한 시절은, 현실에 대한 이런 통렬한 경멸과 두려움으로 통과할 것이다. 그런 청춘을 억압하고 살해하는 사회는 병들었거나 마침내 소멸로 행진할 게 틀림없다. 이런 의미에서 《싸이코가 뜬다》가 이 시대, 한편으로 무력하고 권태롭고 경직된 소설 장터에다 일으킨 자살폭탄테러이길 바란다.

－이경자(소설가)

탈구축적인 서사구조, 소설 미학의 기본적인 묘사를 거부한 사이버식 서술형 문체, 파격적인 주제와 소재, 번득이는 기지, 동서고금의 독서 편력에서 축적된 지적 분위기가 풍만한 풍자적인 대화와 빈정거림……. 탁월한 재능과 날카로운 현실 비판 의식을 발휘한 21세기형 신세대 작가이다. 이 작품은 우리 소설계에서 탈구조주의가 사회체제를 본격적으로 비판하는 기교로 방향 전환하는 분수령이 될 것이다. －임헌영(문학평론가)

싸이코가 뜬다

제9회 한겨레문학상 수상작
ⓒ 권리 2023

초판 1쇄 발행 2004년 7월 15일
초판 4쇄 발행 2015년 9월 9일
개정 2판 1쇄 인쇄 2023년 9월 1일
개정 2판 1쇄 발행 2023년 9월 8일

지은이 권리
펴낸이 이상훈
문학팀 최해경 김다인 하상민
마케팅 김한성 조재성 박신영 김효진 김애린 오민정

펴낸곳 (주)한겨레엔 www.hanibook.co.kr
등록 2006년 1월 4일 제313-2006-00003호
주소 서울시 마포구 창전로 70(신수동) 화수목빌딩 5층
전화 02)6383-1602~3 **팩스** 02)6383-1610
대표메일 munhak@hanien.co.kr

ISBN 979-11-6040-566-8 03810